Rotraud Falke-Held

Die Erben der Hexenschülerin Luzia

Rotraud Falke-Held

Die Erben der Hexenschülerin

- Luzia -

mit einem Titelbild von Janine Münstermann

Idee und Text:	Rotraud Falke-Held
Titelbild:	Janine Münstermann
© 2019	Rotraud Falke-Held
Herstellung und Verlag	BoD - Books on Demand, Norderstedt
ISBN:	9783748191544

Besuchen Sie die Autorin im Internet:
www.rotraud-falke-held.de

Inhaltsverzeichnis

Personen:

In Paderborn und Dringenberg:

Luzia Spengler	Nachfahrin von Clara, geb. 1478
Cordula	Luzias Mutter
Wolfram	Luzias Vater
Anton	Luzias älterer Bruder
Stephan	Luzias älterer Bruder
Zoe	Luzias Schwester
Frieder	Luzias jüngerer Bruder
Christine	Luzias Freundin
Elsbeth	alte Heilerin in Paderborn
Berthold	ein Bäcker in Paderborn
Pater Laurentius	alter, strenger Ablassprediger
Pater Clewin	Laurentius' Schüler
Georg	Bote aus Dringenberg
Gisela	Luzias Cousine aus Dringenberg
Rupert	Giselas Bräutigam
Margaretha	Giselas Mutter (verstorben)
Hans	Giselas Vater
Brigitta	Hans 2. Ehefrau

Zigeuner:

Eszter	Heilerin der Zigeunergruppe
Cintia	Eszters Tochter
Ernö	der Anführer der Sippe
Klothild	Heilerin und Wahrsagerin der Zigeuner
Tamás	Eszters Sohn
Marika	Eszters Schwiegertochter

In Würzburg und Wiesenstein

Klemens	Herr von Burg Wiesenstein
Gudula	Herrin von Wiesenstein
Magnus	Klemens und Gudruns Sohn
Luitger	Klemens und Gudruns Sohn

Elenore	Heilerin von Würzburg
Madlen	Elenores Tochter
Käthe	alte Nachbarin von Elenore und Madlen
Veit	Polizist
Wernher v. Dörfels	Ratsherr von Würzburg
Barbara	Verwandte von Madlen
Gertrud	Madlens Tante
Klaß	Gertruds Sohn Barbaras Ehemann
Hans	Anführer im Dorf Wiesenstein

Die Katzen:	Trine
	und die Babykatzen Selene und Zausel

Paderborn
Mai 1491

Prolog
Die Geschichte der Ahnin

An ihrem 13. Geburtstag erfuhr Luzia die Geschichte ihrer Ahnin Clara – Tochter des Schmieds aus Dringenberg – Gattin des Baumeisters Gabriel.

Luzia war sehr erschrocken, als sie erfuhr, dass sie hellsichtige Ahninnen hatte, von denen eine sogar als Hexe verbrannt worden war. Das war Antonia gewesen, die Urgroßmutter jener Clara.

Ihre Vorfahrin Clara war im Jahr 1322 mit ihrer Familie in das gerade neu errichtete Dorf Dringenberg gezogen. Sie hatte schon als kleines Mädchen erkannt, dass sie hellsichtig war. Aber das versuchte sie stets geheim zu halten, denn sogar ihre Großmutter Mathilde verachtete sie wegen dieser Gabe. Allzu schnell konnte man als Hexe angesehen werden. Außerdem hatte Clara als Erste in ihrer Familie lesen und schreiben gelernt – bei Odilia, einer Heilerin, die sogar schon in Griechenland gelebt hatte. Viel später wurde diese sogar Claras Schwiegermutter.

Clara hatte ein gefährliches, aber eigenständiges Leben geführt. Immer zerrissen zwischen ihrem inneren Antrieb, althergebrachte Gewohnheiten in Frage zu stellen und ihrer Erziehung, durch die sie sich immer wieder fragte, ob sie eine Sünderin sei.

Letztlich siegte ihr Drang, ihre eigenen Entscheidungen zu treffen. Clara war keine unterwürfige Frau gewesen. Ebenso wenig wie Odilia. Aber jede von ihnen hatte zu einem Zeitpunkt im Leben in dem Ruf gestanden, eine Hexe zu sein.

Luzias Mutter Cordula erzählte ihr so ausführlich sie konnte von ihrer gemeinsamen Ahnin. So wie deren Mutter Johanna es ihr berichtet hatte. So wie es seit Generationen Brauch in der Familie war.

„Es gibt sogar eine Art Tagebuch. Es lag viele Jahre in Dringenberg verborgen in einem alten Geheimgang, in dem Clara selbst es versteckt hatte. Aber deine Urgroßmutter Carolina hat die Schriften vor vielen Jahren aus dem Versteck geholt, um sie ihrer Tochter – deiner Großmutter zu zeigen. Anschließend wurden sie nicht mehr zurückgebracht. Deine Großmutter hat sie bei ihrer Hochzeit mitgenommen und hier in Paderborn versteckt. Leider ist das erste Buch, das jene Clara geschrieben hat, für uns unerreichbar. Es heißt, dass sie als Vierzehnjährige ein paar Monate lang auf der Burg gelebt hat. Sie stand unter dem Schutz des Dorfgründers Bischof Bernhard. Dort soll sie das erste Buch versteckt und nie mehr zurückgeholt haben."

„Vielleicht sollten die Bücher alle in Dringenberg bleiben. Dort gehören sie eigentlich hin. Vielleicht werden spätere Generationen gerne einmal lesen, wie es war, dort zu leben, als das Dorf gerade erst entstand", überlegte Luzia.

„Ja, das mag sein", meinte die Mutter ein bisschen verträumt. „Clara hat wirklich ein aufregendes, ungewöhnliches Leben geführt. Sag, was ist eigentlich aus diesem Mann aus Würzburg geworden? Aus Luzius?"

Die Mutter hob die Schultern. „Das weiß ich nicht. Das weiß niemand. Clara und Gabriel haben Luzius und Adelaide hin und wieder gesehen. Sie haben sich gegenseitig besucht. Aber wie es danach mit der Familie weiterging…?"

„Wäre interessant zu wissen, nicht wahr?" Luzia grinste schelmisch.

„Ach woher!" Cordula machte eine weit ausholende Handbewegung. „Wieso sollten uns die Leute von dieser Burg interessieren?"

Luzia blinzelte. Wenn sie so schaute, sah es aus, als sähe sie geradewegs durch einen hindurch. Als könnte sie die Gedanken ihres Gegenübers lesen. Cordula wusste, dass Luzia dieses spezielle Erbe ihrer Ahnin nicht in sich trug. Sie war nicht hellsichtig. Cordula dankte dem Himmel dafür. In dieser Zeit war es besser so. In dieser Zeit war es noch viel gefährlicher als zu Claras Zeiten.

Die Hexenverfolgung lief auf Hochtouren. Vor zwei Jahren hatte ein Dominikanermönch – Heinrich hieß er – den Hexenhammer veröffentlicht. Das Werk legitimierte offiziell die Hexenverfolgung. Es war eine Katastrophe.

Dennoch hatte Luzia viel mit ihrer Ahnin gemeinsam. Sie hatte lesen und schreiben gelernt, so wie alle Mädchen der Familie, die nach Clara geboren worden waren. Sie war unglaublich interessiert an allem und Cordula befürchtete, dass sie eines Tages etwas Dummes anstellen würde – aus reinem Wissensdurst. Luzia wollte die Welt kennen lernen, so wie Clara es einst gewollt hatte. Aber Luzia war auch ein vernünftiges Mädchen, sie kannte die Gefahren der Inquisition. Man musste nicht hellsichtig sein, um sie zu fürchten. Aber hatte Clara die nicht auch gekannt und ebenso Cordulas Großmutter Carolina, die ebenfalls hellsichtig gewesen war?

Cordula dachte auch an jene Ahnin, deren Hellsichtigkeit als erste bekannt wurde. Antonia war Claras Urgroßmutter gewesen – eine hellsichtige Heilerin, die ihr Ende auf dem Scheiterhaufen gefunden hatte.

Ach, es war geradezu gruselig: Antonia hatte jene Odilia auf die Welt geholt, wodurch sie deren Mutter und ihr als Baby das Leben gerettet hatte. Deswegen war sie als Hexe angeklagt worden. Sie hatte nämlich das Elend der Gebärenden in einer Vorahnung gesehen. Es war alles sehr mysteriös.

Cordula ahnte, dass ihre Tochter Luzia mit ähnlichen Gefühlen streiten würde, wenn sie selbst Claras Tagebücher las. Aber sie durfte es ihr nicht vorenthalten. Das Wissen musste weitergegeben werden. Auch die Zweifel, die Clara oft bewegt hatten. Das Hinterfragen, das Akzeptieren von besonderen Gaben.

Cordula glaubte nicht an Hexerei. Sie glaubte nicht, dass irgendein Mensch auf dieser Welt das Schicksal verdient hatte, als Hexe verbrannt oder gefoltert zu werden.

„Mutter, du träumst ja." Luzia puffte ihre Mutter an den Arm.

„Gib es zu, dich hat die Geschichte von Luzius auch fasziniert. Oder warum heiße ich Luzia?"

„Es ist ein schöner Name", meinte Cordula abweisend.

„Mutter!", rief Luzia in gespieltem Vorwurf aus.

Cordula lachte. „Nun ja, es stimmt schon. Die Geschichte hat mich fasziniert. Und auch die Vorstellung, was gewesen wäre, wenn…"

„Wenn Clara bei Luzius geblieben wäre?"

„Und wir auf der Burg zu Hause gewesen wären", bestätigte Cordula.

„Wir wären vermutlich sowieso nicht mehr dort. Burgen erben selten die ältesten Töchter."

„Da hast du recht. Es ist auch gleichgültig. Clara hat Gabriel geliebt. Sie gehörten einfach zusammen. Und er war ja auch ein interessanter Mann."

„Sicher. Aber ich heiße Luzia."

Die Mutter hob in einer hilflosen Geste die Arme.

„Ja."

Aber sie sieht aus wie Gabriel, dachte Cordula. Zumindest wie ich ihn mir nach Claras Beschreibungen vorstelle. Sie betrachtete liebevoll ihre Tochter. Sie war jetzt schon ein wenig größer als sie selbst, die eher klein war. Luzia hatte dichtes, tiefschwarzes Haar, das ihr weit über den Rücken floss und die dunklen Augen ihres Ahnen Gabriel und ihrer Ahnin Odilia. Ihre Figur war sehr schlank und nahm allmählich die Rundungen einer Frau an.

Auch sie selbst hatte dunkle Haare, wenn auch nicht so tief schwarze. Inzwischen zogen sich schon erste graue Strähnen hindurch. Ihre eigene Figur war früher zierlich gewesen, aber heute, nach sechs Schwangerschaften, von denen fünf Kinder überlebt hatten, war ihre Taille ein wenig runder.

Zum Glück hat keiner Claras rote Haare geerbt, dachte Cordula. Rote Haare waren schon alleine ein Hinweis auf eine Hexe. Wenn dann noch ein Muttermal dazu kam oder eine besondere Fähigkeit...

„Ich möchte die Schriften von Clara gerne lesen", sagte Luzia leise und riss ihre Mutter aus ihren Gedanken.

„Das sollst du auch. Und das wirst du. Aber du weißt, du darfst sie sonst niemandem zeigen. Es sind gefährliche Schriften."

Luzia nickte ernst. „Das weiß ich."

Nur wenige Tage später holte Cordula die Schriften aus ihrem Versteck.

Luzia vergrub sich damit in ihrem eigenen Zimmer. Sie las und las. Sie lebte, liebte und litt mit ihrer Ahnin Clara.

Wie gerne hätte sie Odilia kennen gelernt. Sie musste eine faszinierende Persönlichkeit gewesen sein. Sie konnte gut verstehen, dass Clara sich zu ihr hingezogen gefühlt hatte.

Und wie weit sie gereist war - bis nach Griechenland.

Luzia erlebte Freude, Ängste, Traurigkeit und Wut mit Clara und ihre ständige Zerrissenheit zwischen ihrer Gabe, ihren Träumen und der ihr vorbestimmten Rolle.

Sie bemitleidete und beneidete Clara gleichzeitig.

Wie stark sie war - gegen alle Widerstände ihr Leben zu führen.

Luzia begann zu träumen. Von eigenen Reisen, von einer Lebensaufgabe und davon, zu schreiben wie Clara oder wie Roswitha von Gandersheim.

Sie bewunderte diese starken Frauen.

Frauen galten nicht als gleichberechtigt. Zuerst waren sie dem Vater unterstellt, später dem Ehemann. Allein konnten sie überhaupt nicht leben.

Und doch schafften es einige, ein selbständiges Leben zu führen.

„Aber nicht allein", murmelte Luzia vor sich hin. „Clara war verheiratet. Und Roswitha von Gandersheim lebte in einem Kloster."

Trotzdem schafften manche Frauen mehr als andere, sprengten die Ketten der vorbestimmten Rolle.

Sie wollte das auch, obwohl sie sowieso schon ziemlich frei aufwuchs.

Ihr Vater besaß gemeinsam mit einem Geschäftspartner eine kleine Druckerei. Seit dieser Johannes Gutenberg vor etwa vierzig Jahren seine beweglichen Lettern erfunden hatte, löste das einen solchen Aufschwung aus. Zum ersten Mal konnte man viele ganz genau identische Bücher herstellen. Sogar eine Bibel gab es, wenn auch in lateinischer Sprache.

Auch Neuigkeiten verbreiteten sich leichter.

So war Luzias Vater Wolfram mit seinem Geschäft durchaus ein wohlhabender Mann und Luzia ging es gut.

Ihr Vater hatte es geschafft. Er hatte etwas Neues aufgebaut und war nicht dem alten Familienbetrieb treu geblieben. Seine Vorfahren waren Spengler gewesen. Aber in ihrer Familie erinnerte nur noch der Nachname an den alten Beruf. Aber er war ein Mann. Für Männer war es einfacher.

Doch auch Luzia wünschte sich etwas anderes für ihr Leben. Sie wollte nicht den geraden Weg gehen. Sie wünschte sich Windungen und Wegkreuzungen, an denen sie selbst die Entscheidungen traf. Sie wünschte sich Abenteuer, wollte etwas erleben. Nur ein einziges Leben war ihr gegeben und sie wollte etwas daraus machen. Würde man im anderen Fall nicht Gottes Geschenk vergeuden?

Zum ersten Mal schlich sich der Zweifel ein. Zweifel an den alten Lehren. Was, wenn die Priester Gottes Willen gar nicht richtig interpretierten. Konnte das sein? Immerhin waren auch sie nur Menschen.

Paderborn
April 1494

Kapitel 1
Der Wanderprediger

Luzia lief zusammen mit ihrer Freundin Christine durch die Straßen von Paderborn. Die beiden sechzehnjährigen Mädchen hatten Einkäufe für ihre Familien zu erledigen. Es war ein warmer Tag. Die Händler hatten die Fensterläden ihrer Geschäfte als Verkaufstheken heruntergeklappt, so konnte man direkt von der Straße aus Brot oder Käse kaufen.

Die Mädchen stellten sich vor der Bäckerei in die Reihe der wartenden Leute. Die Straße war schmutzig. Es stank, als hätte jemand Fäkalien entsorgt, die nun durch die Rillen der Straße schwammen.

Luzia rümpfte die Nase und Christine stimmte ihr grinsend zu.

Luzia war ziemlich groß und schlank. Sie trug ein Kleid in hellblauem fließendem Stoff. Da sie noch nicht verheiratet war, trug sie ihr dickes schwarzes Haar einfach zu einem langen Zopf geflochten und keine Haube darauf. Luzia mochte die Hauben nicht, die oft riesige Gebilde mit Hörnern oder Trichtern waren.

Christine war ein wenig kleiner als ihre Freundin. Ihre Haare hatten die Farbe von hellem Honig und ihre Augen waren grün. Sie trug ein Kleid in fast der gleichen Farbe wie ihre Augen, was ihr ausgezeichnet stand.

Die Mädchen liebten die Farben dieser Zeit. Die Mode war viel abwechslungsreicher geworden. Und auch die Zeit brodelte vor Neuerungen und Umwälzungen. Das lag nicht allein am Buchdruck, durch den sich Neuigkeiten viel schneller verbreiten konnten, was wiederum zur Folge hatte, dass den Menschen viel mehr Wissen vermittelt wurde. Selbst die Bibel war heutzutage für alle zugängig.

Die Menschen waren einfach nicht mehr so hinnehmend wie früher. Sie begannen, sich eigene Gedanken zu machen.

Und Luzia und Christine waren Kinder dieser neuen Zeit. Luzia war an der Reihe, sie bestellte ein knuspriges Brot und bezahlte über die herunter geklappten Fensterläden hinweg. Sie legte das Brot zu dem Käse und der Wurst in den Korb und die beiden Mädchen schlenderten weiter. Die Körbe wurden allmählich schwer, aber sie hatten es nicht allzu eilig. Es machte Spaß, durch die Stadt und die verschiedenen Händlergassen zu schlendern. Sie betrachteten die jungen Männer teils kritisch, teils amüsiert. Nicht jedem standen die engen Strumpfhosen und die kürzer werdenden Röcke darüber, wie Christine und Luzia lachend feststellten. Aber manch einer setzte sich auch über die Mode hinweg und trug lieber weiterhin einen längeren Rock, um figürliche Schwachstellen zu überdecken. Amtmänner trugen sowieso weiterhin lange Röcke.

So liefen die beiden Mädchen schwatzend und kichernd durch die holprigen, schmutzigen Straßen.

Plötzlich entdeckten sie einen kleinen Menschenauflauf auf dem Marktplatz. „Was ist denn da los?", fragte Christine.

Sie blieben stehen und reckten die Hälse.

Luzia hob die Schultern. „Keine Ahnung."

„Wollen wir nachsehen?"

„Warum nicht", stimmte Luzia sofort zu.

Die Mädchen gingen neugierig näher. Anfangs konnten sie trotzdem noch nichts erkennen, weil eine dichte Menschentraube ihnen den Blick verwehrte. Doch dann sahen sie den schwarz gekleideten Mann, der etwas erhöht auf einem Tisch oder ähnlichem, inmitten der Traube stand. Er drehte sich im Kreis um seine eigene Achse und hob mahnend den Zeigefinger in die Höhe.

Luzia und Christine sahen sich fragend an und drängten sich in stummem Einvernehmen durch die Menschenmenge, etwas mehr in die Nähe des Redners. Sie waren einfach zu neugierig. Und dann konnten sie auch seine Worte verstehen, die er mit einer etwas zu hohen Stimme hinausschmetterte.

„Es gibt kein ewiges Heil ohne ein gottesfürchtiges Leben! Darum tut Buße! Bereut eure Sünden! Geht zur Beichte und spendet als Zeichen eurer Reue euer Geld der Kirche!"

Luzia zog die Stirn kraus. „Was? Ist das etwa so ein Ablassprediger?"

Christine nickte. „Ich glaube schon. Ich habe schon davon gehört, aber noch nie einen predigen gehört."

„Was soll das? Gott vergibt uns unsere Sünden, wenn wir dafür bezahlen?", flüsterte Luzia zweifelnd.

Christine nickte eifrig.

„Glaubst du daran?"

Luzias Freundin hob die Schultern. „Wenn Priester und Prediger es sagen, müsste es eigentlich stimmen, aber…", räumte sie vorsichtig ein.

„Die sind doch auch nur Menschen und wissen nicht alles", flüsterte Luzia.

Christine hob die Schultern. Sie war sich da auch nicht ganz sicher. Ihr Vater hatte ihr jedenfalls geraten, von diesen Predigern Abstand zu halten. Nun ja, da hatte sie sich jetzt wohl des Ungehorsams schuldig gemacht. Hier stand sie mitten in der Menge und hörte dem Prediger zu. Obwohl sie ja nicht bewusst dessen Nähe gesucht hatte, sie hatten ja nur wissen wollen, was hier los war.

Luzia dachte an Claras Schriften, in denen so manche Prediger und die Lehren der Kirche durchaus angezweifelt wurden. Von Ablass war da allerdings nicht die Rede gewesen. Aber sie selbst konnte sich nicht vorstellen, dass man sich mit klingender Münze von Sünden freikaufen konnte.

„Auch eure Zeit im Fegefeuer wird euch erlassen. Der Teufel quält eure Seele, wenn ihr ohne Vergebung diese Welt verlasst!", rief der Prediger.

Seine Stimme war zwar etwas zu hoch, aber fest und laut. Die Menschen hörten ihm aufmerksam zu. Mancher war ergriffen von seinen Worten und fürchtete das Fegefeuer.

„Komm, lass uns gehen", flüsterte Luzia ihrer Freundin zu. Die nickte sofort und ließ sich fortziehen. Inzwischen waren noch mehr Zuhörer dazugekommen und sie mussten sich ihren Weg durch den Menschenauflauf zurück bahnen.

Sie drängten den einen oder anderen zur Seite, aber die Menschen ließen sich kaum stören. Sie hingen wie gebannt an den Lippen des Predigers und taten nur mechanisch einen Schritt zur Seite, wenn sie angeschoben wurden.

Als die Freundinnen die Enge des Menschenauflaufes schon fast hinter sich gelassen hatten, wurde Luzia plötzlich am Arm festgehalten. Sie blickte verwirrt in das Gesicht eines alten Mannes. „Ihr solltet lieber bleiben und euch das anhören. Gerade die Jugend ist nicht frei von Laster und keineswegs sicher vor dem Tod und dem Fegefeuer", raunte er den Mädchen mit drohender Stimme zu. Er sah sie an, als könnte er geradewegs in ihre Köpfe sehen und ihre kritischen Gedanken erkennen.

Luzia fühlte sich bis ins Mark erschüttert. Der Alte machte ihr Angst.

Er war in ein schwarzes Gewand gekleidet, hatte strähnige graue Haare und eine Hakennase. Aber das Furchterregendste waren seine Augen. Dunkel und durchdringend und nicht das kleinste bisschen Wärme lag in ihnen.

Der Fremde bemerkte, dass seine Worte die Mädchen trafen und setzte nach: „Auch ihr seid in euren jungen Jahren nicht sicher. Jeder Mensch auf Erden kann jeden Tag aus diesem irdischen Leben abberufen werden. Ist euch das nicht klar? Also bleibt hier und hört dem Prediger zu und bereut eure Sünden."

Christine versuchte, ihre Freundin mit sich zu ziehen. Der Fremde war ihr unheimlich. Die Angst lief siedend heiß durch ihren Körper.

20

„Komm", flüsterte sie tonlos.

Endlich löste sich Luzias Erstarrung und sie riss ihren Arm mit einem heftigen Ruck los. Damit hatte der Alte nicht gerechnet und das Mädchen war seiner Umklammerung entkommen.

„Wir sind gottesfürchtig erzogen werden. Wir sündigen nicht!", raunte Luzia dem Mann wütend zu.

„Überheblichkeit ist eine der Todsünden. Ihr seid der Verdammnis ausgeliefert, wenn ihr euch nicht ändert."

Luzia wandte ihren Blick mit einem Ruck ab und lief davon. Ihr Herz klopfte wild. Ihr Schritt wurde immer schneller. Sie musste fort. Fort von dem Prediger, fort von der Menge, fort von dem unheimlichen alten Mann.

Endlich blieb sie stehen. Sie war ganz außer Atem, was weniger von ihrem schnellen Schritt kam, als von ihrer Aufgeregtheit.

Christine holte sie kurz danach ein.

Sie stellte sich neben Luzia und atmete erst einmal kräftig durch.

„Puh, das war unheimlich", stöhnte sie dann.

„Allerdings. Ich habe richtig Angst bekommen."

„Und – glaubst du immer noch nicht daran?", fragte Christine.

„Ich glaube, dass man seine Sünden bereuen sollte, aber nicht, dass man sich freikaufen kann. Du etwa? Sag die Wahrheit."

Christine lachte. „Ich bin die Tochter eines ziemlich belesenen Mannes, wie du weißt. Nein, ich glaube nicht daran. Aber ich verstehe, dass diese Predigten einen in ihren Bann ziehen. Luzia, ich will nicht im Fegefeuer braten."

„Wenn es das überhaupt gibt", murmelte Luzia achtlos dahin.

„Luzia!", rief Christine aus. „Das ist jetzt aber schon ketzerisch. Solche Reden darfst du nicht laut führen. Das Fegefeuer gibt es. Nur nicht die Möglichkeit, sich mit Geld freizukaufen."

Nein, so durfte sie wirklich nicht reden. Sie wusste es. Dann würde sie ebenso als Hexe verfolgt werden wie ihre Ahninnen Clara, Odilia und Antonia. Man brauchte keine besonderen Fähigkeiten dazu, es reichte auch eine unbequeme Haltung oder Meinung.

„Wir leben in einer merkwürdigen Zeit, Christine", sagte sie leise. „Wir machen so unglaubliche Erfindungen wie den Buchdruck, heute können mehr Menschen lesen als jemals zuvor, es gibt sogar Universitäten, an denen man wissenschaftliche Berufe studieren kann, neue Welten werden entdeckt. Du weißt – dieser Spanier hat doch den neuen Weg nach Indien gefunden."

„Ja, Columbus. Er ist Italiener, war allerdings im Auftrag der spanischen Krone unterwegs", korrigierte Christine.

„Egal, du weißt, was ich meine."

„Ja. Es passt nicht so recht."

Luzia nickte. „Nein, es passt nicht so recht."

Wieder kamen ihr die Tagebücher ihrer Vorfahrin in den Sinn. Was wäre, wenn ein Mensch wie dieser Prediger oder jemand wie der alte Mann die in die Finger bekäme? Mein Gott, es waren gefährliche Werke. Das wurde ihr ganz plötzlich mit Macht bewusst. Sie selbst und ihre Familie würden definitiv in die Fänge der Inquisition geraten. Wie ein Blitz schoss es ihr durch den Kopf: Die Bücher mussten aus dem Haus. Dringend! Unbedingt! So lange die Menschen in ihren Meinungen und ihrem Denken nicht frei waren, weil es solche Fanatiker wie diesen Prediger gab, mussten die Bücher aus dem Haus.

Christine berührte die Freundin an der Schulter.

„Alles in Ordnung?"

Luzia nickte. „Ja, geht schon. Ich bin nur noch ganz durcheinander."

Christine lachte auf, aber es klang nicht fröhlich. „Das verstehe ich. Ich meine, mir steckt der Schrecken ja noch in den Gliedern und mich hat der Mann nicht festgehalten."

Luzia versuchte ein Lächeln, das aber gänzlich misslang. „Gehen wir nach Hause."

„Ja, gehen wir."

22

Sie warf einen Blick zurück zu dem Pulk und sah, dass manche Menschen schon wieder in verschiedene Richtungen davon zogen, andere jedoch waren im Gespräch mit dem Prediger. Seine Worte waren nicht auf taube Ohren gestoßen.

In den nächsten Tagen beruhigte sich Luzia etwas von dem merkwürdigen Zusammentreffen. Die Erinnerungen blieben, aber der Eindruck verblasste. Und die Angst verschwand sogar ganz.

Luzia hatte mit ihren Eltern über den Prediger gesprochen und ihr Vater hatte ihr eindringlich geraten, sich von solchen Dingen fernzuhalten. Außerdem schärfte er ihr ein, ihre persönliche Meinung zu den Ablässen für sich zu behalten. Es war gefährlich, diese Dinge offenkundig zu kritisieren. Die Priester hatten noch immer viel Macht und diese Prediger waren im Auftrag des Papstes unterwegs.

Luzia nahm die beiden Bücher ihrer Ahnin zur Hand und streichelte sanft darüber. „Du hast ein gefährliches Leben geführt", sagte sie beinahe zärtlich. „Und sogar jetzt – rund hundertsiebzig Jahre später bringst du uns noch in Gefahr mit deinen Schriften."

Sie stöhnte. Was sollte sie nur tun? Es war ihr absolut bewusst, dass ihre ganze Familie in Gefahr geraten würde, wenn die Bücher dem Falschen in die Hände gerieten. Außerhalb der Familie hatte Luzia nur mit Christine darüber gesprochen.

Plötzlich war ihr, als würde jemand zu ihr sprechen. Es war kein Laut zu hören, und dennoch… Als würde sie jemand auffordern, die Tagebücher wieder in ihrem alten Versteck zu verbergen - in jenen Geheimgang bei dem hohlen Baum, von dem Clara geschrieben hatte.

Luzia schüttelte sich. Aber die Stimme war da. In ihrem Kopf.

Es war viel mehr als nur ein Gedanke. Es war eine Eingebung. Als würde ein Engel zu ihr sprechen. Oder ein Geist. War das möglich?

So etwas hatte es schon gegeben. In Frankreich hatte es ein Bauernmädchen gegeben, das ein ganzes Heer angeführt hatte, weil eine Heilige es ihm befohlen hatte. Johanna hatte das Mädchen geheißen und ihre Schutzheilige war Katharina gewesen, glaubte Luzia sich zu erinnern.

Das Mädchen hatte Frankreich zu einem Sieg geführt, aber sie selbst war am Ende auf dem Scheiterhaufen verbrannt worden.

Luzia schüttelte sich. Der Gedanke gruselte sie. Das alles war noch gar nicht so sehr lange her. Etwas mehr als sechzig Jahre.

Auch ihre Ahnin Clara hatte mit Verstorbenen gesprochen. Immer wieder war ihr ihr Großvater erschienen. Oder dieser Mann, der bei dem Überfall auf den Wagentross ums Leben gekommen war. Aber Clara war hellsichtig gewesen. Und sie, Luzia, war das nicht.

Und sie hatte auch nicht die Stimme einer Heiligen vernommen. Sie war nicht zu irgendetwas Großem berufen. Schluss damit!

Sie war ein sechzehnjähriges Mädchen, das ein wenig mit ihrem Umfeld und dem Geschäft mit der Angst haderte.

Kurzentschlossen packte sie die Tagebücher in die Truhe unter ihre Kleider und verließ betont resolut den Raum.

Nur wenige Tage später war Luzia mit ihrer jüngeren Schwester Zoe unterwegs. Niemand, der sie nicht kannte, hätte sie für Schwestern gehalten. Zoe war nur etwas kleiner als Luzia, aber das konnte sich mit ihren fast vierzehn Jahren ja noch ändern. Ihre Haare waren lang und braun und ihre Augen so grün wie Claras gewesen sein mochten.

Die beiden Mädchen waren oft zusammen unterwegs und verstanden sich gut, immerhin war Zoe nur zwei Jahre jünger als Luzia.

24

„Wollen wir Papa besuchen?", schlug Zoe vor, als sie alle Einkäufe erledigt hatten. Sie mochte es, einfach in der Druckerei aufzutauchen und den Vater zu überraschen. Aber sie mochte es auch, zuzusehen, wie die Schriften gesetzt wurden und auf diese Weise ganze Bücher entstanden. Am liebsten hätte sie in der Druckerei mitgearbeitet. Sie beneidete ihre Brüder, die das durften, was für sie als Mädchen undenkbar war.

„Ich weiß nicht, er hat sicher noch zu tun. Und es ist ein ziemlicher Umweg", wehrte Luzia jedoch ab.

„Ach komm, das Wetter ist schön. Es macht Spaß durch die Stadt zu schlendern und ehrlich gesagt bin ich gern in der Druckerei."

Zoe zog die Nase ein wenig kraus, wie sie es immer tat, wenn sie sich für etwas begeisterte. „Ich mag es, wenn diese Metallplatte – rums...", sie imitierte die Platte mit der Hand und ließ die rechte auf die linke herab fahren. „...auf das Papier knallt und schon ist es bedruckt. Das ist einfach – einfach fantastisch."

„Ja ich weiß. Aber es ist doch eigentlich ein ganz einfaches Verfahren", warf Luzia nüchtern ein.

Zoe schlug spielerisch mit der Hand nach ihr. „Ach du wieder. Du siehst alles viel zu nüchtern. Wenn es so einfach ist, warum gibt es das dann erst seit..."

„...immerhin seit fünfundvierzig Jahren", ergänzte Luzia.

„Und bis dahin wurden alle Bücher Mönchen mit der Hand abgeschrieben. Was für eine Arbeit."

Luzia nickte. „Ja, ja. Du hast ja recht. Musste eben erst einer erfinden. Wirst sehen, noch mal fünfundvierzig Jahre weiter, da gibt es schon wieder ganz andere Maschinen. So wird das immer weitergehen. Und wer weiß, welche Länder die noch finden. Wie viel mag noch unentdeckt sein?", fragte sie. Jetzt merkte man ihrer Stimme die Begeisterung an. Für die Entdecker dieser Welt wie diesen Columbus konnte sie sich eben mehr begeistern als für die beweglichen Lettern. „Das sind wirklich mutige Männer, nicht wahr?"

„Wer?"

„Na, die, die einfach über das Meer segeln in völlig unbekannte Gewässer. Nicht zu wissen, wie lange sie unterwegs sein werden, wann sie wieder Land sehen."

„Und ob es Meerungeheuer gibt", ergänzte Zoe.

Luzia nickte ernst.

„Und wenn sie endlich an Land gehen, ist das auch unbekannt. Fremde Pflanzen, fremde Völker. Sie wissen nicht einmal, ob die Menschen freundlich oder feindlich sind." Luzia sprach begeistert und voller Bewunderung.

Zoe nickte nur versonnen.

Einen Moment lang schwiegen die beiden Mädchen. Jede hing ihren eigenen Träumen nach.

Auch Clara war eine Entdeckerin, dachte Luzia. Wie weit sie damals schon gekommen war. Bis nach Griechenland. Luzia verehrte ihre Vorfahrin sehr.

„Gehen wir jetzt zu Papa?", fragte Zoe in ihre Gedanken hinein.

Luzia stöhnte auf. „Na gut, wenn dir so viel dran liegt, gehen wir eben."

Sie liefen munter plaudernd durch die Stadt. Es waren viele Menschen unterwegs. Luzia mochte es, wenn in der Stadt ein lebhaftes Treiben herrschte. Sie kamen am Marktplatz vorbei und Luzia warf einen Blick auf die Stelle, wo vor über einer Woche der Ablassprediger gestanden hatte. Sie schüttelte sich, aber sie wollte jetzt nicht darüber nachdenken. Es war ein unerfreuliches Zusammentreffen gewesen, mehr nicht.

Plötzlich regte sich wieder die kleine lästige Stimme in ihrem Inneren. Sie versuchte, sie vor den Tagebüchern zu warnen. Es waren gefährliche Schriften, die niemals bei ihr gefunden werden durften. Ach verdammt, warum bekam sie diese Grübeleien nicht aus dem Sinn! Sie konnte es ja zurzeit nicht ändern. Sie konnte schließlich nicht einfach nach Dringenberg fahren, um die Bücher in den Geheimgang zu bringen.

Betont fröhlich machte sie ihre Schwester Zoe auf Blumen aufmerksam, die aus dem lehmigen Boden der Straße wuchsen.

„Seltsam. Dass hier Blumen wachsen", meinte Zoe verträumt.

„Die wachsen überall. Sogar in Felsen soll es Blumen geben", meinte Luzia.

„Woher weißt du das?"

Luzia hob gleichmütig die Schultern. „Hab ich gelesen."

Zoe staunte. Auch sie hatte lesen und schreiben gelernt, aber so belesen wie ihre Schwester war sie nicht. Wenn Luzia ein Mann wäre, könnte sie bestimmt sogar in Heidelberg oder Köln studieren. Und dann würde sie auf eine große Reise gehen und die Welt kennen lernen. Aber Mädchen waren solche Wege natürlich versperrt.

Sie konnten die Druckerei ihres Vaters schon sehen. Es war ein großes Gebäude mit schönem Fachwerk. Zoe hüpfte fröhlich darauf zu.

Luzia verdrehte die Augen, aber sie tat es ihrer Schwester gleich, obwohl sie einen Korb mit Obst am Arm trug. Es war so ein schöner Tag, da musste man einfach beschwingt und fröhlich sein.

Sie malte sich gerade aus, was der Vater und ihre älteren Brüder Anton und Stephan wohl zu der Überraschung sagen würden, wenn sie und Zoe plötzlich in der Druckerei auftauchten.

In dem Moment sah sie jemanden aus dem Haus kommen, der ihr vage bekannt vorkam. Das war nicht unbedingt so merkwürdig, schließlich kannte sie viele Menschen in Paderborn. Aber diese Gestalt verursachte ein ungutes Gefühl. Sie verengte die Augen zu kleinen Schlitzen, um den Mann genau und konzentriert ansehen zu können.

Gleich hinter ihm erschien der Vater in der Tür. Groß und breitschultrig, mit deutlich ergrauten und lichter werdenden Haaren.

Er sah hoch und seine grünen Augen trafen die seiner Töchter. Doch er lachte ihnen nicht entgegen, wie er es normalerweise tat. Im Gegenteil, seine Stirnfalten vertieften sich und er bekam einen besorgten Zug um den Mund. Luzia hatte das Gefühl, er schüttele sogar unmerklich den Kopf. Nein, kommt nicht näher. Aber Zoe registrierte die Geste überhaupt nicht und winkte sogar.

Der Fremde hob den Kopf. Über sein Gesicht flog das Erkennen. Im selben Moment erkannte auch Luzia den Mann und sie erstarrte erschrocken in der Bewegung.

Es war der alte Mann vom Marktplatz. Der, der sie beim Fortgehen festgehalten und gedroht hatte, dass sie ewiger Verdammnis anheim fallen würde.

Ihr Vater bemerkte es und starrte verwundert von dem Fremden zu seinen Töchtern.

Zoe winkte ihm zu, aber er reagierte überhaupt nicht.

„Ah, die junge Frau von gestern", begrüßte der Fremde Luzia.

Das Mädchen nickte ihm steif zu. Sie blieb weit genug entfernt von ihm stehen, damit er nicht wieder nach ihr greifen konnte. In seinen Augen war etwas Lauerndes, das ihr Angst machte.

Zoe war immer noch völlig arglos und lief auf ihren Vater zu. Wieso bemerkt sie überhaupt nicht, dass etwas nicht stimmt, fragte sich Luzia.

„Papa, wir wollten dich überraschen!", rief Zoe fröhlich.

„Wie schön, mein Kind", antwortete der Vater und zog Zoe an seine Seite. Das Mädchen sah irritiert aus. Sie hatte Vaters Kunden natürlich begrüßen wollen. Das erforderte doch schon die Höflichkeit.

„Ihr kennt meine Tochter?", fragte Wolfram an den Fremden gewandt.

„Oh nein, das würde ich nicht sagen. Ich sah sie gestern bei der Predigt auf dem Marktplatz. Sie und ein anderes Mädchen schwatzten respektlos miteinander, als würde sie ihr ewiges Seelenheil gar nicht interessieren. Und dann gingen sie sogar fort.

Bist du keine fromme Christin, Mädchen?" Der schwarz gekleidete Mann starrte unentwegt Luzia an, während er dem Vater antwortete. Ihr lief es kalt über den Rücken. Der Mann war ihr unheimlich.

„Ich bin gottesfürchtig erzogen worden", antwortete sie leise.

„Dann tue Buße, mein Kind. Geh zur Beichte und bereue deine Sünden."

„Am besten in klingender Münze", erwiderte der Vater scharf. Luzia und Zoe blickten ihn beide überrascht an. Diesen Tonfall kannten sie kaum an ihm.

„Ihr gebt euer Geld für allerlei Tand aus. Haarschmuck und Gürtel. Dabei sollte doch das Seelenheil auch etwas wert sein." Er musterte Luzia ungeniert von oben bis unten. Sie trug einen hübschen Haarreif und einen breiten Gürtel um ihr rostbraunes Kleid.

Aber warum fühlte sie sich plötzlich so schlecht deswegen?

Wieder erhob Wolfram seine Stimme. „Ich denke, es ist alles gesagt, Pater."

Zum ersten Mal, seit die Mädchen hier aufgetaucht waren, blickte der Schwarzgewandete zu Wolfram. „Ich verstehe!", antwortete er konsterniert.

Sofort ging er in leicht gebeugter Haltung davon. Als er an Luzia vorüber ging, hob er seine Hand und berührte einen Moment ihre Schulter. Instinktiv schüttelte sie seine Hand ab, als verursache sie ihr Schmerzen. Der Vater kam schon angelaufen und zog Luzia zu sich.

Niemand sagte mehr ein Wort. Der fremde Pater blickte nur noch einmal eindringlich von einem zum anderen. Luzia hörte deutlich seine ungesagten Worte: „Tut Buße. Bereut! Sühnt!"

Plötzlich schüttelte es sie vor Grauen.

Der Vater zog sie und Zoe mit sich in die Druckerei und schlug die Tür hinter sich zu.

„Wer ist das?", fragte Luzia.

„Das weißt du nicht?", fragte der Vater verwirrt. „Ich hatte den Eindruck, dass du ihn kennst."

„Nein. Er hat es doch gesagt. Er hat mich und Christine bei dem Ablassprediger gesehen. Er hat bemerkt, dass wir fort gingen und hat versucht, mich aufzuhalten. Aber er hat sich nicht vorgestellt."

„Hat er dich angefasst?"

„Ja, er hat mich am Arm festgehalten. Aber dann hat er uns sofort gehen lassen. Ich dachte, er ist auch ein Zuhörer. Aber er ist mehr, nicht wahr? Du nanntest ihn Pater."

„Ja, er heißt Pater Laurentius. Er ist ein sehr strenger Mann und ein Verfechter der Ablässe – und des Hexenhammers", fügte Wolfram leiser hinzu.

Luzia und Zoe entfuhr beiden ein kleiner Schreckenslaut.

„Aber es war ein junger Mann, der die Rede gehalten hat."

„Ja, ein junger Priester begleitet ihn auf seiner Glaubensreise, wie er es nennt. Pater Clewin. Du und Christine seid dem Alten aufgefallen, Luzia." Der Vater sagte das in einem merkwürdigen Ton, als wäre es eine Warnung vor drohendem Unheil.

„Ja, weil wir nicht angstvoll und ehrfürchtig der Predigt zugehört haben. Tut mir leid", erwiderte sie kleinlaut.

„Das ist eine ernste Angelegenheit, Luzia."

„Ach Vater, die sind ein paar Tage lang hier und ziehen dann weiter. Das kann uns doch gleichgültig sein, was er von mir denkt."

Wolfram schüttelte den Kopf. „Solche Menschen sind gefährlich. Wenn sie Gegner ihrer Lehre wittern, sind sie auch bereit, diese zu vernichten."

Das klang so grausig, dass es sie schüttelte. Sie nickte etwas kleinlaut. Ja, Vater hatte schon recht. Man musste vorsichtig sein. „Was wollte er denn hier?", fragte jetzt Zoe.

„Er wollte, dass ich Ablassbriefe drucke und ich habe es abgelehnt. Wenn ich allerdings geahnt hätte, dass du, Luzia, ihm schon aufgefallen bist, hätte ich nicht noch Öl ins Feuer gegossen."

„Dann hättest du die Briefe gedruckt, obwohl du das Kaufen dieser Briefe ablehnst?"

„Ja, vielleicht."

„Aber das wäre falsch!", rief Luzia leidenschaftlich aus.

Wolfram nickte bedächtig. „Aber sich dagegen aufzulehnen, ist gefährlich und ich bin nicht bereit, uns alle in Gefahr zu bringen."

Sie schwiegen alle drei. Dann erhob wieder der Vater das Wort: „Wir müssen die Schriften von dieser Clara vernichten. Wir haben schon oft darüber gesprochen, aber jetzt müssen wir ernst machen."

„Nein!", entfuhr es Luzia bestürzt.

„Luzia, die Schriften sind gefährlich."

„Aber es weiß doch keiner davon. Sie sind gut versteckt."

Na ja, so ein sicheres Versteck ist meine Kleidertruhe eigentlich nicht, dachte sie dabei.

„Ich habe ein ganz schlechtes Gefühl." Der Vater strich sich nachdenklich über das Kinn.

Luzia fiel ihr eigenes merkwürdiges Gefühl ein. Diese innere Stimme, die sich auch um Claras Tagebücher drehte.

„Dann lass sie uns fortschaffen. Sie gehören in den Geheimgang, den Clara beschrieben hat", schlug Luzia vor.

„Nach Dringenberg?"

Luzia nickte ernst. „Ja."

„Mmm." Der Vater wirkte sehr nachdenklich und besorgt.

Einer seiner Mitarbeiter kam auf ihn zu und verwickelte ihn in ein kurzes Gespräch.

Dann wandte Wolfram sich wieder an seine Töchter. „Vielleicht hast du sogar recht. Lass uns später darüber reden. Ich muss mich um ein Problem in der Druckerei kümmern. Geht jetzt nach Hause."

„Ach Vater, wir dachten, du begleitest uns", murrte Zoe.

Der Vater beugte sich ein wenig zu ihr herab und schaute ihr direkt in die Augen. „Das würde ich gerne. Aber es gibt da dieses Problem", erklärte er.

Zoe zog einen Schmollmund. „Na ja…"

„Es wird noch ein paar Stunden dauern."

„Na gut", gab sie widerwillig nach.

Wolfram folgte seinem jungen Mitarbeiter und Luzia zog Zoe mit sich aus dem Gebäude heraus.

Nur wenige Schritte von der Druckerei entfernt, stand noch immer der alte Pater und starrte sie an.

„Habt Ihr auf uns gewartet?", fragte Luzia ängstlich.

„Aber ja. Du bist das verlorene Schaf, das ich retten werde."

„Ich bin kein verlorenes Schaf", erwiderte sie so fest sie konnte.

„Dann geh zur Beichte."

Er ist verrückt, dachte Luzia. Vollkommen irre.

Zoe bekam große Augen. Sie fürchtete sich. Vater hat recht, dachte sie. Die Schriften müssen dringend aus dem Haus. Und vielleicht auch sie selbst und Luzia, solange der Pater in der Stadt war. Warum mussten ihre Schwester und Christine nur immer wieder durch ihr Benehmen auffallen? Sie hätten wissen müssen, dass man bei einer Predigt nicht schwatzt.

„Komm Zoe!", befahl Luzia unvermittelt. Und dann begann sie zu rennen. Fluchtartig. Zoe lief hinterher. Die Mädchen rannten durch die Gassen, um Häuserblocks herum, schlugen Haken so schnell sie konnten.

Endlich blieben sie außer Atem stehen.

„Ist er fort?", fragte Luzia atemlos.

Zoe sah sich nach allen Seiten um. „Ja, er ist uns nicht gefolgt."

„Gott sei Dank!", brachte Luzia hervor. „Dann komm, lass uns heimgehen."

Erst jetzt fiel Luzia auf, dass sie den Korb mit Obst auf ihrer Flucht verloren hatten.

Kapitel 2
Der Besucher

Cordula bereitete das Abendessen vor. Sie hoffte, Luzia und Zoe würden pünktlich zurück sein, ebenso wie ihr Mann Wolfram und die beiden erwachsenen Söhne Anton und Stephan. Der zehnjährige Frieder feuerte gerade schon den Ofen an, damit die Mutter kochen konnte.

„Ich muss noch ein bisschen Holz holen", rief er und lief auch schon nach draußen.

Kaum war er vor der Tür, bemerkte er einen Fremden zu Pferd, der sich dem Haus näherte. Deshalb passte Frieder für einen Moment nicht auf, stolperte, schlug mit seinem nackten Fuß an das aufgestapelte Holz. Er schrie auf.

Der Fremde sprang von seinem Pferd und stürzte sofort zu ihm.

„Hast du dir wehgetan?", fragte er.

„Ja."

Im gleichen Moment kam Cordula aus dem Haus gerannt. Sie nahm alles gleichzeitig wahr. Sah einen Fremden, der sich über ihren Sohn beugte, bemerkte die Wunde des Jungen am Fuß. Sie rannte zu ihm.

„Was ist hier los?", fragte sie mit einer Mischung aus Verärgerung und Verwirrung."

„Ich habe mir den Fuß angestoßen. Er blutet."

Cordula drängte den Fremden zur Seite und untersuchte den Fuß ihres Sohnes. „Da hast du dir einen richtigen Schnitt zugezogen. Das sieht nicht gut aus. Komm rein, wir müssen das mit Kamille baden."

Frieder nickte.

Dann erst blickte Cordula zu dem Fremden auf. Sie kannte ihn nicht. „Wer bist du? Und was willst du hier?", fragte sie etwas

34

schroff. Man konnte ja nie wissen, ob ein fremder Mann einem wohlgesonnen war oder vielleicht Übles im Sinn hatte.

„Verzeihung, mein Name ist Georg Gruner. Bist du Cordula Spengler?"

Sie nickte sacht.

Ein freundliches Lächeln flog über sein Gesicht. „Dann bin ich hier richtig. Ich komme aus Dringenberg im Auftrag deiner Nichte Gisela. Sie wird bald heiraten und ich wurde beauftragt, eure Familie zu ihrer Hochzeit einzuladen."

„Gisela heiratet?", wiederholte Cordula. Wieso überraschte sie das eigentlich so? Die Tochter ihrer Schwester war siebzehn Jahre alt, also durchaus im heiratsfähigen Alter. Ihre eigene Schwester Margaretha hatte einen Mann aus Dringenberg geheiratet und war so in das Dorf, in dem ihre Mutter aufgewachsen war, zurückgekehrt. Aber Margaretha war schon seit vielen Jahren tot. Sie hatte einem Sohn das Leben geschenkt und dann Gisela, bei deren Geburt sie gestorben war.

Ach, wie lange war das alles schon vorüber. Dabei kam es Cordula vor, als hätte sie selbst gerade noch mit ihrer Schwester gespielt und wäre durch die Straßen von Paderborn gestreift so wie ihre Töchter es heute so liebten.

In ihrer Fantasie sah sie Gisela und Luzia als kleine Mädchen miteinander spielen.

Im nächsten Moment schoss ihr der Gedanke durch den Kopf, dass es auch für Luzia an der Zeit wäre, zu heiraten. Ihre Tochter wäre vermutlich nicht erfreut über solche Pläne. Aber es wurde wirklich Zeit. Sie sollte mit Wolfram darüber sprechen.

„Sie heiratet meinen Bruder Rupert", ergänzte Georg, als er das Gefühl hatte, Cordula hatte ihn vollkommen vergessen.

Tatsächlich erwachte sie aus ihrem kurzen Tagtraum. „Komm mit herein. Aber zuerst muss ich mich um die Wunde meines Sohnes kümmern. Meine Tochter Luzia ist gerade nicht hier, sie wird sich sicher am meisten über die Einladung freuen. Sie und Gisela waren immer gute Freundinnen. Wir haben uns alle lange nicht gesehen. Ach, wir haben alle immer so viel zu tun, dass wir kaum dazu kommen, Verwandte in Dringenberg zu besuchen. Obwohl die Reise gar nicht so weit ist."

Georg folgte ihr ins Haus und setzte sich auf einen der Stühle, während Cordula Wasser auf den Herd stellte, um es zu erwärmen und Kamillenblüten hineinzutun.

„Ach, wir brauchen ja immer noch Holz", seufzte sie. „Deswegen war Frieder ja draußen."

Sie wollte gerade hinausgehen, als Georg aufsprang. „Ich hole welches", bot er an.

„Oh, das ist nett. Danke."

Als Luzia und Zoe nach Hause kamen, erlebten sie eine Überraschung. In der Küche saß ein fremder junger Mann vor einem Krug Bier.

Im Lehnstuhl auf der anderen Seite des Zimmers saß ihr kleiner Bruder Frieder und badete seinen Fuß.

Luzia blickte fragend von einem zum anderen, während Zoes Blick an Frieder hängen blieb.

„Was ist denn mit dir passiert?", fragte sie.

„Er hat sich draußen den Fuß so unglücklich an einem Stück Holz gestoßen, dass er sich einen richtigen Schnitt zugezogen hat. Wir baden ihn in Kamille, damit sich die Wunde nicht entzündet", erklärte die Mutter an Frieders Stelle.

Luzia betrachtete den Fremden. Ihr fiel durchaus auf, dass er nicht schlecht aussah. Sie war vor kurzem sechzehn Jahre alt geworden und hatte eine ziemlich genaue Vorstellung davon, wie ein attraktiver Mann auszusehen hatte – obwohl Attraktivität bei einem Mann wirklich nicht wichtig war. Aber dieser war groß - das konnte sie erkennen, obwohl er am Tisch saß - und hatte einen muskulösen Körperbau. Er war blond und hatte leuchtend blaue Augen.

„Das ist Georg Gruner aus Dringenberg", erklärte die Mutter, als sie Luzias verdutzten Gesichtsausdruck bemerkte. „Er bringt Neuigkeiten aus Dringenberg. Eure Cousine Gisela heiratet und möchte, dass ihr oder wir alle bei dem Fest dabei sind."

Luzia und Zoe bekamen große Augen. „Aber das ist ja wundervoll", freute sich Luzia. „Eine Hochzeit."

Zoe und sie fassten sich an den Händen und tanzten im Zimmer herum, als wären sie wieder kleine Mädchen.

Die Mutter sah ihnen teils amüsiert, teils verständnislos zu. Nach einer Weile beendete sie den unkontrollierten, etwas kindischen Gefühlsausbruch. „Schluss jetzt. Ihr benehmt euch ja wie Kleinkinder. Dabei fällt mir übrigens ein, dass wir allmählich auch über deine Hochzeit nachdenken sollten, Luzia. Du bist wirklich alt genug."

„Was?", fragte Luzia erschrocken, obwohl sie genau verstanden hatte. Von dem Thema wollte sie einfach noch nichts hören. Die Männer hatten es eindeutig besser. Ihre Brüder waren einundzwanzig und neunzehn Jahre alt und niemand hetzte sie zur Hochzeit. Aber das war eben das Problem, dass Frauen nicht allein leben konnten. Sie brauchten einerseits den Schutz des Mannes, aber sie durften auch kein eigenes Vermögen oder ein Haus besitzen. Wovon sollten sie also leben, wenn sie allein waren? Die einzige Alternative bestand darin, ins Kloster zu gehen.

„Zeig mal deinen Fuß", sagte Luzia zu Frieder. Das lenkte vom Thema ab und auch von dem hübschen Fremden. Außerdem wollte sie eine eventuelle Hochzeit nicht vor dem Mann diskutieren. Was ging es ihn an?

Frieder hob gehorsam den Fuß aus der Wanne und Luzia verzog das Gesicht. „Oh weh. Das sieht wirklich nicht gut aus. Hat bestimmt wehgetan?"

Frieder nickte.

„Ich hoffe, es heilt gut. Sonst müssen wir morgen die alte Elsbeth holen."

Elsbeth war eine Kräuterfrau, die die Familie schon oft kontaktiert hatte. Sie hatte die besten Salben und Tinkturen, um Wunden zu heilen, Schmerzen zu lindern oder Husten zu stillen. Aber auch Elsbeth hatte Angst in diesen Zeiten. Sie besuchte nur noch sehr ausgewählte Menschen, von denen sie glaubte, ihnen absolut vertrauen zu können. Die Familie des Druckers Wolfram waren solche Menschen.

Luzia erinnerte sich plötzlich an die Salbe, die Clara in ihrem Buch beschrieben hatte. Wie war das noch genau? Sie dachte angestrengt nach.

„Zoe", flüsterte sie ihrer Schwester zu. „Kannst du mal kurz mit rauskommen?"

Zoe nickte und folgte ihrer Schwester. Vor der Haustür fragte Luzia: „Kannst du dich noch erinnern, wie die Rezeptur für die Salbe von unserer Ahnin Clara war? Du hast das Buch doch auch gelesen. Sie hatte eine gute Heilsalbe."

„Ja, stimmt. Mal überlegen... Wir brauchen, glaube ich, Speck und Wachs." Zoe verzog den Mund. „Schon etwas merkwürdig."

„Ja, aber das stimmt. Und dann Eigelb. Und irgendein Öl."

„Sonnenblumenöl?"

„Nein. Johanniskraut. Ja, genau. Das war es."

„Du hast recht. Johanniskrautöl. Das heilt, nicht wahr?"

„Genau. Na dann los. Bereiten wir die Salbe zu."

„Bis du sicher? Meinst du, wir können das?", fragte Zoe zweifelnd.

„Ach, was soll schon schief gehen. Wir haben alles im Haus. Hoffe ich."

„Johanniskrautöl auch?"

„Ja. Weißt du nicht mehr? Elsbeth hat es Mutter gegen Bauchschmerzen gegeben. Und sie hat sogar gesagt, dass sie es auch benutzen kann, wenn jemand eine Wunde hat. Vermutlich denkt Mutter jetzt nur nicht daran."

Sofort suchten die Schwestern alle Zutaten zusammen und begannen mit der Herstellung von Claras Salbe.

Cordula saß inzwischen bei dem Fremden am Tisch und unterhielt sich mit ihm über die bevorstehende Hochzeit ihrer Nichte Gisela.

„Was macht ihr denn da?", fragte sie erstaunt, als sie bemerkte, dass Luzia Speck und Wachs in einem kleinen Töpfchen schmolz.

„Ich stelle eine Wundsalbe her. Erinnerst du dich nicht? Clara hat sie benutzt und in ihrem Buch beschrieben. Nun kommt noch Johanniskrautöl und Eigelb hinein."

„Wer ist Clara?", fragte Georg.

„Eine Heilerin", erwiderte die Mutter ausweichend und ein wenig zu schnell, weil sie ihren Töchtern keine Möglichkeit geben wollte, zu antworten.

Sie stand auf und ging zu ihnen. „Seid ihr verrückt geworden?", zischte sie den beiden zu."

„Aber Mutter, das sind ganz einfache Zutaten."

„Ihr wisst woher das Rezept wirklich stammt. Außerdem könnt ihr doch nicht so unbekümmert über Clara reden."

„Ach Unsinn!", verteidigte sich Luzia. „Clara ist doch nur eine Vorfahrin. Und alte Überlieferungen sind nicht automatisch was Schlechtes. Arzneien von Hildegard von Bingen werden ja auch verwendet. Und es gibt heutzutage schon Bücher über Heilkunde und sogar über die Geburt. Also…" Sie sagte das alles so leise, dass gerade ihre Mutter und Zoe ihre Worte verstehen konnten. Georg sollte nicht misstrauisch werden.

Cordula verdrehte die Augen.

„Ich weiß es doch. Diese Zeit ist so verrückt. Einerseits hast du recht, andererseits gibt es eben starke Mächte, die versuchen, diesen Fortschritt aufzuhalten."

Sie setzte sich wieder zu ihrem Gast und die Mädchen fuhren fort, die Salbe herzustellen.

Sie warteten lange mit dem Essen auf den Vater, Anton und Stephan. Irgendwann maulte Frieder, weil er zu großen Hunger hatte um noch länger zu warten.

„Ich verstehe überhaupt nicht, wo die drei bleiben", meinte die Mutter und sah hinaus in den Vorgarten, als könnte sie die Männer mit ihren Gedanken beschwören, endlich nach Hause zu kommen. Es war noch hell, aber die Sonne stand schon tief. „Sie müssten doch längst hier sein", murmelte sie besorgt.

„Es ist sicher nichts passiert", tröstete Luzia. „Sie werden noch im letzten Moment Arbeit bekommen haben, die unbedingt erledigt werden muss. Das gab es schon öfter."

„Aber es sind noch nie alle drei fortgeblieben." Cordula hob etwas hilflos die Schultern.

Luzia blickte Zoe an und beide dachten an die Begegnung mit Pater Laurentius und dass der Vater es abgelehnt hatte, die Ablassbriefe zu drucken. Damit hatte er sich sicher keinen Freund gemacht.

„Wenn du willst, gehe ich sie suchen!", bot Georg an.

Cordula war hin und her gerissen. Sie empfand es nicht als höflich, einen fremden Gast um so etwas zu bitten, aber sie machte sich wirklich Sorgen. Wenn der Vater sonst noch lange zu tun hatte, kam wenigstens einer der Söhne und gab ihr Bescheid. Aber heute…

Sie nickte kaum merklich.

„Ich habe Hunger!", quengelte Frieder. Er sprang bereits wieder im Zimmer herum, die Wunde schmerzte schon nicht mehr. Die Verletzung würde sicher gut verheilen.

„Ja, es gibt gleich etwas. Aber du, Georg, musst doch auch etwas essen."

„Hunger habe ich schon", gab er zu. „Gib mir einen Kanten Brot und ich esse ihn unterwegs. Ich verstehe deine Sorgen. Du musst mir nur genau erklären, wo ich hingehen muss."

Cordula nickte.

„Ich kann mitgehen", rief Luzia sofort.

„Nein, das geht nicht. Es ist schon spät", wehrte Cordula ab.

„Aber ich bin ja nicht allein."

„Du kannst doch nicht mit einem fremden Mann auf der Straße herum spazieren."

„Ach was! Wer fragt danach? Es weiß doch niemand, dass wir uns gerade erst kennen gelernt haben. Falls ich jemanden treffe, der mich kennt, stelle ich ihn einfach als meinen Cousin aus Dringenberg vor. Das stimmt doch sogar. Fast. Außerdem kennt Georg sich hier in Paderborn nicht so gut aus und Vater und die Jungen kennt er gar nicht. Die vier würden aneinander vorbeilaufen, wenn sie sich begegnen."

Cordula sah sie zweifelnd an. Nein, Luzias Erklärung stimmte so nicht ganz. Luzias Cousine würde den Bruder dieses Mannes heiraten. Das war alles. Das machte Luzia und Georg nicht zu Verwandten. Natürlich könnte sie ihn alleine ziehen lassen, allerdings kannte Luzia sich hier wirklich viel besser aus. Sie würde die Druckerei schneller finden und Ideen haben, wo sie suchen und wen sie fragen konnte. Und Luzias Befürchtung, dass die Männer aneinander vorbeilaufen könnten, war durchaus berechtigt.

Luzia sah förmlich, wie es hinter der Stirn ihrer Mutter arbeitete. Wie sie ihre Sorgen gegen die Schicklichkeit abwog.

„Mutter, du hast doch wohl keine Angst, dass ich…"

Bevor sie weitersprechen konnte, schnitt Cordula ihr das Wort ab.

„Natürlich nicht. Wo denkst du hin."

„Ich kann ja auch mitgehen", rief Zoe dazwischen.

„Nein, du bleibst hier. Und du, Frieder, setz dich hin und schone deinen Fuß. Es ist sicher nicht gut, wenn du weiter auf nackten Füßen hier herumläufst. Eine Wunde muss sauber gehalten werden!"

Luzia ging zu ihrer Mutter und küsste sie auf die Wange. „Das hast du auch aus Claras Buch, nicht wahr?", flüsterte sie ihr ins Ohr.

Cordula blickte ihre Tochter mit großen Augen an. Ach, sie waren alle von Claras Geschichten geprägt. Sie sollten die Bücher den nächsten Generationen überhaupt nicht mehr zu lesen geben. Es war zu gefährlich in dieser Zeit. Aber eines Tages, so glaubte sie, würden andere Zeiten kommen und Menschen mit besonderen Fähigkeiten würden nicht mehr verfolgt.

Luzia holte wortlos Brot, Schmalz und Speck und stellte alles auf den Tisch. Cordula zeichnete mit dem Daumen ein unsichtbares Kreuz auf den Brotlaib, als Zeichen und Dank dafür, dass Gott ihr Mahl segnete.

Dann schnitt sie kräftige Stücke ab und reichte sie Georg und Luzia. Während Luzia herzhaft in das trockene Brot biss, nahm Georg ein Stück Speck dazu und sie verließen gemeinsam das Haus.

Kapitel 3
Elsbeth

Es dämmerte bereits, als Luzia mit Georg durch die schmutzigen Straßen lief. Sie sah sich aufmerksam um, damit sie nicht etwa an ihrem Vater vorbeilief, der vielleicht in einem Hauseingang stand und sich mit jemandem unterhielt. Ihr Vater kannte sehr viele Menschen in Paderborn.

Aber sie sah weder ihn noch ihre Brüder.

„Ich verstehe das gar nicht, die Straßen sind so leer. Das sind sie sonst nicht um diese Zeit."

„Es wird doch schon dunkel", meinte Georg. „Da sind eben nicht mehr so viele Leute unterwegs."

„Aber es ist noch warm. Wir haben Sommer."

Luzia blickte ihn nur kurz von der Seite an. Wieder durchzuckte sie der Gedanke, wie gut er aussah.

In ihrer Familie hatte niemand so helle Haare und blaue Augen.

Ihr ältester Bruder Anton ähnelte mit seinen dunkelblonden Haaren dem Vater, allerdings war er mit seinen einundzwanzig Jahren deutlich schlanker. Ihr zweiter Bruder Stephan wurde bald neunzehn Jahre alt. Er kam mehr auf Cordula, war für einen Mann eher klein und hatte die dunklen Haare seiner Mutter geerbt. Mit Georg und seinem hellen Haarschopf und blauen Augen waren sie nicht zu vergleichen. Luzia stellte verblüfft fest, wie sehr ihr das zu gefallen schien. Vielleicht gerade, weil es so anders war, als sie selbst, als ihre Familie.

Fort mit diesen Gedanken, befahl sie sich selbst.

Wenn die Mutter wüsste, was ihr im Kopf herumspukte. Oder dieser vermaledeite Pater.

Tut Buße, hörte sie ihn in Gedanken sagen. *Bereut! Gerade die Jugend ist nicht frei von Laster und nicht sicher vor dem Tod und dem Fegefeuer.*

Sie atmete tief durch, sie wollte jetzt nicht an diesen Pater denken. „Dort ist die Druckerei", sagte sie und zeigte in die Richtung, in der sie das Gebäude bereits sehen konnten.

Luzia begann zu laufen, so wie sie es immer tat, wenn sie ein Ziel fast erreicht hatte. Sie rüttelte an der Tür, aber sie war verschlossen.

Sie klopfte, aber niemand reagierte.

Inzwischen hatte auch Georg, der langsamer nachgekommen war, das Gebäude erreicht. „Niemand da?", fragte er überflüssigerweise.

„Offenbar nicht. Merkwürdig. Wenn sie unterwegs wären, hätten wir ihnen begegnen müssen."

„Könnten dein Vater und deine Brüder nicht einen anderen Weg gegangen sein?"

Sie schüttelte den Kopf. „Eigentlich nicht. Sie gehen immer diesen Weg. Es könnte natürlich sein, dass sie noch irgendwo vorbeigehen wollten."

Sie erinnerte sich, dass es ein Problem gab, als sie mit Zoe da gewesen war. Vielleicht war etwas kaputt gegangen und musste repariert werden.

„Vielleicht bei einem Schreiner oder so", überlegte sie laut. „Aber merkwürdig ist es trotzdem. Dann wären uns doch zumindest Anton und Stephan entgegengekommen. So was machen doch nicht alle drei zusammen."

Georg antwortete nicht, sondern ging stattdessen um das Haus herum und schaute in die Fenster hinein. Luzia folgte ihm.

„Und? Siehst du jemanden?"

„Nein. Leider nicht."

Luzia stand einen Moment lang unschlüssig da.

„Und jetzt?", fragte Georg.

Sie hob ratlos die Schultern.

„Lass uns durch die Stadt zurückgehen. Das ist zwar ein Umweg, aber auf demselben Weg zurückzugehen, bringt ja auch nichts."

44

Georg nickte zustimmend. „Dann los."

Die Druckerei war nicht allzu weit vom Marktplatz entfernt. Sie waren noch nicht weit gegangen, als sie Stimmen hörten. Es klang, als hätten sich viele Menschen versammelt. Wie beim Markttag, aber der war ja nicht spät abends. Oder wie bei Vorführungen von Gauklern oder einer Theatergruppe. Doch davon wüsste Luzia.

Und dann sahen sie in den dämmrigen Straßen der Stadt durch die Häuserreihen hindurch einen Lichtschein schimmern.

Auch bei den Ablasspredigern waren viele Menschen versammelt, dachte Luzia plötzlich und die Panik kroch sofort wieder in ihr hoch, als sie sich daran erinnerte.

„Was ist da los?", fragte sie leise. Luzia wusste instinktiv, dass das kein gutes Zeichen war. Es war gruselig und unheimlich.

Auch Georg spürte es. Ihm war nicht wohl. Und er fühlte sich verantwortlich für das junge Mädchen.

„Lass uns nach Hause gehen!", sagte er entschieden.

„Bist du verrückt? Ich will wissen, was da los ist."

„Das kann gefährlich sein, Luzia. Deine Mutter würde nicht wollen, dass du dich in Gefahr begibst."

„Wir leben in gefährlichen Zeiten", antwortete sie wesentlich mutiger als sie sich fühlte. Aber ein Zurück kam für sie nicht infrage. „Wir halten uns einfach im Hintergrund."

„Luzia, deine Eltern bringen mich um, wenn dir etwas passiert. Ich bin älter. Und – und ich bin der Mann."

Das Argument erregte Luzias Unmut. Die Herrschaft der Männer war dem Mädchen sowieso ein Dorn im Auge, auch wenn ihr absolut bewusst war, dass so nun einmal die gottgewollte Ordnung war. Oder – besser gesagt, die herrschende Ordnung. Wer konnte schon wirklich wissen, was Gott selbst wollte.

45

Sie bekreuzigte sich und Georg nahm an, dass es wegen der unheimlichen Vorgänge in ihrer unmittelbaren Nähe war. Aber in Wirklichkeit tat sie es wegen ihrer eigenen frevelhaften Gedanken, die sie viel zu oft nicht unter Kontrolle hatte. Seit sie die Tagebücher ihrer Ahnin gelesen hatte, war es sogar noch schlimmer geworden. Auch Clara war ja eine Frevlerin gewesen.

Langsam setzte Luzia sich in Bewegung in Richtung des flackernden Lichtscheins und der Stimmen. Georg folgte ihr wohl oder übel.

Endlich sahen sie es: Eine Menschenmenge, die auf dem Marktplatz versammelt war. Fackeln, die den Platz und die Versammlung erhellten. Ihr Flackern warf unruhiges Licht auf die Mauern der Häuser und tauchte den ganzen Platz in ein gespenstisches Licht.

„Was ist hier nur los?", fragte Luzia wieder.

Georg umfasste automatisch ihre Schultern. Er hatte das Gefühl sie beschützen zu müssen.

Meine Güte, sie hatten doch nur nachsehen wollen, wo der Vater und die Brüder blieben. Wo waren sie jetzt hineingeraten? Hier stimmte etwas nicht. Das war keine friedliche Prozession oder Versammlung.

„Was geht hier vor?", fragte er einen Passanten.

„Das weißt du nicht? Diese beiden Wanderprediger haben eine Hexe ausfindig gemacht. Aber wer das ist, weiß noch niemand. Wir sind hier, um sie zu sehen."

„Eine Hexe?"

Der Mann nickte.

Luzia war wie erstarrt. Die Wanderprediger hatten eine Hexe ausfindig gemacht? Oh mein Gott. Die Panik breitete sich in ihr aus. Sie fühlte, wie sie ihren Rücken hinaufkletterte und sich ihres ganzen Körpers bemächtigte. Sie konnte keinen klaren Gedanken mehr fassen. Ihr Herz klopfte wild, ihre Haut kribbelte. Sie bestand nur noch aus Panik. In ihrem Denken, Fühlen, sogar in

46

ihren Gliedmaßen. Ihre Beine waren schwer und gehorchten ihr beinahe nicht mehr. Aber nur beinahe. In Wirklichkeit bewegte sie sich schwerfällig weiter.

Und dann kamen sie. Eine kleine Prozession, angeführt von den beiden Wanderpredigern. Luzia erkannte sie sofort. Pater Laurentius schritt stolz und erhaben daher, sein junger Schüler Clewin wirkte dagegen etwas unsicher. Hinter ihnen fuhr ein Karren und darauf hing in ihren Armfesseln eine alte Frau. Sie war erschöpft. Strähnige, graue Haare hingen über ihren Rücken und über ihrem Gesicht. Sie schien kaum etwas wahrzunehmen.

„Neiiiin!", schrie Luzia.

„Sei still", zischte Georg.

„Aber das ist Elsbeth, die Heilerin! Eine harmlose alte Frau, die nichts anderes tut, als Kräuter zu mixen, um Wunden oder Kopfschmerzen zu heilen."

Sie wollte nach vorne stürmen, aber Georg hielt sie fest.

„Wir müssen doch etwas tun."

„Wir können nichts tun", erwiderte Georg hart.

Luzia wunderte sich über seine Härte. Dieser Mann sah so nett und sympathisch aus mit seinem hellen Haar und den strahlenden Augen. Wie konnte er nur so hart sein?

„Sie ist eine harmlose alte Frau", versuchte sie es erneut.

„Sie ist dem Tode geweiht. Willst du auch sterben?", fragte er.

Nein, das wollte sie nicht. Aber sie wollte auch nicht, dass Elsbeth starb, sie wollte nicht, dass sie gefoltert wurde, dass sie leiden musste.

„Lass uns gehen", forderte er sie auf.

„Nein."

„Was willst du hier?"

„Ich muss ihr helfen", erwiderte Luzia vollkommen unvernünftig. Wieder versuchte sie, loszustürmen. Gegen alle Vernunft. Aber Georg hielt sie fest. Sein Griff war hart, sie konnte sich nicht daraus befreien. Vollkommen widersinnig dachte sie, dass sie morgen sicher blaue Flecken haben würde.

„Elsbeth!", schrie sie entsetzt - ebenso wie manche andere Menschen um sie herum auch.

„Was tust du hier?", fuhr sie plötzlich eine Stimme von der Seite an. Sie wusste nicht, wer es war. Sie hörte es kaum. „Und wer bist du?", fragte die Stimme ihren Begleiter.

Georg reagierte. „Mein Name ist Georg Gruner. Und wer seid ihr?" Er schaute in die Runde der drei Männer.

„Ich bin Wolfram Spengler und das sind meine Söhne Stephan und Anton. Und das...", er deutete mit der Hand auf Luzia, „...ist meine Tochter."

„Gott sei Dank", entfuhr es Georg in einem erleichterten Seufzer. Die Verantwortung für das Mädchen war ihm abgenommen. Nun konnte der Vater entscheiden.

„Ich komme aus Dringenberg mit Nachricht von eurer Nichte Gisela. Deine Frau hat sich Sorgen gemacht, weil ihr noch nicht zurück ward. Deshalb sind deine Tochter und ich losgezogen, nach euch zu sehen. Und wir sind mitten in dieses – dieses Spektakel geraten."

„Es ist abstoßend", erwiderte Wolfram. „Aber ja, auch wir sind hierher gekommen, als wir hörten, dass die Gefangennahme einer Hexe bevorsteht."

„Aber – aber es ist Elsbeth", heulte Luzia jetzt. Sie merkte überhaupt nicht, dass ihr inzwischen Tränen die Wange hinunterliefen.

„Ja, damit haben wir auch nicht gerechnet. Die arme alte Frau."

„Arme alte Frau", wiederholte Luzia leise. „Kann man wirklich nichts tun? Gar nichts? Sie hat doch nie jemandem etwas getan."

„Wir können nichts tun. Außer, wir finden einen Weg, sie auf schmerzfreie Weise zu töten, damit sie nicht noch mehr leiden muss. Aber wer soll das wagen? Wenn man erwischt wird, wird man selbst gefoltert."

„Was ist denn nur passiert?"

Luzia warf einen weiteren Blick auf den Karren. Elsbeth hing schlaff in den Fesseln. Sie war doch sowieso schon alt und schwach. Sie konnte sich schon gar nicht mehr selbst halten und schien das Bewusstsein verloren zu haben. Welche Menschen konnten ihr noch mehr Leid zufügen?

„Lass uns gehen", entschied Wolfram und schob seine Tochter aus dem Trubel heraus. Georg folgte ihnen zusammen mit Anton und Stephan.

Sie entfernten sich von dem Menschenauflauf und diesem grauenvollen Spektakel. Bald waren die Stimmen nur noch als entferntes Rauschen zu hören: Um sie herum war Dunkelheit.

Der Vater erzählte, was geschehen war. Man erzählte sich, dass Elsbeth ein Leiden geheilt hatte, das der Medikus für nicht heilbar hielt. Der Wundarzt hatte sich geweigert, den Patienten zu behandeln. Er musste den Anweisungen eines Arztes Folge leisten, auch wenn er selbst vielleicht mehr Ahnung hatte als dieser. Aber Elsbeth hatte es gewagt, hatte ein Furunkel aufgeschnitten und den Eiter herausgedrückt. Das würde sie jetzt mit ihrem Leben bezahlen.

„War das etwa alles?", heulte Luzia.

Der Vater hielt sie eng umschlungen. „Sicher nicht. In Wahrheit fühlt sich vermutlich irgendjemand von ihr bedroht."

„Der Arzt."

Der Vater nickte. „Und diese Prediger auch. Elsbeth übergeht mit ihren Handlungen angeblich den Willen Gottes."

„Was?", entfuhr es Luzia entsetzt.

„Du weißt, was ich von solchem Gerede halte. Aber so heißt es eben. Diese beiden Prediger sind noch weitaus gefährlicher, als ich dachte. Sie sind keine einfachen Ablassprediger. Sie sind Hexenjäger. Zumindest dieser Laurentius. Aber lass uns zu Hause in Ruhe darüber reden."

Luzia schluckte schwer. Sie betete im Stillen, dass Elsbeth einfach sterben würde.

Cordula wurde beinahe verrückt vor Sorge, als auch Luzia und Georg nicht zurückkehrten. Unruhig lief sie im Zimmer herum und wäre am liebsten selbst losgestürmt, um sich auf die Suche zu machen.

„Mama, sie werden sicher gleich kommen. Sie haben Vater, Anton und Stephan nicht gefunden und suchen sie in der Stadt. Deshalb dauert es länger", versuchte Zoe sie zu beruhigen.

Doch das trug nicht wirklich zu Cordulas Beruhigung bei. „Und warum finden sie die drei nicht?", fragte sie. Ihre Stimme klang seltsam schrill, sie merkte es selbst.

„Es ist sicher nichts geschehen. Vielleicht ist ja auch spät noch ein Kunde gekommen und jetzt warten Luzia und Georg, bis sie alle gemeinsam nach Hause gehen können."

„Das wäre aber sehr dumm und rücksichtslos. Sie wissen doch, wie besorgt ich bin. Nein, sie wären zurückgekommen und hätten mir Bescheid gegeben."

Zoe seufzte. Sie wusste nicht, was sie sagen sollte. Sie war selbst nicht mehr klein und unbeschwert, sondern in einem Alter, in dem sie sich viele angstvolle Gedanken um das lange Fortbleiben machte. Sie dachte an die unangenehme Begegnung mit dem Pater, von der die Mutter noch nicht einmal etwas wusste.

Frieder saß am Tisch und versuchte einige Rechenaufgaben fertig zu stellen. Die Eltern legten Wert darauf, dass ihre Kinder rechnen, lesen und schreiben lernten, auch die Mädchen, obwohl die meisten diese Fähigkeiten nicht erlernten. Aber, so meinte die Mutter – wenn Vater diese Kenntnisse nicht erworben hätte, obwohl sein Vater nur ein Spengler war, hätte er die Druckerei nicht eröffnen und damit einen neuen Weg beschreiten können. Frieder merkte die Unruhe seiner Mutter, aber er selbst fühlte sie nicht. Er war noch sehr jung und konnte sich einfach nicht vorstellen, dass seinen Eltern etwas passierte. Einfach so – von einem Tag auf den anderen. Schließlich waren sie bemerkenswert gesund, was auch auf die Heilkünste von Elsbeth und des Wundarztes Wenzel zurückzuführen war und - wie der Vater manchmal mit einem Augenzwinkern bemerkte - weil die Familie so gut wie nie einen Arzt aufsuchte.

„Sie kommen!", rief Zoe, die am Fenster stand. „Sie kommen alle fünf."

Die Mutter stürzte dazu und sah die kleine Gruppe in der Dunkelheit näher kommen. Noch waren sie nicht mehr als schattenhafte Silhouetten, aber unverkennbar waren es ihr Mann und ihre drei ältesten Kinder. Augenblicklich fiel die extreme Unruhe von ihr ab als wäre sie ein Stein, den sie ablegte. Sie kamen alle fünf. Es ging ihnen gut. Was immer der Grund für die enorme Verspätung war… es war gleichgültig. Hauptsache, es ging ihnen gut.

Cordula riss die Haustür auf und lief ihnen entgegen.

„Gott sei's gedankt, ihr seid wohlbehalten zurück!", rief sie.

Doch als sie in die ernsten Gesichter der Männer blickte und in das tränenüberströmte ihrer Tochter wusste sie, dass der Grund für die Verspätung doch nicht gleichgültig war.

Cordula war erschüttert, als sie von Elsbeths Schicksal erfuhr. „Wie ich gehört habe, hat sie einer Frau geholfen, die der Medikus für unheilbar hielt. Sie hatte ein Furunkel, Elsbeth hat es aufgestochen und den Eiter herausgedrückt. Doch diese Krankheit war angeblich durch Hexerei entstanden und nicht von Menschenhand zu heilen", berichtete der Vater.

„Wer beschließt denn so etwas?", entfuhr es Luzia entsetzt.

Die Mutter hob hilflos die Schultern. „Die Priester, ein Medikus, der daran gescheitert ist... Jemand, der sie loswerden will."

„Und Elsbeth hat die Frau dennoch geheilt, also...", sinnierte Zoe.

Dem Mädchen rannen Tränen die Wange herab.

Anton nickte. „Also ist sie eine Hexe. Es war furchtbar. Nicht nur, als Elsbeth auf diesem Karren gebracht wurde – nein, schon die Stimmung in den Straßen. Manche waren entsetzt, hatten Mitleid, waren voller Verständnislosigkeit. Vielen hatte Elsbeth schon geholfen. Aber es gab auch jene, die meinten, Elsbeth schon immer im Verdacht gehabt zu haben, eine Hexe zu sein."

„Ja, eine Frau erzählte, dass sie einmal ein Hexenmal bei Elsbeth gesehen hätte. Unter dem Schulterblatt soll eines sein", berichtete Stephan.

„Ein Hexenmal, so ein Unsinn!", rief Luzia aus.

„Natürlich ist es Unsinn. Die Hexenjäger benutzen es auch nur als zusätzliches Indiz. Dieses ganze Gerede um Hexen ist Unsinn. Es gibt weder Hexen noch Hexenmeister!", rief Georg leidenschaftlich aus. Seine Augen sprühten vor Zorn. Luzias Herz machte einen kleinen Hüpfer. Er sah noch besser aus und war noch sympathischer in seinem Zorn über die Hexenverfolgung. Sie wunderte sich über sich selbst, dass sie so fühlen konnte in dieser Situation. Als wäre es wichtig, ob Georg hübsch war.

Sie lächelte ihn an. Aber es war ein Lächeln unter Tränen, denn Elsbeths Schicksal bewegte sie sehr.

„Ihr werdet Paderborn verlassen", erklärte Wolfram entschieden. „Die Einladung zu Giselas Hochzeit kommt im richtigen Moment."

„Was? Wir sollen gehen?", wandte Zoe ein.

„Ihr seht doch, wie gefährlich diese Prediger sind. Sie sind keine einfachen Wanderprediger. Sie sind Hexenjäger."

„Das sagtest du schon", entfuhr es Luzia.

Der Vater beugte sich zu ihr vor. „Tochter, du magst doch Gisela. Als Kind war sie oft deine Spielgefährtin. Fahrt mit Georg nach Dringenberg und bleibt dort, so lange diese Subjekte hier sind. Es ist besser. Du bist ihnen doch bereits aufgefallen. Wer weiß, was sie sich einfallen lassen. Noch dazu, nachdem ich das Drucken der Ablassbriefe abgelehnt habe."

„Was hast du getan? Wie konntest du so etwas Leichtsinniges tun?", schimpfte die Mutter.

„Es ist meine Überzeugung. Ich werde dieses Treiben nicht auch noch unterstützen, indem ich das Drucken übernehme."

„Es ist auch dein Beruf. Du verdienst damit den Lebensunterhalt für unsere ganze Familie. Es ist dumm, so einen Auftrag abzulehnen."

„Cordula! So kannst du nicht mit mir reden!", rügte der Vater.

„Und gefährlich ist es obendrein", redete die Mutter weiter. Sie hatte Angst. Seine Meinung so offen kundzutun war nicht sehr klug. Darunter konnte die ganze Familie leiden.

„Das hättest du wirklich nicht tun sollen", sagte sie jetzt leise.

„Du machst dir damit mächtige Feinde und die könnten uns geschäftlich ruinieren oder uns allen sogar das Leben nehmen."

„Jeder muss doch tun, was er tun kann um diesen Wahnsinn zu unterbinden." Der Vater seufzte schwer. Er knickte ein. Seine Stimme war nicht mehr so kräftig und unnachgiebig wie zuvor.

„Nicht, wenn man dadurch in Lebensgefahr gerät", gab die Mutter zu bedenken. „Du sagtest außerdem, Luzia sei diesem Prediger aufgefallen?", fragte die Mutter. „Was ist geschehen?"

Zoe rutschte unruhig auf ihrem Stuhl herum. Cordula bemerkte es. „Du etwa auch?"

„Na ja… Nicht so wie Luzia."

„Erzählt es mir. Sofort!"

Der Vater nickte und blickte Luzia auffordernd an. Das Mädchen berichtete also von der Begegnung auf dem Marktplatz, als sie mit Christine dem Prediger zugesehen hatte und von dem erneuten Zusammentreffen in der Druckerei.

Cordula schlug entsetzt die Hände vors Gesicht. „Oh Kinder, Kinder, wisst ihr wirklich nicht, was ihr tut? Solchen Menschen gegenüber dürft ihr eure wahren Gefühle und Gedanken nicht offenbaren."

„Ja, du hast recht", antwortete Luzia kleinlaut. Die wiederholten Begegnungen hatten ihr das auch gezeigt.

„Und du willst es immer noch ablehnen, diese Schriften zu drucken? Immer noch mehr Weigerung? Noch mehr offener Widerstand? Wolfram! Das kann doch nicht gut gehen. Und du erreichst nichts damit. Gar nichts. Jemand anderes wird das Drucken übernehmen und die Briefe werden verkauft. Nur dass du möglicherweise für deine Weigerung bestraft wirst."

Der Vater ließ den Kopf hängen und seufzte noch einmal. Noch tiefer und schwerer. Luzia sah gespannt von der Mutter zum Vater. Die Atmosphäre war zum Schneiden.

„Schön. Ich werde den Pater aufsuchen und ihm sagen, dass ich diese Briefe drucke", gab Wolfram dann leise nach.

„Vater!", fuhr Luzia auf.

„Ruhig. Mutter hat recht. Ich habe diese Prediger unterschätzt. Sie sind noch mächtiger, als ich gedacht hatte. Ich möchte nicht ihr nächstes Opfer sein. Sie können meine Existenz ruinieren, so dass niemand mehr bei mir drucken lässt – und sie können mir oder euch das Leben nehmen. Soll ich das riskieren?"

Luzia sagte nichts mehr. Sie war sich nicht sicher, was besser war. Aber sterben wollte sie auch nicht. Nein, sie wollte leben. Aber frei und auf ihrem eigenen Weg. Ob das jemals möglich sein würde?

„Wen meinst du eigentlich mit ihr?", fragte die Mutter. „Du sagtest: *Ihr geht nach Dringenberg.* Du willst hier bleiben, nicht wahr?" Niemand sonst dachte an Wolframs Einwand von vorhin. Dieses *ihr* war offenbar außer ihr selbst niemandem aufgefallen.

Wolfram nickte. „Ich werde bleiben. Anton und Stephan auch. Aber du gehst mit den Mädchen und Frieder nach Dringenberg. Dort seid ihr hoffentlich in Sicherheit."

Und ich kann außerdem Claras Tagebücher verstecken, dachte Luzia. Ja, sie wollte nach Dringenberg. Sie wollte zu Gisela, sie wollte noch eine Weile mit Georg zusammen sein. Und sie wollte das Dorf und die Burg wieder sehen.

All das sagte sie nicht. Und die Tagebücher zu erwähnen, traute sie sich vor Georg auch noch nicht. Sie würde sie auf der Reise gut verstecken müssen.

„Dann ist es abgemacht!", erklärte Wolfram, als niemand etwas sagte.

Cordula nickte. Obwohl ihr nicht wohl dabei war, ihren Mann und ihre beiden Söhne in Paderborn zurücklassen zu müssen.

In der Gefahr.

Luzia schlich sich am nächsten Morgen leise aus dem Haus. Der Vater hatte ihr verboten, noch einmal das Haus zu verlassen. Er witterte inzwischen in jeder Minute und an jeder Ecke eine Gefahr. Luzia konnte nicht umhin, das einzusehen. Im Stillen gab sie ihm Recht. Dessen ungeachtet musste sie sich aber unbedingt von ihrer Freundin Christine verabschieden. Und die wohnte ja nicht weit entfernt.

Sie klopfte an die Tür. Einmal – zweimal. Dann wurde geöffnet. Christine selbst stand dort. „Ich habe dich schon vom Fenster aus kommen sehen", sagte sie. „Was gibt es denn so früh am Morgen?"

„Wir verlassen nachher Paderborn und gehen eine Weile nach Dringenberg. Meine Cousine Gisela heiratet."

„Oh wie schön. Aber du kommst doch bald wieder?"

„Natürlich. Aber…" Luzia druckste ein wenig herum. Vater hatte es zwar nicht ausdrücklich verboten, aber sie war sicher, dass sie nicht darüber reden sollte. Egal. Sie sprach schließlich mit ihrer besten Freundin. „Hast du mitbekommen, was gestern Abend passiert ist? Mit Elsbeth?"

Christine nickte. „Ja, mein Vater hat es uns erzählt."

„Und die Druckerei hat abgelehnt, die Ablassbriefe zu drucken. Nun glaubt Vater, wir sind in Gefahr, weil er sich die Prediger zum Feind gemacht hat. Na ja… Deswegen musste ich mich auch so früh heimlich fort schleichen. Er hätte es verboten."

Christine bekam große Augen. „Und ich? Bin ich auch in Gefahr?"

„Dich kennen sie ja nicht. Aber mich und Zoe haben sie in der Druckerei gesehen. Sie wissen, dass wir die Töchter des Druckers sind. Ach, es kommt mir ganz verworren vor. Aber es ist ein glücklicher Zufall, dass Gisela uns eingeladen hat. Also gehen wir hin. Vater, Anton und Stephan bleiben hier. So groß ist ihre Furcht offenbar doch nicht."

„Ich wünsche dir eine schöne Zeit, Luzia. Danke, dass du noch hergekommen bist. Ich werde dich vermissen."

„Wir sehen uns bald wieder."

Die Mädchen umarmten sich herzlich zum Abschied.

Dann verschwand Luzia winkend in Richtung ihres Heimes.

Dort war sie bereits vermisst worden und musste nun doch zugeben, dass sie sich von Christine verabschiedet hatte.

„Und wenn sie dich suchen und auf Christine stoßen?", fragte der Vater. „Jetzt übertreibst du aber wirklich, Wolfram", meinte die Mutter. „So viel kann ihnen kaum an Luzia liegen."

„Nein, vermutlich nicht", räumte der Vater ein. „Habt ihr schon gepackt? Ihr könnt den Karren nehmen und den Braunen."

Sie nickten alle.

Anton ging hinaus und spannte das Pferd vor den Karren während Georg sein eigenes Pferd sattelte.

Dann wurde die Kiste mit Kleidern auf den Wagen gehievt und schon ging es los.

Der Vater, Anton und Stephan standen noch eine ganze Weile da, sahen ihnen nach und winkten.

„Wir gehen dunklen Zeiten entgegen", murmelte der Vater. „Und man ist nirgendwo davor sicher. Dieser verfluchte Hexenhammer ist nichts anderes als eine Erlaubnis zum Quälen und Morden."

Weder Anton noch Stephan antworteten. Sie befürchteten, ihr Vater hatte recht.

Kurz nachdem Cordula, Luzia, Zoe und Frieder mit Georg Gruner nach Dringenberg aufgebrochen waren, machten sich Wolfram, Anton und Stephan auf den Weg zur Druckerei. Sie hatten schließlich ihre Arbeit zu erledigen. Außerdem hatte sich Wolfram fest vorgenommen, sein Versprechen Cordula gegenüber einzuhalten und Pater Laurentius aufzusuchen, um diese vermaledeiten Ablassbriefe doch noch zu drucken. Im Grunde seines Herzens war er jedoch noch immer der Meinung, man müsse sich diesen Machenschaften entgegenstellen. Solche Prediger hatten doch nur Macht, weil sie Angst verbreiteten und die Menschen einschüchterten.

Allerdings musste er auch zugeben, dass diese Macht real war. Ebenso wie die Gefahr. Das hatte man ja höchst eindrucksvoll letzte Nacht an der armen Elsbeth gesehen.

Sie waren noch nicht weit gekommen, als sie einem Bäcker, der einen Handkarren mit Brotlaiben hinter sich herzog, begegneten.

„Guten Morgen, Berthold. Auf dem Weg, Brote auszuliefern?"
Der Mann nickte. „An einige Alte und Kranke, die nicht mehr gut
laufen können. Und meistens verkaufe ich einige Brote an Leute,
die mir begegnen. Wie ist es mit euch?"
Wolfram nickte. „Ich nehme gerne eins. Kann sein, dass ich heute
Mittag in der Druckerei durcharbeite."
Berthold verkaufte ihm einen Laib. „Habt ihr schon von Elsbeth
gehört?", fragte er. Das war offensichtlich in der ganzen Stadt das
Thema des Tages.
Wolfram nickte. „Wir waren gestern Abend dabei, als man sie auf
dem Karren durch die Stadt fuhr und zum Gefängnis brachte."
Aber der Bäcker schüttelte den Kopf. „Das meine ich gar nicht.
Elsbeth ist heute Nacht gestorben. Sie war ja schon ziemlich alt
und hielt dem Verhör nicht stand. Sie ist einfach umgefallen und
war tot." In seiner Stimme lag Trauer, aber da war noch etwas
anderes. Vielleicht war es Erleichterung, dass der alten Heilerin
die Folter erspart geblieben war.
Wolfram und seine Söhne bekreuzigten sich.
„Es war gnädig von unserem Herrn Jesus, sie zu sich zu nehmen.
Es ist ihr viel Leid erspart geblieben", sagte Wolfram.
Der Bäcker schüttelte bekümmert den Kopf. „Hoffentlich sind
diese beiden Prediger bald wieder fort. Wir leben doch gut hier.
Wir brauchen so etwas hier nicht."
Nein, dachte Wolfram. Niemand braucht so etwas.
Sie verabschiedeten sich voneinander und er zog mit seinen
Söhnen weiter. Bald bemerkten sie den Qualm in der Luft.
„Was ist denn da los?", fragte Anton.
„Irgendetwas brennt", erwiderte Stephan.
„Ach was. Das sehen wir auch", fuhr Anton seinen Bruder etwas
unwirsch an.
Sie liefen weiter. In Wolfram keimte ein furchtbarer Verdacht auf.

Wenige Momente später wurde er zur Gewissheit. Sie bogen um die letzte Ecke und befanden sich in der Straße, in der die Druckerei war.

Das Gebäude stand lichterloh in Flammen.

Würzburg
Mai 1494

Kapitel 4
Der Herr von Wiesenstein

Klemens von Wiesenstein preschte von seiner Burg auf dem Hügel hinunter ins Dorf. An seiner Seite ritt der junge Simon. Dieser war ein dreiundzwanzigjähriger Verwandter seiner Frau Gudula, der aus Goslar stammte und nun bei ihnen lebte, um den Umgang mit dem Schwert zu erlernen. Klemens wollte ihn außerdem den Umgang mit den Untertanen lehren – mit den Bauern, die seine Felder bestellten. Seiner Meinung nach war Simon ein viel zu weicher junger Mann. So konnte man in dieser Zeit nicht bestehen. Man musste Macht haben und diese gnadenlos einsetzen. Nur so ging es.

Auch sein ältester Sohn Magnus begleitete ihn. Er war jetzt zehn Jahre alt und Klemens fand, er musste unbedingt in die Aufgaben eines Lehnsherrn eingewiesen werden.

Die Ritterehre lag ziemlich brach. König Maximilian hielt zwar Ritterfeste und Ritterspiele hoch - er selbst sah sich durchaus gerne als Ritter und nahm an Wettkämpfen teil - doch das Leben der Ritter war längst nicht mehr dasselbe wie früher. Im Kampf ersetzten diese neuen Waffen - Kanonen - den ehrenhaften Zweikampf. Ritter wurden einfach nicht mehr gebraucht. Wie viele von ihnen waren schon verarmt, hatten ihre Güter verloren und zogen sogar als Raubritter durch das Land. Nein, Klemens machte sich nichts vor - der Anfang vom Ende für den Ritterstand war eingeleitet.

Aber er würde nicht untergehen.

Er sah sich selbst sowieso weniger als Ritter als viel mehr als Lehns- und Landesherr. Er besaß noch immer seine Ländereien und seine Burg, er hatte Macht und Geld. Und das würde auch so bleiben. Dafür würde er schon sorgen.

Er preschte zwischen Magnus und Simon über die Felder. Das Dorf war nicht weit entfernt.

„Der Herr kommt! Seht!", schrie eine Frau, schnappte angstvoll ihr Kind und rannte ins Haus.

Die Menschen schrien auf. Es wurde erzählt, dass es einst eine Zeit gegeben hatte, als die Menschen sich freuten, wenn der Herr von Wiesenstein das Dorf besuchte. Das war zu Zeiten von Luzius gewesen und danach seines Sohnes und Enkels. Aber diese Zeiten waren wohl endgültig vorüber. Die Ankunft von Klemens verursachte Angst und Schrecken.

Schon ritt er auf den Dorfplatz.

Hoch zu Ross thronte er und blickte hochmütig auf seine Bauern herab. Sein Hengst tänzelte nervös.

„Habt ihr meine Abgaben? Wieviel habt ihr eingenommen? Wie stehen die Äcker?", schoss er die Fragen ab.

„Die Ernte steht gut, Herr", erwiderte eine Frau und knickste nervös.

„Dann bringt mir meine Steuern. Ich habe nichts zu verschenken."

„Natürlich. Aber wir …"

Eine Frau kam mit einem Krug Bier und goss für die Männer drei Becher voll, so wie es sich zur Begrüßung gehörte, wenn der Herr das Dorf besuchte.

Klemens nahm seinen Becher, trank ihn mit großen Schlucken aus und schleuderte ihn dann auf die Erde. Mit dem Ärmel wischte er sich den Schaum vom Mund. Magnus tat es seinem Vater gleich. Als Sohn eiferte er natürlich Klemens nach.

Simon fühlte sich abgestoßen von diesem Verhalten. Er fand es ungehörig und arrogant. So war er nicht aufgewachsen.

Er trank sein Bier langsam aus.

62

„Ich bekomme zwei Schweine, Hühner, Eier, Brote und Weizen. Magnus, sammle alles ein und führe die Liste. Wer nicht zahlt, kommt an den Pranger", verkündete Klemens in rüdem Befehlston.

Sofort sprang Magnus vom Pferd herunter. Mit seinen zehn Jahren kam er sich sehr groß und mächtig vor, weil sein Vater ihm diese wichtige Aufgabe übertrug. Er grinste gemein und sah Klemens dadurch unglaublich ähnlich.

Simons Gesicht blieb verschlossen. Er wagte nicht, seinem Verwandten offen zu widersprechen, aber das ganze Vorgehen stieß ihn unglaublich ab. Wie konnte Klemens nur so mit diesen Menschen umgehen? Gerade sah er, dass Klemens mit dem Fuß ausholte und eine Frau, die mit gefalteten Händen flehentlich um Aufschub bitten wollte, grob fort stieß, so dass sie in den Schmutz fiel.

Simon sprang instinktiv vom Pferd und half ihr wieder auf. Sein Becher fiel dabei auf die Erde.

Die Frau lächelte ihm dankbar zu.

„Simon! Was fällt dir ein!", blaffte Klemens.

Gleichzeitig rannte ein älterer Mann auf Klemens zu. „Herr, ich bitte Euch! Wir enthalten Euch nichts vor. Die Äcker stehen gut, aber was Ihr verlangt, ist zu viel. Lasst Gnade walten wie einst Eure Vorfahren!", rief er noch im Laufen.

Auf Klemens' Gesicht zeichnete sich der pure Hass. Er trieb ohne mit der Wimper zu zucken sein Pferd an und ritt den Mann einfach nieder, noch bevor der wusste, was geschah. Klemens fühlte nicht das kleinste Mitleid, nicht den Anflug von Schuld. Für ihn war der Bauer nicht mehr als eine lästige Ratte.

Simon sah es und schrie: „Nicht Klemens!" Aber es war schon zu spät.

Der Mann war von den Hufen schwer getroffen und lag mit schmerzverzerrtem Gesicht auf dem Boden.

„Vater!", rief ein junger Mann und stürzte zu dem verletzten Mann. Eine Frau schrie auf.

Die Menschen hielten entsetzt den Atem an.

Der Bierkrug fiel polternd und unbeachtet auf die Erde.

„Simon!", bölkte Klemens. „Steig sofort wieder auf dein Pferd. Untersteh dich, diesem Pöbel auch noch zu helfen."

Simon trat zu dem Pferd und hielt es am Zügel fest. „Onkel, es sind Menschen", sagte er beschwörend.

In Klemens Augen funkelte es wütend. Er zog sein Schwert und hielt es Simon drohend an die Brust. „Nenn diesen Pöbel nie wieder Menschen! Diese Leute sind Abschaum. Hast du mich verstanden?"

Simon schluckte schwer. Wie konnte er das bejahen. Musste er nicht widersprechen? Musste er nicht für diese Menschen eintreten?

Das Schwert bohrte sich tiefer in Simons Brust.

Magnus stand an einem kleinen Holztisch, der für das Bezahlen der Steuern immer unter einem Baum stand, beobachtete die grausige Szene und grinste gemein. Er wird zum Grobian erzogen, dachte Simon. Wo ist die Ritterehre hin?

Klemens beugte sich vor und raunte: „Ich töte dich genauso bedenkenlos wie einen von ihnen."

„Das würden meine Eltern dir nie verzeihen", zischte Simon.

Klemens lachte auf. „Sie würden gar nicht erfahren, was wirklich geschehen ist. Im Übrigen ist mir das sowieso gleichgültig. Und jetzt steig auf dein Pferd."

„Ja", brachte der junge Mann gepresst hervor. Er würde den Menschen nicht helfen können, wenn er tot war. Aber er nahm sich in diesem Augenblick vor, den Ehemann seiner Tante zu bekämpfen. Die Vorfahren auf Wiesenstein, allen voran Lucianus und sein Sohn Luzius mit seiner Frau Adelaide, hatten klüger und ehrenvoller gehandelt. Genauso, wie der Mann es gesagt hatte, der von Klemens Hengst überrannt worden war und der inzwischen seinen letzten Atemzug getan hatte. Es war nicht nur grausam, die Menschen so zu behandeln, sondern auch dumm. Tote konnten keine Erträge mehr erarbeiten. Außerdem machte Klemens sich Feinde. Noch waren die Dorfbewohner eingeschüchtert, aber dahinter bemerkte Simon schon den Hass. Und verzweifelte Menschen konnten mächtige Feinde sein, selbst wenn sie keine mächtigen Waffen besaßen.

„Wir kommen morgen wieder. Bis dahin hat jeder seine Steuer bereit, verstanden?", bölkte Klemens über die Köpfe seiner Untertanen hinweg.

Die Dorfbewohner knicksten und verbeugten sich eifrig. Ihre Angst saß tief. Sie würden tun, was sie konnten. Aber es ging an ihre Substanz.

Magnus grinste gemein, als er sich ebenfalls wieder auf sein Pferd schwang. Er trieb sein Ross an, machte einen Schlenker über den Platz und galoppierte mitten durch den Krug und die am Boden liegenden Becher, die sofort zerbrachen. Das restliche Gebräu ergoss sich in die lehmige Erde.

Simon sah angeekelt zu.

Klemens brach in schallendes Gelächter aus.

Klaß, der Sohn des toten Mannes, hockte noch immer auf der Erde neben seinem toten Vater und blickte den davon reitenden Männern nach. In seinen Augen brannte der Hass. „Ich werde meinen Vater rächen", brachte er zwischen zusammen gepressten Zähnen hervor.

„Klaß, das kannst du nicht. Klemens ist zu mächtig", flüsterte seine Mutter unter Tränen. „Sonst verliere ich dich auch noch."

„Ich werde ihn rächen!", rief er jetzt lauter und ballte seine Faust.

Ein Mann legte ihm beruhigend die Hand auf die Schulter.

Einige Männer fanden sich zusammen, um den Toten in sein Haus zu tragen und auf sein Totenlager zu betten.

Die anderen verstreuten sich langsam. Schweigend, noch voller Entsetzen und voller Trauer. Doch schon setzte sich in einigen Köpfen der Gedanken fest: Wir werden uns rächen.

Simon ritt mit Klemens und Magnus zurück. In seinem Kopf arbeitete es. Das war es nicht, was er lernen wollte. Wenn seine Eltern wüssten, was hier vorging, hätten sie ihn niemals hergeschickt. Seine Eltern waren gute und fromme Menschen und hatten ihn gelehrt, andere Menschen zu achten. Auch die Armen.

Und Ritter sollten genau das ebenfalls tun. Sie sollten die Armen und Schwachen schützen.

Aber Ritterehre gab es an diesem Ort nicht.

Kapitel 5

Die Kräuterfrau von Würzburg

Als die sechzehnjährige Madlen den schmalen Pfad entlang auf ihr Haus in Würzburg zuging, erkannte sie das Unglück schon von weitem. Stadtdiener waren vor dem kleinen Häuschen, das sie und ihre Mutter alleine bewohnten.

Ihr Vater war schon lange gestorben und sie schlugen sich mehr schlecht als recht durch mit Kräutermixturen, Salben und Tees, die ihre Mutter Elenore herstellte. Sie wussten sehr wohl, dass sie sich immer am Rande einer Anklage wegen Hexerei bewegten. Aber was sollten sie tun? Irgendwie mussten sie ja leben. Und Elenore konnte schließlich mit ihrem Wissen den Menschen wirklich helfen.

Hatte der Besuch der Stadtdiener etwa mit ihrer Arbeit zu tun? War etwas geschehen?

Madlen ging zögerlich näher. Ihr Herz schlug heftiger als normal. Sie hatte ein ganz ungutes Gefühl. Und da sah sie schon ihre Mutter, die aus dem Haus geführt wurde. Sie rannte los.

„Bleib fort, Mädchen!", rief einer der Männer.

„Was ist passiert?", fragte Madlen entsetzt.

„Sie ist beschuldigt, unerlaubte Verkäufe abgewickelt zu haben und das zu überteuerten Preisen", erklärte der eine. Madlen kannte ihn.

„Veit, du weißt, dass das Unsinn ist", beschwor sie ihn. „Du hast selbst schon Kräuter und Salben gekauft. Sie sind nicht zu teuer. Und von irgendwas müssen wir doch leben. Veit, du weißt das doch besser. Mutter hat dich gepflegt, als du die schlimme Fieberkrankheit hattest. Veit…" Ihre Stimme überschlug sich fast.

„Sei still, Madlen", zischte er mit einem Seitenblick auf seinen Kollegen. Er beugte sich leicht zu ihr und flüsterte ihr ins Ohr: „Ich kann da nichts machen. Sei froh, dass es nur um Wucher geht und keine Anklage wegen Hexerei ist. Sie kommt zwei Tage in den Korb und dann ist sie wieder bei dir."

Madlen wurde blass. „In den Korb?", krächzte sie tonlos.

Veit nickte.

Der Korb war eine Alternative zum Pranger. Es war ein länglicher Eisenkorb, der an einem Gestell hing. Er war gerade groß genug, dass der Verurteilte darin hocken konnte. Außerdem durfte man denjenigen mit faulen Eiern, Tomaten oder sogar Steinen bewerfen.

„Das könnt ihr doch nicht machen!", schrie Madlen jetzt.

„Können wir endlich gehen oder willst du noch lange mit der Göre diskutieren?", fragte der zweite Mann grob.

Veit zog Elenore mit sich.

„Neiiiin!", schrie Madlen und hängte sich verzweifelt an ihre Mutter.

Veits Kollege trat mit dem Fuß nach ihr, aber sie ließ nicht los. Doch dann wandte der Mann sich vollends dem jungen Mädchen zu und schlug hart auf sie ein. Er schlug ihr ins Gesicht, in den Bauch, in die Seite. Madlen krümmte sich vor Schmerzen.

„Lass meine Tochter!", rief Elenore voller Angst und Sorge.

Aber er reagierte nicht.

Und Veit ließ seine Gefangene nicht los, um Madlen zu Hilfe zu kommen. Das Mädchen stürzte. Sie lag auf der Erde und der Mann trat nach ihr.

„Es reicht!", rief Veit endlich doch noch. „Komm, wir werden nicht dafür bezahlt, die Tochter tot zu prügeln."

Elenore weinte. Der Wärter spuckte auf Madlen, kam dann zurück und fasste Elenore wieder am Arm. Zu zweit schleiften sie die Heilerin mit sich. Sie ließen ihr keine Möglichkeit, noch einmal nach ihrer Tochter zu sehen. Elenore wusste nicht, wie schwer Madlen verletzt war.

Madlen lag auf der Erde und sah den beiden Männern, die ihre Mutter fort schleppten, hilflos nach. Ihr ganzer Körper schmerzte. Sie würde morgen überall blaue Flecken haben. Aus einer kleinen Wunde an der Stirn rann Blut. Aber sie glaubte nicht, dass sie ernsthaft verletzt war. Sie hoffte es. Sie wusste, dass man manchmal innere Verletzungen haben konnte, die man nicht sofort bemerkte. Aber es half ja sowieso nicht, darüber nachzudenken. So etwas konnte niemand untersuchen oder gar heilen. Warum taten die Männer das? Warum tat Veit das? Warum wollte jemand ihrer Mutter so übel mitspielen? Sie war eine kleine Kräutersammlerin, mehr nicht.

Mühsam richtete sie sich wieder auf. Sie kniete auf dem Boden. Ihr Körper schmerzte, aber sie machte weiter. Sie konnte hier ja nicht liegen bleiben. Sie stützte sich mit den Händen ab, um wieder auf die Füße zu kommen.

Sie hatte das Gefühl, es dauerte eine Ewigkeit, denn sie bewegte sich wie eine Greisin. Aber endlich stand sie wieder aufrecht. Sie ballte die Fäuste und blickte die Straße hinunter, auf der ihre Mutter fortgebracht worden war.

Sie starrte ins Leere.

„Ich schwöre, ich finde heraus, wer dieses Leid über uns gebracht hat. Und dann werde ich ihn vernichten!", presste sie zwischen ihren trockenen Lippen hervor.

Elenore hockte mit angezogenen Beinen in dem Prangerkorb. Die erste Nacht hatte sie bereits hinter sich. Sie war ihr endlos vorgekommen.

Aber jetzt saß sie einfach nur da, dachte nicht nach, fühlte nichts mehr außer der tiefen Resignation und Angst, die sich in ihr ausbreitete.

Sie merkte nicht, dass ihre Tochter auf dem Marktplatz stand und sie ansah.

Madlen stand wie versteinert da und sah starr auf den Korb. Eine kleine, zarte Gestalt mit langen, dunkelblonden Haaren. Ihre grünen Augen waren voller Verzweiflung. Sie ertrug es kaum, ihre Mutter dort kauern zu sehen. Elenore war klein und zart wie sie selbst und deshalb war der Korb für sie weniger beengt, als er es für einen großen Menschen wäre. Aber Madlen erkannte sogar von weitem, dass ihre Mutter ihre Energie verloren hatte. Ihre dunkelblonden Haare, in die sich erste graue Strähnen mischten, hingen strähnig über ihr Gesicht. Ihre Kleider waren schmutzig und an einigen Stellen erkannte Madlen Blutflecken. Sicher war sie geschlagen worden. Madlen hätte schreien und heulen können, aber sie musste stark sein. Wenn ihre Mutter frei gelassen wurde, musste sie die Energie für sie beide haben.

Ihr Häuschen war inzwischen beschlagnahmt worden und sie würden die Stadt verlassen müssen. Madlen hatte keine Ahnung, warum. Sie würde später mit ihrer Mutter darüber sprechen. Vielleicht konnte die sich vorstellen, wer ihr weshalb so übel mitspielte. Es konnte doch nicht nur an ihren Kräutermixturen liegen. Elenore wirkte apathisch und schien ihre Umgebung nicht wahrzunehmen. Vielleicht war das ein Glück. Sie war zwar nicht mehr ganz jung mit ihren achtunddreißig Jahren, aber jetzt sah sie aus als wäre sie eine uralte Greisin.

Madlen schüttelte es.

Ein rohes Ei landete am Korb und zerbrach an den Gitterstreben. Es kam dem Mädchen grausam und unwirklich vor. Ihre Mutter hatte immer nur geholfen. Sie war gut und freundlich und nun…

Aber vermutlich musste sie froh sein, dass keine Steine geworfen wurden, die Elenore verletzten würden.

Madlen merkte nicht, dass Tränen ihre Wangen hinunterliefen. Jemand berührte sie an der Schulter. Sie wandte sich erschrocken um. Es war die alte Weberin. „Mädchen, tu dir das nicht an", sagte sie leise.

„Aber ich muss doch bei ihr sein!"

„Sie merkt es doch gar nicht. Und näher zu ihr lassen sie dich sowieso nicht."

„Nein. Das stimmt. Ich habe es versucht."

„Nach achtundvierzig Stunden ist sie wieder frei. Und dann kannst du für sie da sein. Jetzt nicht. Schone deine Kräfte und geh heim."

Madlen sah der Frau, die etwa im Alter ihrer Mutter war, direkt ins Gesicht. „In welches Heim? Wir haben kein Heim mehr. Sie haben es beschlagnahmt. Wir haben gar nichts mehr, außer unserer Kleidung."

Die Frau sah betreten auf den Boden. „Wie kann das sein? Mädchen, da steckt doch mehr dahinter als Wucher. Das Haus beschlagnahmt..." Sie schüttelte verwirrt den Kopf und bekreuzigte sich schnell.

„Wo kann ich hin?", fragte Madlen hoffnungsvoll. Vielleicht würde die Weberin ihr helfen. Sie selbst hatte auch schon so oft Hilfe durch Elenore erfahren.

Doch die Frau wandte sich brüsk ab und ließ das Mädchen alleine stehen. Madlen starrte ihr verständnislos nach. Erst versuchte die Webersfrau sie zu trösten und dann... Nur Worte, keine Hilfe. Was sollte sie damit anfangen?

Die Menschen hatten Angst, natürlich. Aber rechtfertigte das dieses unmenschliche Verhalten?

Sie wandte sich abrupt ab. Nichtsdestotrotz hatte die Weberin recht. Sie konnte ihrer Mutter besser helfen, wenn sie ihre Kraft nicht von Mitleid auffressen ließ. Ich muss stark sein, dachte sie immer wieder. Ich muss stark sein und dafür sorgen, wie es weiter geht, wenn Mutter wieder frei ist. Ich muss sie auffangen.

Sie zwängte sich durch die Menschenmenge zurück.

Eine Hand hielt sie auf. Wieder eine mitleidige Seele, die ihr am Ende doch nicht helfen würde? Sie blickte in die stechenden, braunen Augen eines Wärters.

„Du musst dich furchtbar fühlen", sagte er und Madlen nahm sehr wohl wahr, dass nicht Mitleid aus seinen Worten sprach, sondern Hohn und vielleicht sogar Sensationslust.

„Ja", erwiderte sie schlicht und so fest sie konnte.

„Du hast nicht einmal mehr ein Haus, in dem du schlafen kannst?"

„Nein. Das weißt du genau."

Sie war auf der Hut. Was hatte er vor? Er war nicht gerade ein hässlicher Mann. Groß, muskulös, mit dunklen Locken und noch dunkleren Augen.

Als wäre er der Teufel selbst, dachte Madlen.

Er hatte ihr nichts vorzuschreiben. Er war kein Ratsherr und bekleidete kein hohes Amt. Trotzdem musste sie vorsichtig sein. Er konnte ihr durchaus schaden, wenn er falsch gegen sie aussagte.

„Du kannst mit zu mir kommen. Ich biete dir Herberge für heute Nacht. Wenn du dich nicht zu dumm anstellst, sogar für zwei Nächte." Er strich ihr über die Wange und ließ eine Haarsträhne durch seine Finger gleiten. Sein Lächeln war berechnend und anzüglich.

Madlens Herz klopfte heftig. Sie hoffte, er würde es nicht bemerken, als sie kühl antwortete: „Danke, ich werde schon einen Unterschlupf finden."

Abrupt ließ er sie los. Sein Lächeln gefror.

„Du bist sehr hochnäsig, Mädchen, dafür, dass du kein Haus mehr hast und deine Mutter im Korb hockt. Aber wenn du glaubst, es dir leisten zu können, dann bitte. Hau ab!"

Madlen lief so schnell sie konnte weiter. Fort von ihm.

Noch immer klopfte ihr Herz zum Zerspringen. Sie hatte die vage Idee, sich einen Feind geschaffen zu haben. Aber das war doch Unsinn. Er hatte sie sicher schon in dem Moment vergessen, in dem sie den Marktplatz verließ. Und dieses dumpfe Gefühl in ihrer Brust war nichts als Angst. Völlig sinnlose Angst. Sie durfte nicht die Oberhand gewinnen. Madlen wusste, sie brauchte ihre Kraft und Energie. Für ihre Mutter.

Für sie beide.

Gudula von Wiesenstein wand sich in Schmerzen. Sie war nicht mehr ganz jung. Diese erneute Schwangerschaft nach mehreren Jahren hatte sie überrascht.

Sie lag in den Kissen, das dunkle Haar lag klatschnass um ihr Gesicht. Sie fühlte sich so krank.

Die heilkundige Frau aus dem Dorf war bei ihr, aber sie fühlte sich machtlos. Und sie war ängstlich. Die Gemahlin ihres strengen und groben Herrn Klemens von Wiesenstein zu behandeln, konnte gefährlich sein, wenn sie ihr nicht helfen konnte.

Sie tastete den Bauch ihrer Patientin ab, der noch nicht gewölbt war.

Das Bettlaken war nicht blutig. Sie konnte keine Anzeichen entdecken, dass sie das Kind verlor.

„Hol meinen Mann!", schrie Gudula.

„Aber gnädige…" Die Heilerin war der Meinung, ein Mann hatte hier nichts zu suchen, auch wenn die Herrin nicht dabei war, zu gebären.

Doch sie wurde unsanft unterbrochen. Gudula hatte noch genug Kraft, sie am Kragen zu fassen und zu sich herunterzuziehen.

„Hol meinen Mann!", japste sie.

„Ja gewiss. Sofort." Die Dienerin knickste hektisch und völlig überflüssigerweise – Gudula bemerkte es überhaupt nicht - und eilte hinaus, um eines der Mädchen im angrenzenden Zimmer loszuschicken, den Herrn zu holen.

Nach wenigen Minuten kam Klemens mit großen Schritten in das Zimmer gepoltert. Kein Zweifel, er war ein schöner Mann. Groß war er, fast riesig, mit dunkelblondem, vollem Haar, das ihm fast bis auf die Schultern reichte und grauen Augen, die kalt und grausam aussahen. Keinerlei Wärme lag darin. Er war kein guter Herr. Er behandelte die Menschen in seinem Dorf nicht gut, nahm ihnen mehr von ihren Erträgen, als ihm zustand und unterjochte sie, wo er konnte. Auch die Diener in der Burg litten unter ihm und gingen ihm lieber aus dem Weg, wo sie konnten.

Doch gegenüber seiner Familie war er anders. Nicht gerade fürsorglich, aber doch besorgt.

„Was gibt es?", fragte er. Und seine Stimme klang völlig anders, als seinen Untergebenen gegenüber. Sogar seine kalten Augen veränderten sich ein wenig. Die Heilerin bemerkte es überrascht.

„Was ist? Geht es dir nicht gut?", fragte er besorgt und beugte sich über seine Frau.

„Ich sterbe, Klemens. Das Ungeborene und auch ich", krächzte Gudula.

„Ich hole diese Heilerin aus Würzburg", sagte er sofort.

„Was?", schrie sie. „Würzburg ist ein Tagesritt entfernt. Du darfst mich nicht allein lassen."

Der Ausdruck seiner Augen veränderte sich wieder. Er sah sie entschlossen an. „Sie kennt sich besser aus als jeder, den wir sonst kennen. Sie hat dir schon mal geholfen. Ich hole sie."

Er setzte sich an den Rand ihres Bettes und nahm ihre Hand in seine.

Die Dienerin bemerkte verblüfft die Veränderung, die von einer Minute zur nächsten in ihm vorging. Als säße hier ein vollkommen anderer Mensch als derjenige, der zur Kontrolle der Ernte ins Dorf ritt.

In seinen Augen las sie sogar Mitleid. Mitgefühl mit der Angst und den Schmerzen seiner Gemahlin. Aber darin war auch die Entschlossenheit zu erkennen, die keinen Widerspruch duldete. Er hatte seine Entscheidung getroffen und auch seine Frau würde ihn nicht davon abbringen.

„Klemens, sie ist eine Hexe", japste Gudula.

„Und wenn schon. Soll sie dich gesund zaubern." Er sah zu der Heilerin von Wiesenstein auf und der Ausdruck in seinen Augen veränderte sich wieder.

„Mach, dass du hinaus kommst. Was wir hier bereden, geht dich nichts an."

„Ja, Herr!" Die Frau knickste eilig und lief hinaus, auch wenn sie nicht verstand, was das zu bedeuten hatte. Was konnte es geben, das sie nichts anging? Bisher behandelte und versorgte sie doch die Herrin. Sie schloss die mächtige Tür hinter sich. Das Letzte, was sie hörte, war ein Schmerzensschrei ihrer Herrin.

Erlitt sie eine Fehlgeburt? Aber sie blutete nicht. Was hatte das zu bedeuten?

Ja, sollten sie doch diese Hexe aus Würzburg holen. Sie war hier sowieso überfordert. Und sie wollte die Verantwortung nicht tragen und am Ende dafür bestraft werden, dass sie nicht helfen konnte.

„Du weißt, warum ich die Hexe nicht holen will", sagte Gudula leise, nachdem die Schmerzwelle verebbt war.

Klemens lächelte sanft. „Ach Gudula, sie kennt unser Geheimnis. Deswegen musst du sie nicht meiden."

„Aber deswegen solltest du sie töten. Sogar bis hierher ist das Gerücht gedrungen, dass ein Medikus schon lange gegen sie wirkt. Es ist sehr wahrscheinlich, dass sie demnächst verhaftet wird."

Gudula griff nach seinem Wams, wie eben noch bei der Heilerin.

.

„Ja, hol sie. Denn ich bin noch nicht bereit, zu sterben. Und diese Quacksalberin kann mir nicht helfen. Doch danach darfst du sie nicht mehr gehen lassen. Nicht, wenn das Gerücht stimmt. Dann wird sie gefoltert und unter der Folter wird sie reden, Klemens. Du musst sie töten, sobald ich gesund bin."

Auch ich bin nicht bereit, dich aus diesem Leben gehen zu lassen, dachte er. Deshalb will ich die Frau ja unbedingt holen. Es war nicht so, dass er dieser Würzburger Heilerin sonderlich vertraute. Aber er wusste, dass ihre Fähigkeiten und ihr Wissen enorm waren. Deshalb würde er sie für Gudula holen. Ihre Genesung war wichtiger.

Ach Gudula, dachte er. Auch du weißt nicht alles, was diese Frau weiß. Du weißt nicht, welche Ängste ich ausstehe. Aber ich hole sie, um dich zu retten. Und danach werde ich sie töten. Ja, du hast recht. Das hätte ich schon lange tun sollen. Er nickte langsam und verließ den Raum.

Eine Nachbarin nahm Madlen schließlich auf. Käthe war eine alte Witwe mit schon gebeugtem Rücken, deren Kinder längst erwachsen waren. Sie schmuggelte das Mädchen heimlich ins Haus, immer darauf bedacht, dass sie von niemandem beobachtet wurden. Nicht, dass es noch Gerede um sie selbst gab.

„Eigentlich gibt es ja keinerlei Aufforderung, dir keinen Unterschlupf zu gewähren. Ich weiß gar nicht, warum ich so ängstlich bin", meinte sie schließlich.

Madlen war das schon klar. Ihre Mutter war der Wucherei angeklagt, aber... ohne dass es irgendjemand aussprach, klang das Wort Hexerei irgendwie mit.

„Elenore hatte vermutlich noch Glück. Bei ihren Kräutermixturen und ihren besonderen Fähigkeiten hätte die Anklage genauso gut Hexerei lauten können", sagte Käthe da auch schon.

„Du weißt, dass sie keine Hexe ist", entfuhr es Madlen aufgebracht.

„Nun reg dich nicht auf." Die alte Frau strich ihr sanft über das
Haar. „Das habe ich doch gar nicht gesagt. Aber du weißt doch,
die Gefahr ist immer da. Heutzutage mehr als früher. Dieser
verdammungswürdige Hexenhammer", flüsterte Käthe. Sie würde
es niemals wagen, das laut auszusprechen. Es war beängstigend
und es konnte jeden treffen. Nicht nur heilkundige Frauen wie
Elenore. Auch sie selbst – vielleicht weil sie ein merkwürdiges
Muttermal an der Hüfte hatte. Gott behüte, dass das jemals
jemand zu Gesicht bekam.

„Warum sagst du das? Weißt du mehr? Worüber redet man?",
fragte Madlen aufgeregt.

Die Alte schüttelte den Kopf. „Nein, ich weiß nicht, was der
wahre Grund ist. Man glaubt nur allgemein, dass es etwas anderes
sein muss. Wucher ist nur vorgeschoben, um deine Mutter bestrafen zu können."

„Was ist da nur geschehen?"

Die Alte hob hilflos die Schultern. „Jetzt mach dir erstmal keine
Sorgen. Es wird sicher alles gut werden. Morgen ist Elenore
wieder frei. So, ich mache uns jetzt ein wenig Brot, Speck und
Käse zurecht."

„Und was dann?"

Käthe schaute fragend auf.

„Was, wenn sie wieder frei ist? Wo sollen wir hin? Unser Haus ist
beschlagnahmt. Dorthin können wir nicht zurück."

Die Nachbarin seufzte. „Ja, ich weiß. Ihr habt wohl keine andere
Wahl, als fortzuziehen."

Dabei stellte sie sich vor, wie schwierig das sein würde. Auch sie
selbst war Witwe. Ihre Kinder waren erwachsen. Zwei lebten in
Würzburg und unterstützten sie. Aber Elenore war alleine mit
ihrer Tochter. Ach, wenn Madlen doch wenigstens ein Sohn wäre,
das würde vieles einfacher machen. Dann würde er arbeiten

können, vielleicht auf Baustellen wie ihr eigener Ehemann früher und wie es ihr Sohn heute tat.

Elenore brachte sich und die Kleine schon so lange alleine durch. Und jetzt musste sie auch noch allein mit ihrer Tochter fortziehen. Die Alte stellte betont schwungvoll ein Holzbrett mit einem Kanten Brot, Käse und Speck auf den Tisch. „Greif zu, Kind! Greif kräftig zu!"

Klemens von Wiesenstein ritt die halbe Nacht hindurch. In ihm stritten die widersprüchlichsten Empfindungen. Er wollte diese Hexe nicht in seinem Haus haben. Er wollte auch nicht, dass sie seine Frau behandelte. Aber er wusste, sie war Gudulas einzige Hoffnung. Elenore konnte mehr, als die meisten.

Und sie kannte das Geheimnis. Sollte er etwa noch jemanden in das Geheimnis einweihen? Nein, undenkbar. Noch dazu auf die Gefahr hin, dass der- oder diejenige dann trotzdem nicht helfen konnte.

Normalerweise war es ihm gleichgültig, wer starb oder lebte. Wie viele seiner Leibeigenen hatte er selbst ins Jenseits befördert, weil sie ihre Abgaben nicht leisten konnten. Und Mägde auf seinem Schloss hatte er sterben lassen, weil er ihnen keine Hilfe einer Heilerin oder eines Medikus zubilligte. Sie waren ersetzbar. Austauschbar wie Gegenstände.

Aber Gudula... Sie war seine Frau.

Und seine Söhne Magnus und Luitger...

Die würde er nicht sterben lassen.

Klemens trieb seinen Rappen hart an, so dass er schneller als erwartet Würzburg erreichte. Es war noch dunkel, noch nicht ganz Tag, aber er wusste, wo er das Haus von Elenore finden konnte.

Doch als er davor stand, fand er es mit Brettern vernagelt vor. War sie etwa schon verhaftet worden? Aber dass man ihr auch das Haus nahm, sprach für einen ernsthaften Vorwurf. Hoffentlich konnte er sie noch befreien. Natürlich nur für Gudula. Nicht für die Hexe.

Die sollte ruhig sterben.

Er würde sie selbst töten, wenn sie Gudula gerettet hatte. Sie wusste einfach zu viel. Und das war ein ewiges Risiko. Warum hatte er sie eigentlich nicht schon längst umgebracht?

Er ritt zum Marktplatz. Wenn er herausfinden wollte, was los war, dann war er dort richtig. Irgendjemand musste es doch wissen.

Er brauchte nicht lange suchen. Er sah Elenore in dem schaukelnden Eisenkorb kauern. Sein Mund verzog sich zu einem grausamen Lachen. Er empfand eine abgründige Freude daran, sie gefangen und leiden zu sehen.

Madlen schlief schlecht. Die Angst und Sorge saßen zu tief.

Am nächsten Morgen ging sie ganz früh zum Marktplatz, um da zu sein, wenn ihre Mutter freigelassen wurde. Elenore hatte sicher eine noch schlimmere Nacht hinter sich. Die Knochen würden ihr wehtun und sie würde frieren. Aber das alles würde wieder in Ordnung kommen. Hauptsache, sie lebte.

Als Madlen sich dem Marktplatz näherte, sah sie einen Mann vom Pferd springen. Er zog sein Schwert und hob es hoch.

„Nein!", schrie Madlen von weitem und begann zu rennen.

Der Mann wirbelte herum. Madlen erkannte verblüfft den Herrn von Wiesenstein.

„Was willst du?", fuhr er sie an.

„Tut meiner Mutter nichts an!", rief sie aus.

Elenore sah der Szene - viel zu erschöpft um zu reagieren - einfach nur zu. Als würde es sie überhaupt nichts angehen.

Klemens schob Madlen zur Seite. „Aus dem Weg, dummes Mädchen! Ich will ihr doch nichts antun!", bölkte er.

Da kam auch schon Veit um die Ecke.

„Was ist hier los?", rief er.

„Öffne den Käfig! Ich werde diese Frau mit mir nehmen. Auf meine Burg!", befahl Klemens von Wiesenstein.

Madlen bemerkte, dass in Elenores Augen ein Ausdruck von Interesse trat. Keine Verwunderung, kein Erstaunen. Nur Neugier und Interesse.

„Sie wird nicht freigelassen. Sie hat noch einen Tag im Käfig vor sich und dann bekommt sie einen Prozess", erklärte Veit.

„Nein!", schrie Madlen gequält auf.

Klemens dachte an seine Frau daheim. Niemand sonst konnte ihr helfen. Niemand kannte sich so gut aus wie diese Frau. Und niemand sonst kannte sein Geheimnis und so sollte es auch bleiben. Auch wenn er diese Frau gerade dafür hasste. Von ihm aus könnte sie verrecken. Aber seine Frau brauchte sie.

Er ließ das mächtige Schwert auf das Schloss des Käfigs niedersausen, so dass es sofort zersprang.

„Aber Herr, das könnt Ihr doch nicht...", begann Veit vorsichtig. Viel mehr brachte er nicht hervor. Der Herr von Wiesenstein flößte auch ihm Respekt und sogar Furcht ein.

„Du siehst doch, dass ich es kann!"

„Mutter, geht es dir gut?", rief Madlen, stürzte auf Elenore zu und fasste ihre Hände. Was für eine dumme Frage, dachte sie gleich darauf. Wie sollte es ihr gut gehen.

Elenore sah wirklich leidend aus. Sehr schlank und zart war sie ja sowieso, aber jetzt wirkte sie geradezu zerbrechlich. Ihre Haare hingen wild vor ihrem Gesicht. Und ihr Blick hatte etwas Irres. Waren die Stunden im Käfig zuviel für sie gewesen?

„Mir ist so kalt", stammelte sie.

Veit legte ihr eine Decke um die Schultern und hielt ihr einen Becher Wasser an den Mund.

Klemens von Wiesenstein schob Madlen schon wieder zur Seite und hob Elenore kurzer Hand aus dem Korb heraus.

„Ihr wollt sie doch nicht mitnehmen?", schrie Madlen verzweifelt. „Dummes Mädchen! Merkst du nicht, dass ich ihre Rettung bin? Hier wird sie den Tod finden."

Veit nickte. Er müsste die Wachen rufen. Müsste alles mobilisieren, aber er tat es nicht. Er stand wie angewurzelt da, unfähig, zu reagieren. Er wollte nicht, dass Elenore litt. Nicht sie, die ihm selbst und früher auch seiner Familie schon oft geholfen hatte.

„Ihr müsst schnell fort, bevor es jemand merkt. Ich werde nichts verraten, ich habe nichts gesehen. Geht! Schnell!"

Klemens trieb seinen Rappen an.

Madlen lief verzweifelt neben ihnen her. Sie wusste nicht, was sie davon halten sollte und ihre Mutter war zu erschöpft, um überhaupt klar zu denken.

„Weißt du, wo ihre Arzneien sind?", fragte Klemens von Wiesenstein.

„Ja."

„Dann lauf und hol sie. Meine Frau ist sehr krank und Elenore muss ihr helfen."

„Eure Frau? Aber meine Mutter ist doch selbst so krank. Sie kann unmöglich jemandem helfen. Sie selbst ist es, die Hilfe braucht."

Er ließ seine Gerte auf Madlen niederfahren. Sie erschrak mehr, als dass sie den Schmerz fühlte.

„Widersprich nicht. Du weißt doch, wer ich bin!", brüllte er. „Lauf und hol, was ich dir aufgetragen habe. Und bring es zum Stadttor. Deine Mutter allein kann meiner Gemahlin helfen."

„Herr, sie ist eine einfache Kräuterfrau. Sie hat keine besonderen Fähigkeiten. Und auch in Wiesenstein gibt es Heilerinnen."

Er lachte geringschätzig. „Da irrst du dich aber gewaltig. Du scheinst nicht alles über deine Mutter zu wissen. Und jetzt lauf zu oder dein Ungehorsam wird dir schlecht bekommen."

Sie schluckte schwer, nickte dann aber und begann zu rennen. Sie wagte es nicht, sich noch weiter zu widersetzen.

Irgendetwas in ihr sagte ihr außerdem, dass es gut war, was gerade geschah. Dass ihre Mutter wenigstens vorerst in Sicherheit war. Dass sie keinen Prozess durchleben musste. Was überhaupt für einen Prozess? Sie sollte doch nur zwei Tage in den Korb wegen Wucher. Um was für einen Prozess ging es also plötzlich? Einen Hexenprozess?

Sie lief zu ihrem Häuschen, zögerte einen kurzen Augenblick, stieg dann durch ein Fenster ein und holte den Arzneikasten ihrer Mutter heraus. Das Hinausklettern mit dem großen Kasten war weitaus schwieriger als das Hineinsteigen. Sie musste zuerst den Kasten hinaus schieben und dann selbst hinterher klettern.

Als sie am östlichen Stadttor ankam, tänzelte der schwarze Hengst nervös von einem Bein auf das andere. Klemens hielt Elenores zarte Gestalt umfangen, so dass sie nicht abrutschen konnte. Allein würde sie sich nicht halten können.

Wieder gewannen Madlens Angst und das schlechte Gewissen die Oberhand.

„Kann ich nicht auch mitkommen? Meine Mutter ist zu schwach", stammelte sie.

Da regte sich auf einmal die Gestalt unter der Decke. „Madlen, es ist gut. Mach dir keine Sorgen", sagte sie leise.

Klemens von Wiesenstein band den Arzneikasten an seinem Sattel fest und trieb das Tier an.

„Mutter!", schrie Madlen.

Doch ihre Stimme verklang in der Ferne.

Was würde jetzt geschehen? Was sollte sie tun?

Langsam ging sie zurück. Sie würde zu Käthe gehen. Die Alte konnte ihr vielleicht einen Rat geben.

„Der Herr von Wiesenstein hat deine Mutter geholt?", krächzte die alte Käthe.

Madlen nickte.

„Ach Kind, setz dich. Ich hole dir einen guten, starken Gewürzwein. Du kannst sicher einen guten Schluck brauchen."

Wieder nickte Madlen.

In ihr tobte die pure Angst. Klemens von Wiesenstein war nicht gerade als Wohltäter bekannt. Das konnte sie noch immer spüren, dort, wo die Gerte sie getroffen hatte. Ach, ihr ganzer Körper schmerzte. Erst die Tritte und Schläge von dem Stadtwächter, als er ihre Mutter holte und nun noch die Gerte des Herrn von Wiesenstein. Und doch hatte er ihre Mutter befreit. Was ging da nur vor? Sie verstand seine Motive nicht.

„Warum hat er das getan?", fragte Madlen laut, als Käthe ihr den roten Wein hinstellte.

Käthe wusste, was sie meinte. „Er wird eine gute Heilerin brauchen."

„Ja, das sagte er. Aber es gibt andere. Sogar im Dorf lebt eine Heilerin."

Die Alte schüttelte den Kopf. „Nicht für ihn."

„Käthe, ich kann mich nicht daran erinnern, dass Mutter jemals auf Wiesenstein war."

„Du weißt es nur nicht, Kind. Du hast es nicht mitbekommen. Wenn sie auf Wiesenstein war, dachtest du, sie sei im Dorf bei einem Patienten und du bliebest eben so lange bei mir."

„Dann war sie immer dort?"

„Nicht immer. Aber manchmal. Es gibt dort etwas – ein Geheimnis. Etwas, das nur deine Mutter weiß. Vielleicht eine Krankheit, von der niemand wissen soll."

„Du weißt es auch nicht?"

„Nein."

„Ein Geheimnis von solch Mächtigen zu kennen, ist gefährlich", murmelte Madlen.

Sie ist klug, dachte Käthe. Ja, das ist gefährlich. Und eines dieser Geheimnisse kenne ich auch. Aber ich werde es nicht verraten. Ich nehme es mit in mein Grab.

„Ja, es kann einen Freund zum Feind machen", erwiderte Käthe leise. „Aber so ist es nun mal."

„Ist sie in Sicherheit? Wird man für sie sorgen? Sie war selbst so schwach. Ach Käthe, wenn du sie gesehen hättest."

„Ihre Knochen sind vermutlich steif vom beengten Sitzen im Korb und der Schlaf fehlt ihr. Es wird schon wieder werden."

„Käthe, sie wollten sie nicht freilassen. Veit sagte, ihr sollte ein Prozess gemacht werden."

Die alte Frau starrte das Mädchen entsetzt an. Alle Farbe war aus ihrem Gesicht gewichen. „Ein Prozess? Dann war die Anklage wegen Wucher also tatsächlich nur vorgeschoben."

„Käthe, ich habe solche Angst. Wir haben doch niemandem etwas getan!"

Elenores Gehirn begann zu arbeiten, bevor ihr Körper sich erholt hatte. Die Resignation, die sie in der Nacht überfallen hatte, fiel von ihr ab.

Madlen, dachte sie. Madlen, was wird aus ihr? Ach mein Kind, ich war dir eine gute Mutter. Ich habe immer versucht, dich zu beschützen und dir soviel Sicherheit zu bieten wie ich konnte und wie es in dieser Zeit möglich ist. Doch nun ist der Zeitpunkt gekommen, an dem das vielleicht nicht mehr möglich ist. Und du mein Kind, bist sechzehn Jahre alt. Heirate, geh deinen eigenen Weg, lebe in Sicherheit.

Sie fühlte die Arme des Burgherrn von Wiesenstein wie Eisenklammern um ihren schmerzenden Körper. Er schmerzte nicht nur vom langen Zusammenkauern im Korb, sie hatte Stockschläge erhalten und war mit blauen Flecken übersät. Und am Kopf hatte sie von einem Sturz eine Wunde.

Doch in ihr begann sich der Lebenswille wieder zu regen.

Und der Zorn!

Sie hatte keine Angst vor dem als grausam berüchtigten Klemens von Wiesenstein. Sie wusste, wofür er sie brauchte. Aber sie wusste auch, dass er in ihr eine Gefahr sah, weil sie sein Geheimnis kannte. Doch noch durfte er sie nicht entsorgen.

Noch konnte immer wieder seiner Frau das Unglück passieren, weswegen sie auch sicher jetzt geholt wurde.

Während sie dahin preschten, wurde es allmählich wärmer. Der Tag wurde langsam heller und schöner. Die Sonne stand am Himmel und die Sonnenstrahlen wirkten wie pure Energie auf Elenores Körper.

Sie merkte nicht, wie ihre Augen zu brennen begannen, was so gar nicht zu ihrem schwachen Körper passte.

Und zum ersten Mal dachte sie: Ich werde mich rächen!

„Was? Sie ist weg? Wie konnte das geschehen!" Wernher von Dörfels schrie Veit und seinen Kollegen von der Wache unbeherrscht an.

Veit hatte es kommen sehen. Wie hätte es anders kommen sollen? Der reiche Kaufmann und Ratsherr konnte doch gar nicht anders reagieren. Er konnte es nicht einfach hinnehmen.

Wernher war Ratsherr in Würzburg. Bald fanden wieder Wahlen statt und Wernher beabsichtigte nicht, sich aus seinem Amt wählen zu lassen. Er wollte dabei bleiben. Und eine Hexe zu eliminieren, würde ihm sicherlich einen hervorragenden Ruf verschaffen. Und wer konnte schon wissen, was die bei der Folter noch verraten würde. Sie kannte sicher viele Geheimnisse der Bürger von Würzburg. Und die der Herren von Wiesenstein auch. Sie kannte vielleicht versteckte Hexenmale an den Körpern. Bei seinem Priester hatte er die Wahl dadurch schon gewonnen. Und beim Medikus auch. Dem war sie sowieso schon lange ein Dorn im Auge mit ihrem Wissen um Heilkunst. Wernher wusste, dass nichts außer Neid hinter dem Hass des Medikus' steckte, aber das war ihm gleich.

Und nun hatte dieser dämliche Wachposten Veit die Hexe entkommen lassen. Ausgerechnet mit diesem – diesem…

„Klemens von Wiesenstein hat hier keinerlei Befugnisse! Wie konntest du die Hexe freilassen!", schrie er.

„Hexe?", rief Veit empört aus. „Ich denke, sie saß wegen Wucher im Korb und wäre sowieso heute Abend freigelassen worden." Er wusste es längst besser, er stellte sich absichtlich unwissend. Vielleicht würde Unwissenheit sein Vergehen schmälern.

Wernher lachte gemein. „Du bist wirklich ein Tölpel, ein Dummkopf. Zu nichts zu gebrauchen. Ich will dich hier nie mehr sehen. Du bist deine Ämter und deine Aufgaben los!"

„Aber…"

„Ach, halt den Mund. Ich will dich nicht mehr sehen. Möge dich eine schlimme Krankheit ereilen, denn für diese Welt bist du nicht gut."

Veit blickte den Ratsherrn entsetzt an. Er wusste irgendwo tief in sich, dass solche Wünsche nicht unbedingt wahr wurden, dennoch traf es ihn bis ins Mark. Man konnte schließlich nicht wissen.

Sein Kollege stand neben Wernher und grinste dämlich. Wer ist hier eigentlich der Tölpel, dachte Veit.

Die beiden Männer drehten sich um und gingen mit großen Schritten davon. Veit sah ihnen nach – unfähig, irgendwie zu reagieren. Was sollte jetzt werden? Er hatte keine Arbeit mehr. Das bedeutete, er verdiente kein Geld mehr und konnte sich kein Essen kaufen. Aber er ernährte mit seinem Verdienst nur sich selbst. Seine Eltern waren längst gestorben und seine Geschwister hatten eigene Familien. Viel brauchte er nicht.

Er kniff sich in den Arm, um aus den düsteren Gedanken zu erwachen. Das führte doch zu nichts. Er würde schon etwas finden. Auf keinen Fall konnte er bedauern, dass Elenore fort war. Mein Gott, er war wirklich ein Tölpel. Er hatte nicht gesehen, dass mehr dahinter steckte als dieser vorgeschobene Grund des Wuchers. Erst am Morgen bei Dienstbeginn hatte er gehört, dass es einen Prozess geben sollte. Erst danach hatte er sich gefragt, um was es eigentlich ging. Mein Gott, sie hätten sie gefoltert und womöglich verbrannt. Vielleicht auf dem Johannisfeuer. Es schüttelte ihn als wäre er krank und hätte Schüttelfrost. Er konnte gar nicht aufhören. Oh mein Gott, was für eine Zeit. Elenore war doch keine Hexe. Sie war ein guter Mensch, sie half, wo sie konnte, selbst wenn jemand nicht bezahlen konnte.

Er hoffte, dass Madlen auf Wiesenstein in Sicherheit war. Er würde auf sie aufpassen. Aus der Ferne. Aber jetzt würde er erst einmal nach Hause gehen.

Elenore wurde direkt zur Burgherrin Gudula gebracht, die sich vor Schmerzen krümmte.

„Du kannst dich ausruhen, sobald meine Gemahlin außer Lebensgefahr ist", fuhr Klemens die Heilerin barsch an. Elenore nickte sacht. Sie wusste, sie konnte ihre Energien sparen. Zu widersprechen hatte wenig Sinn. Außerdem sah sie auf den ersten Blick: Hier musste schnell gehandelt werden.

Eine der Zofen stützte sie und führte sie ans Bett der Herrin.

Gudula blinzelte aus fiebrigen Augen. Aber sie erkannte Elenore sofort und tastete mit ihrer Hand nach der Heilerin.

„Du bist gekommen", stammelte sie leise.

Als hätte ich eine Wahl gehabt, dachte Elenore.

„Aber natürlich, edle Frau. Aber…" Sie beugte sich dicht über sie, so dass die Zofen ihre Worte nicht hören konnten. „Ihr dürft nicht mehr schwanger werden. Ihr wisst…"

„Ja, ich weiß. Aber es ist doch die Aufgabe einer Frau, nicht wahr?"

Elenore schüttelte heftig den Kopf. Sie wandte sich zu dem Burgherren um, der vor dem Bett stand. „Herr", begann sie zaghaft.

Doch sein eisiger Blick ließ sie schweigen. Sie seufzte und bat um ihren Medizinkasten. Klemens wollte nicht, dass seine Frau starb. Das hob diesen groben Menschen merkwürdigerweise von der Masse ab. Vielen Edelmännern war es vollkommen gleichgültig, ob ihre Gemahlin starb. Sie sahen den Lebenssinn ihrer Ehefrau darin, Kinder zu bekommen. Und wenn sie dabei starb, dann war es eben so.

Allerdings – Rücksicht nehmen wollte auch Klemens von Wiesenstein nicht. Seine Frau durfte nicht mehr schwanger werden. Irgendetwas stimmte nicht in ihrem Körper, aber hineinsehen konnte man schließlich nicht. Jede Schwangerschaft machte große Schwierigkeiten, die kleinen Würmchen konnten in Gudulas Körper nicht heranwachsen. Schlimmer – sie verlor sie auch nicht auf natürliche Weise. Sie schienen sich irgendwie falsch einzunisten, vergifteten Gudulas Körper, aber entwickelten sich nicht weiter.

Es war eine grausige, traurige Aufgabe, die Elenore bevorstand. Schon zum fünften Mal musste sie nun eine Mixtur anrühren, die das kaum begonnene Leben beendete und aus Gudulas Körper hinaus blutete.

Ein eisiger Schauer rann über ihren Körper. Diese Tätigkeit lag ihr nicht. Sie wollte Leben retten und hatte dabei immer das Gefühl, es zu nehmen.

Aber das stimmt doch auch nicht, dachte sie in stummer Zwiesprache. Ich rette Gudulas Leben.

88

Sie blickte kritisch auf die Burgherrin herab und war sich nicht sicher, ob es ihr dieses Mal gelingen würde.

Dieses Mal stand es schon sehr schlimm um die Herrin.

Dringenberg / Paderborn
Mai 1494

Kapitel 6
Ein harter Schlag

Luzia fühlte sich in Dringenberg wohl. Sie empfand ein merkwürdiges Gefühl von Angekommen sein. Nicht, dass sie ihr Leben hier verbringen wollte, aber sie fühlte sich hier sicher und irgendwie sogar frei. Obwohl das niemand in dieser Zeit war, schon gar nicht die Mädchen.

Giselas Hochzeit mit Rupert war vorüber, das blutbefleckte Bettlaken hatte am Tag nach der Hochzeitsnacht aus dem Fenster gehangen – ein Zeichen, dass die siebzehnjährige Braut als Jungfrau in die Ehe gegangen war.

Luzia, ihre Mutter und Geschwister konnten alle bei Giselas Vater Hans und dessen zweiter Ehefrau Brigitta wohnen. Die beiden hatten keine eigenen Kinder bekommen. Gisela war Hans' jüngstes Kind mit seiner ersten Ehefrau Margaretha, Cordulas Schwester. Nun, nachdem auch Gisela ausgezogen war, gab es für die vier Besucher zwei freie Zimmer.

Zoe und Luzia teilten sich ein Zimmer, während die Mutter mit Frieder in dem anderen schlief.

Sie verstanden sich alle gut und die Besucher halfen auch kräftig im Haushalt mit. So war es kein Problem, dass sie sich bereits seit einigen Wochen in dem Bergdorf aufhielten.

Gerade war Luzia im Dorf unterwegs. Sie zog einen Handkarren mit zwei Eimern zum Marktplatz, weil sie Wasser schöpfen wollte. Sie kam langsam voran, denn sie konnte sich gar nicht sattsehen an den Dingen, die in Dringenberg entstanden waren. Früher, als sie ein Kind war, hatte man der Burg die vielen Fehden und Übergriffe noch angesehen, der sie über viele Jahre hinweg ausgesetzt gewesen war. Vor über zwanzig Jahren wurden endlich Friedensverhandlungen geführt und ein Friede auf 33 Jahre ausgehandelt. Das war im Jahr 1471 gewesen, aber glücklicherweise hielt der Frieden noch immer an. Und der Fürstbischof Simon fühlte sich Dringenberg, dem Ort, in dem dieser Friede geschlossen wurde, so verbunden, dass er die Burg renovieren und sogar neue Gebäude errichten ließ. Hier wollte er seinen Lebensabend verbringen. Doch nun sah es so aus, als würde es nicht dazu kommen, denn der Bischof hatte vor ein paar Jahren Gottes Schlag erlitten – niemand konnte sich vorstellen, warum Gott ausgerechnet ihn so strafte, denn der Bischof war ein guter und gottesfürchtiger Mensch. Aber es ging ihm so schlecht, dass er nicht mehr auf Reisen gehen konnte.

Dringenberg wurde nun von seinem Bruder Bernhard verwaltet.

Luzia war am Marktplatz angekommen. Sie ließ ihren Eimer in den Brunnen hinab, der von den Bewohnern Rumpelborn genannt wurde, weil die Ketten ein so merkwürdiges rumpelndes Geräusch machten.

Hier ganz in der Nähe musste Gabriel mit seiner Mutter Odilia, seinem Vater und Bruder und später mit Clara gelebt haben.

Kam man von dort wohl noch in den Geheimgang?

Noch immer hatte Luzia die Schriften nicht versteckt.

Dummerweise hatte sie Gisela von ihrem Plan erzählt. Als Gisela hörte, dass Luzia die Tagebücher hatte, wollte sie diese unbedingt auch lesen. „Ich bin schließlich auch eine Nachfahrin dieser Clara", meinte sie.

Damit hatte sie recht und Luzia überließ ihr die Bücher. „Aber bitte, versteck sie gut. Das, was dort aufgeschrieben ist, ist ganz schön heikel. Clara hatte ungewöhnliche Gedanken und Meinungen. Und bitte – gib sie mir wieder. Lass uns die Bücher in dem Geheimgang verstecken."

„In welchem Geheimgang?"

„Lies die Bücher, dann wirst du es verstehen."

Luzia hatte inzwischen beide Eimer gefüllt und stellte sie auf den Handkarren. Jetzt musste sie vorsichtig zurückgehen, um kein Wasser zu verschütten.

Trotzdem ließ sie ihren Blick den Weg hinauf gleiten - Richtung Burg. Wenn auf dem Stück das Haus gestanden hatte, war es sicher nicht mehr da. Hier standen nur Fachwerkhäuser. Dann musste sie von außen an den Gang – durch den hohlen Baum. Ach, das konnte sie unmöglich ganz alleine schaffen. Sie brauchte Hilfe. Von Gisela oder Georg.

Bei dem Gedanken an ihn lächelte sie unwillkürlich.

Irgendetwas zog sie zu ihm.

Sie lächelte immer, wenn sie an ihn dachte. Sie freute sich, ihn zu sehen. Sie vermisste ihn, wenn er nicht da war. Durfte ein anständiges Mädchen überhaupt so fühlen und denken?

Und doch tat sie es.

Vielleicht war sie deshalb so gerne in Dringenberg. Weil sie hier in seiner Nähe war?

Wolfram, Anton und Stephan arbeiteten in Paderborn verbissen an den Reparaturarbeiten in der Druckerei. Sie hatten sich umgehört und es war bald klar, dass einige Bürger unter der Leitung des jungen Predigers Clewin die Druckerei in Brand gesteckt hatten. Zum Glück waren sie an dem Morgen früh genug gekommen und konnten den Brand löschen, bevor das ganze Gebäude abgebrannt war.

„Es war ein Racheakt, weil ich diese verdammten Ablassbriefe nicht drucken wollte", vermutete Wolfram verbittert.

„Wahrscheinlich siehst du das richtig", bestätigte Stephan. „Aber was nützt es uns? Wir haben Glück, dass wir noch leben."

Das stimmte zwar, aber leider gab es dennoch einen Toten zu beklagen. In dem am schlimmsten verbrannten Raum fanden sie die Leiche eines Mitarbeiters.

Wolfram war beinahe erschüttert zusammengebrochen.

Es stellte sich heraus, dass der junge Mann sehr früh in die Druckerei gekommen war. Er musste die Brandstifter überrascht haben. An seinem Kopf war eine klaffende Wunde. Niemand wusste, ob er sich die zugezogen hatte, weil er gestürzt oder ob er mit etwas geschlagen worden und daran gestorben war. Tatsache war, er war tot.

„Was für ein Glück, dass eure Mutter und die Mädchen das nicht mitbekommen. Und der kleine Frieder", stöhnte Wolfram.

„Willst du es ihnen nicht sagen?"

„Keiner von uns wird jetzt nach Dringenberg reiten. Wir haben wirklich Wichtigeres zu tun. Und einen Boten schicke ich auch nicht. Sollen sie mit Freude die Zeit dort genießen. Was nützt es uns, wenn sie sich auch sorgen? Und was nützt es ihnen, wenn sie davon wissen?"

„Sie könnten uns beim Neuaufbau helfen", schlug Anton vor.

„Sie sind Frauen", war Wolframs lapidare Antwort. Er wusste, dass sowohl Cordula als auch Luzia und Zoe protestieren würden. Er hatte eine Frau aus einer starken Familie geheiratet. Und seine Töchter hatten das gleiche Blut. Sie gaben sich nicht mit der für sie bestimmten Rolle in der Welt zufrieden. Niemals. Aber dieses Mal würde er allein die Entscheidung treffen. Er würde sie in Dringenberg in Unwissenheit lassen, so konnte er schalten und walten wie er wollte und musste sich nicht dreinreden lassen.

„Wir bauen doch die Druckerei wieder auf?", fragte Stephan zaghaft.

„Aber natürlich."

„Haben wir genug Geld?", fragte Anton.

„Wir sind keine armen Leute. Aber wir müssen vieles selbst übernehmen. Vielleicht helfen uns ja ein paar Freunde."

Wolframs Söhne nickten.

Luzia hatte sich mit Georg in eine traute Zweisamkeit geflüchtet. Sie hatten das Obere Tor verlassen und schlichen hinter die Burgmauer. „Hast du schon mit deiner Mutter gesprochen?", fragte er. Sie schüttelte den Kopf. Er nahm ihre Hand in seine und sah ihr fest in die Augen. „Das solltest du aber tun. Und ich werde nach Paderborn reiten und deinen Vater bitten, in eine Heirat einzuwilligen. Er kennt mich kaum. Aber deine Mutter tut es. Sie kennt mich ja bereits seit ein paar Wochen. Denkst du, sie wird mich als ihren Schwiegersohn aufnehmen?"

Luzia nickte und senkte ihren Blick. Es war alles noch so ungewohnt. Sie hatte sich zweifellos in Georg verliebt. Schon vor Wochen in Paderborn. Nun waren sie hier und sahen sich nahezu jeden Tag. Es war leicht, sich zu sehen. Sie musste ja nur Gisela besuchen, deren Schwager Georg war. Obwohl es allmählich auffiel, wenn sie beide immer zufällig gleichzeitig bei Gisela und Rupert erschienen. Außerdem waren ihrer Cousine bereits die Blicke aufgefallen, die sie und Georg sich zuwarfen.

Natürlich konnten sie sich wie zufällig auf dem Marktplatz treffen. Dort war immer etwas los, er war ein Treffpunkt für die Bevölkerung. Da fiel es nicht auf, dass sie sich verabredet hatten. Sie konnten sich sehen, jeder konnte in den Augen des anderen eintauchen, ein paar kurze Worte miteinander wechseln, ein zufälliges Berühren der Hände.

Schwieriger war es, ein wenig Zeit alleine zu verbringen. Das war unschicklich. Es gab nur wenige gestohlene Augenblicke wie dieser jetzt, hier hinter der Burgmauer. Und das war nicht völlig ungefährlich. Es konnte durchaus passieren, dass Wegelagerer auftauchten und sie überfielen, obwohl das so nah bei der Burg nicht sehr wahrscheinlich war.

Bereits Clara und Gabriel hatten dieses Plätzchen genutzt und waren durch den Geheimgang in Odilias Haus zurück gehuscht.

„Ich möchte dir gerne etwas schenken", sagte Georg leise. Aus seiner Hosentasche zog er eine silberne Kette. Daran hing ein ovales Medaillon. Luzia starrte sprachlos darauf. „Aber Georg, das ist doch viel zu wertvoll."

Er lächelte. „Es hat meiner Großmutter gehört. Sie hat mir eines geschenkt und Rupert auch. Frag mich nicht, warum sie zwei hatte. Ich glaube, eines hat sie selbst von ihrer Mutter bekommen und eines hat Großvater ihr geschenkt. Es ist für die Frauen, die ihr liebt und heimführen werdet, hat sie gesagt. Nun ja und ich liebe dich."

„Oh Georg!" Mehr konnte sie nicht sagen. So ergriffen war sie von seinen Worten und der ganzen Situation.

„Darf ich es dir umlegen?", fragte er.

Sie nickte und er legte ihr die Kette um den Hals.

„Meine Großmutter hat darin immer eine Locke ihres Ehemannes und ihrer Kinder aufbewahrt."

„Dann möchte ich das auch tun", flüsterte sie.

Er lächelte und nahm wortlos sein Messer, das er am Gürtel immer bei sich trug, um sich eine kleine Locke seiner hellen Haare abzuschneiden. Er zeigte ihr, wie das Medaillon geöffnet werden konnte und legte die Haarsträhne hinein. Luzia hielt den Anhänger in ihrer Hand, als sei er ihr kostbarster Besitz. Und in diesem Moment war er das auch.

Plötzlich zog er sie in seinen Arm. Das hatte er noch niemals getan.

Luzia erstarrte einen Moment. Doch dann gab sie ihren Widerstand auf, ließ sich in seine Arme ziehen und bettete ihren Kopf an seine Brust. Wie groß er war. Sie war kein kleines Mädchen, aber er überragte sie um Haupteslänge. Groß und breitschultrig war er. Sie fühlte sich sicher und geborgen in seinem Arm. Wie gut sich das anfühlte.

Er hob ihr Kinn etwas an, so dass sie zu ihm aufsah, in seine blauen Augen, in sein lächelndes Gesicht. Er beugte sich herab und drückte seinen Mund auf ihren. Zart und sanft. Luzia war den Bruchteil einer Sekunde lang erschrocken. Doch dann schloss sie die Augen und genoss das Gefühl seiner warmen Lippen auf ihren. Ihr Mund öffnete sich wie von selbst zu einem innigen, leidenschaftlichen Kuss.

Als sie sich wieder voneinander gelöst hatten, fühlte sie sich leer. Irgendwie traurig, weil sie nicht mehr seine Lippen fühlte. Es hatte sich so wunderbar angefühlt. Und so richtig. Sie gehörte zu ihm, sonst hätte sie diese Nähe sicher nicht so sehr genossen. Sie lehnte ihren Kopf gegen seine Brust und schloss noch einmal die Augen. Nur einen winzigen Moment lang. Dann mussten sie zurück durch das Stadttor in das Dorf. Nacheinander und einzeln. Damit niemand, den sie vielleicht trafen, auf die Idee kam, sie hätten sich für ein unsittliches Treffen zusammengefunden. Denn das war es nicht.

Nur ein gestohlener Augenblick aus Liebe.

Sie hatte Angst, das Haus zu betreten. Sie hatte das Gefühl, jeder müsste ihr ansehen, dass sie geküsst worden war.

Ach, das ist doch blanker Unsinn, redete Luzia sich in Gedanken gut zu. Ich gehe jetzt dort hinein und niemand wird etwas merken.

Sie unterschätzte ihre Mutter gewaltig. Cordula hatte schon längst etwas bemerkt. Eigentlich schon in Paderborn. Sie hatte das feine Gespür aller Mütter dafür, ob es ihren Kindern gut ging oder nicht, ob sie glücklich waren oder ob sie etwas bedrückte.

Und heute sah man Luzia ihr Glück an.

Cordula konnte sich unmöglich länger zurückhalten.

Sie lächelte Luzia entgegen. „Du strahlst ja so. Ist etwas geschehen?", fragte sie. Auch ihre Gastgeberin Brigitta schaute auf.

„Nein, wieso denn?" Luzia fühlte sich verlegen, wie bei einer Straftat ertappt.

Cordula ging auf sie zu und nahm ihre Hände. „Komm, wir wollen uns unterhalten."

Luzia folgte der Mutter ein wenig widerstrebend in ihr Schlafzimmer. Sie war sich nicht sicher, ob sie mit der Mutter über solch delikate Dinge sprechen wollte. Aber sie hatte wohl keine Wahl. Sie setzten sich beide auf das Bett und die Mutter fasste wieder nach ihren Händen und hielt sie ganz fest. „Kind, ich sehe es dir an. Da ist so ein Strahlen. Es liegt auf deinem Gesicht, aber es kommt aus deinem Inneren. Sag mir bitte die Wahrheit. Du hast dich in Georg verliebt, nicht wahr?"

Luzia erschrak ein wenig. Die Mutter lachte. „Ja, die Reaktion habe ich erwartet. Du kannst es mir ruhig sagen. Ich weiß, viele Mädchen werden ohne gefragt zu werden, verheiratet. Aber auch ich weiß, was Liebe ist." Sie lächelte wie ein verschämtes junges Mädchen. Sie dachte an Wolfram und seine Werbung um sie. Damals, als sie beide jung waren. Es war so lange her. Aber die Erinnerung war so frisch, als wäre es erst gerade passiert.

Luzia senkte den Blick. Es war unangenehm, mit der Mutter darüber zu sprechen. „Ja", hauchte sie trotzdem.

„Aber das ist doch wundervoll. Dessen brauchst du dich nicht zu schämen. Georg sollte allerdings so schnell es geht, mit Vater sprechen. Das gehört sich nun einmal so. Du – du bringst doch keine Schande über uns?"

Luzias Augen weiteten sich vor Schreck, dass ihre Mutter überhaupt an so etwas dachte. „Mutter!", entfuhr es ihr aufgebracht.

„Du weißt, es gibt Dinge, die nur Eheleute…"

„Ich weiß!", fuhr Luzia dazwischen. Sie hatte bestimmte Bücher gesehen und mit ihren Freundinnen darüber gesprochen. Wenn dieses besondere Zusammensein ebenso zärtlich und liebevoll sein würde wie der Kuss hinter der Stadtmauer, dann würde es wundervoll werden. Sie hatte keine Angst davor, wie sicher viele junge Mädchen. Aber niemals käme ihr in den Sinn, sich vor der Ehe solchen Intimitäten hinzugeben.

Cordula nahm ihre Tochter in den Arm. Eine kleine Träne floss ihre Wange herab.

„Was ist Mutter?", fragte Luzia.

„Ach, ich bin nur ein wenig sentimental. Das geht wohl allen Müttern so. Gerade noch warst du mein kleines Mädchen und jetzt wirst du dich vermutlich verloben. Vater wird nichts gegen Georg einzuwenden haben. Er ist gebildet und wohlerzogen. Und als Gürtler ist er von gleichem Stand wie wir."

Luzia nickte. Ja, von gleichem Stand. Das war sehr wichtig. Ein Höherstehender würde sich kaum für sie interessieren oder die Eltern würden eine solche Verbindung nicht erlauben. Und einer Ehe mit einem Bauern würde ihr Vater wohl selbst nicht zustimmen – so modern war er nun auch wieder nicht. Außerdem würde sie das Leben einer Bäuerin auch nicht führen wollen. Da machte sie sich überhaupt nichts vor.

Luzia haderte ein wenig mit sich, ob sie der Mutter ihr Geschenk zeigen sollte. Aber dann zog sie die Kette doch unter ihrem Kleid hervor. „Schau, das hat er mir geschenkt. Das Medaillon hat seiner Großmutter gehört." Sie öffnete es und zeigte ihrer Mutter die Locke, die sie hineingelegt hatten.

Cordula strahlte ihre Tochter an. „Das ist wunderschön. Und dass er dir so etwas schenkt, zeigt, dass er es ernst meint. Ich freue mich für dich. So – und jetzt lass uns hinuntergehen."

Luzia verbarg das Medaillon wieder unter dem Kleid - es musste ja nicht gleich jeder sehen - und stand auf.

Sie fühlte sich erleichtert. Im Nachhinein war es gut, mit der Mutter gesprochen zu haben. Es war schön, sich heimlich zu treffen. Aber es war auch bedrückend gewesen. Sie war froh, dass die Zeit der Geheimniskrämerei vorüber war.

Am gleichen Abend kam Gisela vorbei und brachte Claras Tagebücher zurück. Sie bat Luzia aus dem Haus zu kommen, weil sie nicht vor Brigitta darüber sprechen wollte. Zoe schloss sich ihnen an und die drei jungen Frauen saßen auf einer Mauer und Luzia hielt das Tagebuch im Schoß.

„Es ist sehr spannend, nicht wahr?", fragte sie.

„Es ist geradezu ketzerisch. Aufrührerisch und gefährlich", fuhr Gisela sie mit gedämpfter Stimme an.

Luzia und Zoe sahen sich verwirrt an.

„Gisela, was ist mit dir los?", fragte Luzia verständnislos.

„Ich habe nur das Buch über ihre Reise durch Deutschland gelesen und das Buch, in dem sie in Griechenland lebt nur bis zu ihrer Unterweisung mit den Heilsteinen. Luzia, Zoe, das ist – das ist Hexerei. Damit will ich nichts zu tun haben."

„Ach, red keinen Unsinn. Glaubst du das etwa?", empörte sich Luzia.

Gisela schüttelte sanft den Kopf und beruhigte sich etwas. „Nein, aber ich weiß, dass gewisse Leute niemals erfahren dürfen, dass wir solche Schriften in unserem Besitz haben. Nicht einmal, dass wir das gelesen haben. Geschweige denn, dass wir solche Vorfahren haben. Vernichte es, Luzia. Verbrenn es!"

„Bist du verrückt?", entfuhr es Zoe.

„Nein, im Gegenteil. Ich finde es sehr aufregend von einer Vorfahrin zu lesen, die vor hundertsiebzig Jahren, als Dringenberg gerade erst gegründet wurde, hierher gezogen ist. Aber ich weiß auch, dass wir uns nicht mit den Dingen, die dort beschrieben stehen, beschäftigen sollten. Es macht mir Angst. Also verbrenn die Tagebücher."

„Das werde ich ganz bestimmt nicht tun!", entschied Luzia fest.

Gisela seufzte schwer.

„Wie du willst", sagte sie dann resigniert und sprang von der Mauer. „Ich muss wieder los. Und was mich betrifft – ich weiß nichts von diesen Schriften. Ich habe nie davon gehört."

Luzia und Zoe nickten. Sie wussten beide, dass Gisela recht hatte und die Schriften fort mussten. Aber diese totale Ablehnung konnten sie nicht nachvollziehen.

Und sie würden beide das Buch niemals vernichten. Es war gefährlich, aber auch wertvoll. Es würde eine Zeit kommen, in der diese Bücher nicht mehr als ketzerisch gelten würden. Ich muss sie verstecken, dachte Luzia. Es ist längst überfällig.

Luzia hatte sich Georg anvertraut, da sie hoffte, er würde mit ihr zusammen den hohlen Baum hinter der Burg suchen, bei dem der Geheimgang endete. Odilias Haus gab es nicht mehr. An der Stelle des kleinen Häuschens stand ein schönes Fachwerkhaus. Der Weg zu dem Geheimgang war damit von der Seite aus versperrt.

Offenbar war er auch niemals gefunden worden. Vielleicht hatten die letzten Bewohner, die ihn noch gekannt hatten, den Weg verschlossen, damit kein Fremder den Geheimgang fand.

Georg versprach sofort, ihr zu helfen.

Sie hatten sich ja bereits hinter der Burgmauer getroffen, ganz in der Nähe musste der hohle Baum sein.

„Ich muss übrigens nach Driburg. Keine Angst, nicht für lange", lachte er, als er ihr betroffenes Gesicht sah. „Wir haben einen Auftrag dort und es gibt noch einiges zu besprechen. Ich werde höchstens eine Nacht fort sein. Vorher können wir die Schriften verstecken, danach gehst du wieder ins Dorf und ich reite nach Driburg."

Luzia nagte nachdenklich an ihrer Unterlippe.

„Nach Driburg?"

„Mm." Er nickte und lächelte sie an. Er dachte, sie wäre nachdenklich, weil sie ihn zwei Tage nicht sehen würde, aber in Luzias Kopf ging etwas anderes vor.

„Dann reitest du doch an der alten Siedlung Tryngen vorbei, nicht wahr?"

Er nickte. „Ja."

„Clara hat dort gelebt. Also meine Ahnin, die diese Bücher geschrieben hat."

„Ja?" Es klang zögernd. Allmählich begann er zu ahnen, was in ihrem Kopf vorging.

„Ich würde zu gerne einmal dorthin und sehen, wo sie gelebt hat. Kann man noch etwas erkennen von den alten Gebäuden? Oder können wir bis ins Ösetal gehen? Dorthin, wo zu Claras Zeiten das Wasser geholt werden musste?"

Er schüttelte entschieden den Kopf. „Das ist gefährlich, Luzia."

„Ach was, damals sind auch alle dorthin gewandert, um Wasser zu holen."

„Aber heute ist es nicht mehr nötig, alleine durch die Felder zu wandern. Wir haben zwei Brunnen auf dem Berg."

„Gut, ich möchte ja sowieso lieber zu der alten Siedlung. Bitte. Wenn du nach Driburg reitest, kannst du mich doch mitnehmen. Ich reite von dort einfach zurück. Das ist doch ganz einfach. Und der Weg ist ja auch nicht so einsam. Die Siedlung ist umgeben von zwei Handelsstraßen. Ich könnte mich auch als Junge verkleiden, wenn du meinst, dass das sicherer ist."

Er lächelte sie an. „Was hast du nur mit diesen alten Geschichten?"

Sie zuckte leicht die Schultern. „Es ist eben spannend. Durch diese alten Tagebücher habe ich das Gefühl, Clara zu kennen. Die Vergangenheit ist mir dadurch näher als den meisten. Ich würde gerne sehen, wo sie gelebt hat. Und mal ehrlich – wir sind von Paderborn hierher gereist, da werden wir doch ein so kurzes Stück reiten können. Und du musst es ja sowieso. Es geht nur darum, ob du mich mitnimmst."

Er seufzte. Sie war ein ungewöhnliches Mädchen mit merkwürdigen Wünschen. Aber er liebte sie und er wollte ihr diesen Wunsch erfüllen.

„Wenn ich von Driburg zurückkomme, will ich nach Paderborn und deinen Vater um deine Hand bitten."

Sie strahlte. „Das traust du dich also? Allein nach Paderborn reiten? Und du hast es ja auch schon einmal gemacht, als du uns die Nachricht von Gisela gebracht hast."

Er schüttelte den Kopf. „Beim ersten Mal habe ich mich einem Händler angeschlossen. Und dieses Mal nehme ich meinen Bruder Rupert mit. Ganz alleine zu reiten, wäre Wahnsinn."

„Aber nach Driburg schon?"

„Wie du sagtest – es ist eine belebte Handelsstraße."

„Und? Nimmst du mich mit bis Tryngen? Du hast meine Frage noch nicht beantwortet."

Er stöhnte. „Ja, ich zeige dir diese Siedlung. Aber ich bringe dich danach wieder bis zum Stadttor zurück. Was du dir manchmal vorstellst – ich lasse dich doch nicht alleine reiten."

Sie strahlte.

Er lachte sie an. „Deine Mutter wird mich umbringen, wenn sie das erfährt."

„Aber wir verraten es ihr nicht."

Er seufzte. „Du bist ein Quälgeist."

Schon am nächsten Tag schlichen sie wieder an der Burgmauer entlang in den Wald unterhalb der Burg. Er zog sich über den Abhang hinweg bis weit ins Tal. Aber sie mussten vorsichtig sein. Man konnte nie wissen, wer sich außerhalb der geschützten Städte herumtrieb.

Georg hatte sein Pferd vor der Stadt angebunden. Diesen schmalen Pfad am Abhang konnte es nicht laufen. Sofort danach würden sie weiter reiten bis zur Siedlung und danach würde Georg nach Driburg reiten. Ihm war nicht ganz wohl dabei, dass er Luzia heimlich bis zur Siedlung mitnahm und er konnte sich auch nicht vorstellen, was ihr das brachte, aber er hatte es ihr versprochen und sie ließ sich auch nicht davon abbringen.

„Der Eingang durch den hohlen Baum muss gleich hinter der Burgmauer sein. Es heißt, dass der Geheimgang direkt unter der Stadtmauer entlang führt. Aber er begann ja in dem Häuschen meiner Ahnin. Wir müssen also an der Burg noch vorbei gehen", erklärte Luzia.

„Macht nichts. Wir werden den Baum schon finden. Obwohl ich schon der Meinung bin, dass du ein wenig übertreibst. Warum sollen diese Tagebücher unbedingt wieder in den Gang? Kannst du kein anderes Versteck finden?"

Sie hob die Schultern. „Ich denke, dort gehören sie hin. Dort liegen sie sicher versteckt. Eines Tages werden sie gefunden werden. Irgendwann, wird es nicht mehr gefährlich sein, besondere Fähigkeiten zu haben und sogar Frauen können selbständig leben."

Er lachte. „Na, du hast ja Träume."

Sie war selbst erstaunt. Wieso hatte sie das alles gesagt? Es war von der Wirklichkeit war so weit entfernt wie die Sonne von der Erde. Ob es eine solche Zeit wirklich einmal geben würde? Nun, sie selbst würde sie nicht erleben. Das war sicher. Aber hellsichtig wie Clara war sie auch nicht. Woher kam also diese Vision einer großartigen Zukunft? Vermutlich, weil es überall soviel Umbruch und Neuerungen gab. Soviele neue Erfindungen, die das Leben erleichterten. Mehr Menschen, die lesen konnten. Warum also sollte es eines Tages nicht auch möglich sein, dass die Frauen eigenverantwortlich leben konnten?

Ach, es stimmte. Sie war eine Träumerin. Fort mit diesen Gedanken. Sie hatte jetzt wichtigeres zu tun.

Sie schlichen weiter. An der Burg waren sie schon fast vorüber.

„Wenn wir hier entlang gehen, müssten wir an der Mauer sein, an deren Seite die Arbeiterhäuser lagen", meinte Georg.

„Dort drüben – der Baum sieht doch wirklich komisch aus", meinte Luzia. Der Baum war besonders dick und breit. Als sie noch näher kamen, erkannten sie, dass der Stamm tatsächlich eine Öffnung hatte. Luzia schaute hinein. „Er ist wirklich hohl", flüsterte sie.

Georg nickte. „Na dann… sieh nach, ob die Öffnung wirklich in einen Geheimgang übergeht."

Luzia legte die beiden Tagebücher ab, krabbelte auf der Erde herum und schob ihren Kopf in die Öffnung des Baumes. Die war gar nicht so klein, wie sie zuerst gedacht hatte. Aber immerhin sollte das damals ja auch eine Fluchtmöglichkeit für Odilias Familie sein. Dann musste man ja durch den hohlen Baum herauskrabbeln können.

Sie strich Blätter zur Seite, Moos und Erde. Und endlich hatte sie den Eingang freigelegt. Er führte mitten durch die Wurzeln hindurch in die Erde.

Luzia legte sich flach auf den Boden und wagte sich soweit es ging, in die Aushöhlung hinein. Es war wirklich ein richtiger Gang. Sie hätte sicher bis zur anderen Seite hindurchkrabbeln können. Es war natürlich dunkel und roch nach Erde und feuchtem Moos. Sie robbte umständlich zurück und fühlte zwei Hände um ihre Taille, die sie zurückzogen.

Als sie wieder aus dem Gang heraus war, sah sie in zwei leuchtende blaue Augen.

„Und?", fragte er.

„Es ist wirklich ein richtiger Gang. Ich könnte hindurchkrabbeln."

„Aber das wirst du nicht tun. Auf der anderen Seite gibt es keinen Ausgang."

„Das weiß man nicht", erwiderte sie. „Der ist nur niemals gefunden worden. Vielleicht ist er einfach nur vollkommen zugewuchert. Aber keine Angst – ich habe nicht vor, hindurchzukrabbeln. Wieso sollte ich auch. Ich werde die beiden Bücher verstecken und schon geht es wieder zurück."

„Gut. Beeil dich."

Sie nahm die Bücher und krabbelte wieder in den Gang hinein.

Sie tastete suchend die Wände ab, fand eine Abmauerung – einen Spalt in der Erde, vor den ein Stein geschoben war. Sie nahm diesen Stein heraus, denn schließlich wollte sie die Bücher gut geschützt wissen. Wenn sie einfach in der Erde liegen würden, würden sie schmutzig, durchnässt und von Regenwürmern zerfressen werden.

Aber der Spalt war mit Steinen ausgekleidet. Das war sicher Odilias und Claras Versteck für ihre Aufzeichnungen gewesen. Sie hatten den Spalt extra dafür angelegt. Dort legte Luzia die Bücher hinein.

Einen Moment verharrte sie, als würde sie Abschied nehmen müssen von den Schriften. Ob sie sie eines Tages zurückholen würde? Vielleicht würde sie eine Tochter haben, die sie gerne lesen würde? Oder sollte man sie lieber hier liegen lassen, bis eine Zeit kam, in der sie niemanden mehr in Gefahr bringen könnten?

Georg tippte ihr auf den Rücken. Vermutlich wunderte er sich, warum es so lange dauerte.

Sie robbte zurück.

Die Siedlung Tryngen gab es nicht mehr. Nur einige alte Mauern zeugten davon, dass es hier einmal eine Ansiedlung von Häusern und Höfen gegeben hatte. Die Bewohner waren vor etwa 170 Jahren gerne dem Ruf des Bischof Bernhard gefolgt und hatten sich in dem neu errichteten und mit einer Burgmauer gesicherten Ort niedergelassen.

„Hier hat Clara also als Kind gelebt", sinnierte Luzia.

„Ja. Viele unserer Vorfahren sind von hier hinauf gewandert auf den Berg", erwiderte Georg.

Sie waren vom Pferd herunter gesprungen und blickten zurück in die Richtung des Dorfes. Luzia kniff die Augen zusammen. Sie konnte die Burg nicht mehr wirklich erkennen. Nur die Silhouette eines Ortes.

In der Ferne hörten sie Musik und das Gerumpel von Wagen. Ein Pferd schnaubte.

„Ich glaube, wir kriegen Besuch", meinte Georg.

„Ist er gefährlich?"

„Ich glaube nicht. Fahrende Händler vielleicht oder eine Zirkusgruppe."

Sie nickte. Die Musik ließ das in der Tat vermuten, schließlich befanden sie sich auf einer Handelsstraße.

Sie ließen sich zwischen einigen Sträuchern und Bäumen auf die Erde fallen und warteten. Hier wurden sie nicht von außen entdeckt, konnten ein paar Minuten noch ihre Zweisamkeit genießen, aber sahen selbst jeden, der hier vorbei kam. Vielleicht würden sie ja der Truppe begegnen. Das wäre interessant. Fahrendes Volk brachte auch immer viele Neuigkeiten aus dem Land mit sich.

Sie sahen sich innig an, fassten sich scheu an den Händen.

Das Pferd graste friedlich.

Georg umfasste ihre Schultern und zog sie an sich. Luzia ließ es gerne geschehen. Sie strahlte ihn an. Sie hatte das Gefühl, die Welt um sie herum bliebe stehen. Es gab nur noch sie beide.

Einen Wimpernschlag lang.

Plötzlich hörten sie ganz in der Nähe Stimmen.

„Dieser Frieden auf 33 Jahren, den Bischof Simon mit Hessen vereinbart hat, ist ein Elend für uns Ritter", sagte eine sehr dunkle sonore Stimme.

„Ich bin ein Ritter und will kämpfen. Das ist mein Geschäft"; sagte die andere Stimme. Sie war etwas jünger und tief, aber ohne diesen sonoren Unterton.

Luzia sah Georg verwirrt an. „Was hat das zu bedeuten?"
Er hob die Schultern.

„Jetzt liegt Simon krank zu Bett", sagte wieder die jüngere Stimme. „Dringenberg ist geschwächt. Allerdings ist sein Bruder Bernhard auch dort."

„Unser König Maximilian ist auch viel zu sehr einer neuen Ordnung zugeneigt. Er will unbedingt Frieden in seinem Reich. Aber er kauft diese neumodischen Geschütze. Wir Ritter haben keine Zukunft mehr, wenn wir das alles zulassen. Wir müssen dem ein Ende setzen. Wir müssen! Wir müssen unsere Ritterehre zurückgewinnen", sagte die sonore Stimme.

„Wir haben keine Aufgaben mehr."

„Aber leben müssen wir trotzdem. Also lass uns die Reichen in den Ortschaften etwas erleichtern. Dringenberg geht es gut." Der Mann mit der tiefen, sonoren Stimme lachte gehässig.

Georg blickte Luzia an. „Das sind Raubritter. Es gibt neuerdings immer mehr davon. Und wenn unser König mit den Friedensverhandlungen erfolgreich ist, wird es noch schlimmer. Der Krieg ist das Geschäft der Ritter. Im Frieden werden sie nicht gebraucht."

Luzia drückte sich an Georg und sie liefen leise zu dem Pferd, um sich darauf zu schwingen.

Aber die fremden Ritter hatten sie schon entdeckt.

Breitbeinig sprangen sie ihnen in den Weg.

Sie sahen verwegen aus, ihre Haare waren zu lang und verfilzt.

„Sieh an – ein Liebespaar", höhnte der Jüngere.

„Lasst uns vorbei!", forderte Georg. Luzia staunte, wie fest seine Stimme war.

„Was habt ihr gehört?", fragte der Ritter mit der sonoren Stimme.

Er war größer als der Jüngere und wirkte mit seinen dunklen Haaren und seinem Bart wie der leibhaftige Teufel, fand Luzia.

„Gar nichts", erwiderte Georg.

Die beiden Fremden lachten lauthals.

„So ein Unsinn. Wir können euch nicht in die Stadt gehen lassen, wo ihr von uns berichtet", sagte jetzt der andere. Er war nur wenig kleiner, hatte braune Haare, einen ungepflegtem Bart und eine Narbe auf der linken Wange.

„Was sollen wir denn erzählen? Dass wir zwei Vagabunden gesehen haben?", entgegnete Georg forsch. Luzia lief es kalt den Rücken herab. Wie konnte er so unvorsichtig und sogar so frech sein.

„He du! Wir sind edle Ritter. Nun, wenigstens waren wir das einstmals. Jetzt müssen wir uns anders über Wasser halten. In Dringenberg gibt es einige Menschen, die es zu Geld gebracht haben", erwiderte der Große grinsend.

„Deshalb wollt ihr dort Beute machen?"

„Genug!", rief jetzt das Narbengesicht und zog sein Schwert. „Was habt ihr für Wertgegenstände bei euch? Ihr seht beide nicht so aus, als wärt ihr arme Bauern."

„Wir haben nichts dabei", stotterte Luzia.

Die beiden Ritter grinsten sich breit an. „Etwas doch", höhnte der Größere und griff nach Luzia. Sie machte instinktiv einen Schritt zurück. Georg schob sich vor sie, wollte sie schützen. Aber der große Ritter schob ihn grob zur Seite. Doch auch Georg war groß und kräftig. Er stolperte lediglich einen Schritt zur Seite und stand sofort wieder felsenfest da, Luzia mit seinem Körper schützend. Aus seinem Gürtel zog er sein Messer.

Aber seine Feinde waren besser bewaffnet und besser ausgebildet im Kampf als er. Der Kleinere zog sein Schwert und ging drohend auf Georg und Luzia los.

„Nein!" schrie Luzia.

Georg machte sich für einen Kampf bereit. Er stand breitbeinig fest auf der Erde und hielt das Messer vor sich. Luzia wich zurück. Ihre Augen waren angstvoll aufgerissen. Sie sah den Räuber mit seinem Schwert auf Georg losstürmen. Doch der sprang geschickt zur Seite.

Der Räuber war irritiert. Offenbar hatte er nicht damit gerechnet. Er war einst ein Ritter gewesen, ausgebildet im Kampf. Jemand wie Georg zu besiegen, müsste für ihn leichtes Spiel sein. Er stieß zu, doch Georg wich abermals aus und schob sich an dessen Seite. Er stieß mit dem Messer zu, verletzte seinen Gegner am Arm, so dass er sein Schwert fallen ließ. Der Räuber schäumte vor Wut und stürzte sich auf ihn.

Doch im körperlichen Nahkampf war Georg ihm gewachsen. Im Nu war der Räuber unter ihm und Georg hielt ihm das Messer an die Kehle.

Luzia atmete schon erleichtert auf.

Doch dann sah sie den zweiten Mann. Sie schrie gellend auf. Aber noch bevor Georg reagieren konnte, stieß der von hinten zu.

Feige und gemein.

Ohne Ehre.

Georg sank zu Boden. Aus seiner Seite floss Blut.

Luzia stürmte los und warf sich mit einem Aufschrei über den am Boden liegenden Körper. Aber schon war kein Leben mehr in ihm.

Der kleinere Räuber kämpfte sich etwas umständlich wieder auf die Beine, Georgs Körper bedeckte ihn noch teilweise.

Der große dunkle fasste Luzia hart am Arm und riss sie hoch. Luzia wehrte sich. Sie schrie und versuchte verzweifelt, sich aus seinem Griff zu befreien.

„Jetzt stell dich nicht so an. Hätte er dich uns überlassen, wäret ihr beide am Leben geblieben. Jetzt ist er tot."

„Ich wäre auch lieber tot, als… als…" Sie konnte es überhaupt nicht aussprechen. Sie hatte eine dunkle Ahnung, was sie erwartete, wenn sie sich nicht gegen diese beiden wehren konnte. Sie schrie so laut sie konnte. Waren da nicht vorhin Pferde gewesen? Musik und das Gerumpel von Wagen? Irgendwo mussten fahrende Händler sein. Irgendwer musste sie doch hören. Sie schrie und kämpfte. Doch das schien die Raubritter nur noch mehr anzuspornen. Sie lachten herzhaft.

„Eine kleine Kratzbürste haben wir da gefangen. Nicht schlecht. Ich mag sie, wenn sie ein wenig temperamentvoll sind", meinte der kleinere grinsend.

Luzia wurde ganz schlecht. Sie fühlte, wie ihr Magen rebellierte. Das fehlte noch, dass sie sich gleich hier erbrach.

Die Räuber zogen sie ein Stück weiter zwischen die Bäume. „Sonst hört sie noch jemand", meinte der große.

Ihr Widerstand erlahmte. Nicht, weil sie sich mit ihrem Schicksal abgefunden hatte, aber sie konnte einfach nicht mehr. Ihre Kraft ließ nach und die Trauer um Georg fand den Weg in ihr Bewusstsein.

Mit ihrem Widerstand ließ auch der Griff des Raubritters nach. Er hielt sie nicht mehr ganz so fest. Luzia bemerkte es.

Sie nutzte einen wie sie meinte passenden Augenblick und zog ihren Arm weg. Von der ruckartigen Bewegung und ihrem neu aufkeimendem Kampfgeist wurde er überrumpelt und sie konnte entkommen.

Sie rannte Richtung Straße, wo sie Händler zu finden hoffte, deren Wagenrumpeln sie vorhin gehört hatten.

Ihre Feinde rannten hinterher. Sie waren groß und kräftig, machten längere Schritte, traten fest und stabil auf, während Luzia rannte, stolperte, rutschte.

Schon hatte der Größere sie wieder erreicht. Sie schrie, riss sich los. Er zog sie an sich. Sie hörte das Geräusch als ihr Kleid am Hals zerriss - es war ihr gleichgültig.

Sie kämpfte verbissen und riss sich noch einmal los. Doch der Ruck war zu heftig. Sie verlor das Gleichgewicht, konnte sich nicht mehr halten. Sie fiel nach hinten, ihr Kopf stieß beim Fallen auf einen Baumstumpf. Regungslos blieb sie liegen.

Sie merkte nicht, dass die beiden Räuber mehr enttäuscht als entsetzt über ihr standen. „Schade, das wird jetzt wohl nichts mehr", bedauerte der größere.

Der andere zuckte die Schultern. „Denkst du, sie ist tot?"

Der Dunkle hob die Schultern. Er versuchte nicht, ihren Herzschlag zu hören. Es war ihm egal. „Komm, lass uns gehen. Dringenberg können wir jetzt erstmal vergessen. Wenn die Leiche des Mannes dort oben gefunden wird und das Mädchen womöglich auch noch, dann sind die vorgewarnt."

„Warte mal", sagte der kleinere Ritter. „Sie trägt da etwas um den Hals. Könnte wertvoll sein."

Sie starrten beide auf das silberne Medaillon. Als das Kleid zerrissen war, war die Kette, die Luzia darunter trug, heraus gerutscht. Der kleinere griff entschlossen danach und riss die Kette mit einem Ruck von ihrem Hals.

„Jetzt komm aber!", befahl der Große.

Der Andere nickte. „Aber den Gaul nehmen wir mit!", verkündete er.

Dann zogen sie mit unbekanntem Ziel davon.

Luzia öffnete die Augen. Ihr Kopf dröhnte. Sie blickte in die dunklen, freundlichen Augen einer fremden Frau. „Bleib liegen, Mädchen. Du bist böse gefallen. Aber es ist alles gut."

„Alles gut?", stammelte sie. „Mein Kopf tut so weh."

„Ja, der tut sicher weh. Du hast eine schlimme Wunde am Kopf und bekommst bestimmt eine dicke Beule. Aber das wird heilen. Ich habe deine Wunde gut versorgt, hab keine Angst." Sie lächelte sanft. „Du hast nichts davon mitbekommen, nicht wahr? Du warst sehr lange ohne Bewusstsein. Wir sind übrigens Zigeuner. Wir ziehen durch das Land. Du hattest Glück, dass wir gerade hier vorbeikamen."

Luzia blickte die Frau an. Sie war nicht mehr ganz jung, sah aber recht hübsch aus. Sie hatte lange schwarze Haare, die von grauen Strähnen durchzogen waren. Sie trug eine blaue Bluse zu einem weiten bunten Rock, wie Luzia noch niemals einen gesehen hatte.

„Ein paar unserer Leute haben dich im Wald gefunden und haben dich zu mir gebracht. Ich bin die Heilerin unserer Gruppe. Was tust du nur hier in der Einsamkeit? Woher kommst du? Nicht weit von hier - dort droben auf dem Berg - ist ein Dorf. Kommst du vielleicht von dort? Oder willst du dorthin? Heute wirst du nicht mehr in den Ort hineingehen können, die Stadttore werden bald geschlossen. Und wir Zigeuner dürfen sowieso nicht hinein. Aber du musst keine Angst haben, wir lassen dich nicht allein. Du kannst bei uns bleiben und morgen ins Dorf gehen."

Luzia zog die Augenbrauen angestrengt zusammen. In ihrem Kopf arbeitete es hektisch. Die Bestürzung war auf ihrem Gesicht zu lesen. „Ich – ich weiß es nicht." In ihrer Fantasie erlebte sie den Trubel und die Lebhaftigkeit einer großen Stadt. Aber sie wusste nicht, welche Stadt das war und auch nicht, ob sie dort lebte. „Wie heißt das Dorf?"

Die Zigeunerin blickte Luzia aus zusammengekniffenen Augen erschrocken an. „Das weißt du nicht?"

Doch sie hatte sich sofort wieder in der Gewalt. Das Mädchen blickte sie so verzweifelt an. Sie durfte ihr nicht zeigen, dass auch sie ratlos war. Sie hatte noch niemals gehört, dass sich jemand nicht erinnern konnte, woher er kam. Aber sie versuchte das Mädchen zu beruhigen.

„Mach dir keine Sorgen. So etwas kommt vor, wenn man einen solchen Schlag auf den Kopf bekommen hat wie du. Ich werde jetzt die Stelle noch weiter kühlen, damit die Schwellung nicht zu heftig wird. Und dann gebe ich dir auch etwas gegen deine Schmerzen." Sie legte ein feuchtkaltes Tuch auf den Hinterkopf des Mädchens. „Mein Name ist übrigens Eszter", erklärte die Zigeunerin.

Die junge Patientin wurde plötzlich ganz unruhig. Sie wollte sich hektisch aufrichten, aber ihr Kopf schmerzte zu sehr. Auf ihrem Gesicht zeichnete sich die ganze Panik und Hilflosigkeit ab, die sie gerade empfand.

„Ich weiß nicht, wie ich heiße", stammelte sie. „Wer bin ich und was ist mit mir passiert?"

Unterwegs
Anfang Juni 1494

Kapitel 7
Die Fremde

Die Gruppe Zigeuner hatte das fremde Mädchen, das sie verletzt und verstört in der verlassenen Siedlung gefunden hatten, bei sich aufgenommen. Sie hatten es mitgenommen, denn das Mädchen hatte keinerlei Ahnung, wer sie war und wohin sie gehörte. Nicht einmal an ihren Namen konnte es sich erinnern. Es glaubte lediglich, nicht in dem Dorf auf dem Berg zu wohnen, denn es hatte eine undeutliche, verschwommene Erinnerung vom Trubel und Treiben in einer Stadt. Wie es in die Siedlung gekommen war, wusste es nicht.

Die Zigeuner konnten das Mädchen unmöglich sich selbst überlassen. Wenn es am Ende keine nahen Verwandten finden würde, wäre es Freiwild für die Bevölkerung, hauptsächlich für die Männer, die es vermutlich vergewaltigen würden, als billige Arbeitskraft benutzten oder sogar als Hure. Sie könnten das Mädchen verprügeln und sogar töten. Niemanden würde es stören. Eszter schüttelte sich bei dem Gedanken.

Die Zigeuner selbst waren in den Dörfern nicht willkommen. Sicher, sie könnten andere Kleidung tragen, um nicht sofort als Zigeuner aufzufallen. Aber herumzufragen, wer dieses Mädchen war, könnte dennoch für sie zu einer schlimmen Situation werden. Sie könnten zum Beispiel selbst beschuldigt werden, sie entführt und geschlagen zu haben und den jungen Mann, den sie ein Stück entfernt gefunden hatten, ermordet zu haben. Nein, das wollten sie wirklich nicht riskieren.

Sie waren keine angesehene Bevölkerungsgruppe und viele hätten sie am liebsten aus dem Land vertrieben, aber die Zigeuner verfügten bereits seit fast hundert Jahren über Schutzbriefe von König Sigismund, die noch immer Gültigkeit hatten.

So nahmen sie das Mädchen also mit sich und es fühlte sich auch durchaus wohl in ihrer Gesellschaft. Sie gaben ihm Kleidung und Essen und das Mädchen half ihnen bei der Arbeit. Es kochte oder säuberte die Wagen und das Geschirr oder es passte auf die kleinen Kinder auf. Und es genoss die Feiern der Zigeuner, die sicher ausgelassener waren als die, die es selbst bisher kennen gelernt hatte.

Rein äußerlich könnte es durchaus eine von ihnen sein mit ihren pechschwarzen Haaren. Da das Mädchen sich nicht an seinen Namen erinnern konnte, gaben sie ihm einen. Sie nannten es Puella.

Nun war Puella schon seit ein paar Wochen mit den Zigeunern unterwegs.

Die Gruppe reiste Richtung Süden.

Auf ihrer Reise hielt die Gruppe in der Nähe von Dörfern und kleinen Siedlungen und bot Waren zum Tausch und zum Verkauf feil. Eszter und die alte Klothild bot ihre Künste als Wahrsagerinnen an. Erstaunlicherweise kamen die Menschen tatsächlich zu ihnen, um sich aus der Hand lesen zu lassen, obwohl das nicht ungefährlich war in diesen Zeiten. Wahrsagen grenzte stark an Hexerei. Aber die Menschen brannten darauf, zu erfahren, wie ihr Leben weitergehen würde. Ob es irgendwann einmal besser würde, ob ihre Pflanzungen gut gedeihen würden, ob sie ein Kind bekommen würden, ob ihre Krankheit heilen würde…

Es war eine erstaunliche Doppelmoral, fand Puella. Einerseits wollte niemand etwas mit Zigeunern zu tun haben, andererseits suchte das einfache Volk ihren Rat.

„Lass mich deine Hand sehen", bat Eszter eines Tages, als Puella traurig auf der Erde hockte, mit dem Rücken an einen der Wagen gelehnt.

Puella gehorchte und zeigte Eszter ihre Handfläche.

Die Frau betrachtete sie aufmerksam. „Ah, du kommst aus einem guten Elternhaus. Und du warst sehr glücklich, ehe du uns getroffen hast. Aber es muss etwas sehr Schlimmes passiert sein." Sie lächelte. „Das lese ich nicht nur in deiner Hand. Immerhin warst du verletzt und sehr durcheinander, als du zu uns kamst. Und ein Stück von dir entfernt lag dieser tote Mann."

Puella blickte sie erstaunt an. Noch nie hatte ihr jemand etwas über die Umstände erzählt, unter denen sie gefunden worden war. Und sie selbst erinnerte sich einfach nicht daran. Ihre erste Erinnerung war, als Eszter sich über sie beugte. Aber da hatten die Zigeuner sie bereits zu ihrem Wagenzug gebracht.

„Ein toter Mann?", schniefte sie.

Puella hatte damals nichts von dem Toten mitbekommen und Eszter hatte es in ihrem Zustand auch vermieden, ihr die Leiche zu zeigen. Allerdings hatte die Zigeunerin immer wieder überlegt, ob sie mit Puella darüber sprechen sollte. Er könnte ebenso gut ein getöteter Freund sein wie ein Feind.

Jetzt war der richtige Zeitpunkt gekommen.

Eszter nickte. „Ja. Kannst du dich nicht daran erinnern?"

Das Mädchen schüttelte verzweifelt den Kopf.

Eszter widmete sich wieder intensiv Puellas Handfläche.

„Ah, es wird alles wieder gut werden. Du verdrängst im Moment nur deine Erinnerungen, weil du etwas so Furchtbares erlebt hast."

„Steht das auch in meiner Handfläche?", fragte Puella schmunzelnd.

„Nicht so ganz. Nur, dass du wieder deinen Weg findest."

„Erinnerungen verdrängen, so etwas geht doch gar nicht."

„Mmm, ich glaube, das geht. Aber hier - dein Lebensweg ist lang, aber verzweigt. Du wirst wieder auf deinen Weg zurück finden, aber er verläuft nicht geradlinig. Du bist eine starke Person. Du wirst einen Weg gehen, der in dieser Zeit nicht leicht zu gehen ist."

Puella runzelte die Stirn. Das konnte sie sich gerade nicht vorstellen. Wer war sie bisher gewesen? Wer war ihre Familie?

„Du wirst noch einige Kämpfe führen. Aber du wirst am Ende glücklich werden."

Eszter ließ die Hand sinken. „Genug. Wir sollten allmählich anfangen, das Essen zuzubereiten", erklärte sie betont schwungvoll. Puella vertiefte sich zu sehr in ihre Grübeleien.

Das Mädchen nickte und erhob sich, um Eszter zu helfen.

In der Nacht hatte Puella einen verstörenden Traum. Ein Mann kam auf sie zu. Er griff nach ihr, er bedrohte sie. Sie wich zurück. Hatte Angst. Dann kam ein anderer Mann. Sie konnte sein Gesicht nicht erkennen, denn er stellte sich mit dem Rücken vor sie. Sie schrie, als sie erkannte, dass er getötet wurde, weil er sie beschützen wollte.

Sie schrie auch in Wirklichkeit. Eszter war schnell bei ihr.

„Was ist geschehen?", fragte sie.

„Ein Traum", hechelte Puella.

„Nur ein Traum? Oder waren es vielleicht verdeckte Erinnerungen?", meinte Eszter etwas geheimnisvoll.

„Nein, nur ein Traum", wehrte Puella ab.

Eszter antwortete darauf nichts. Sie wusste, dass dieses Mädchen alleine seine Erinnerung wieder finden musste. Sie konnte ihm nicht wirklich helfen, denn sie selbst kannte ja nichts von seiner Vergangenheit.

Früh am nächsten Morgen, in diesem merkwürdigen Dämmerzustand zwischen Schlaf und Erwachen, erlebte Puella ein weiteres verstörendes Bild. Nur Sekunden lang tauchte ein Gesicht auf. Wie ein flüchtiges Aufblitzen. Viel zu kurz, um es wirklich zu sehen. Sie sah nur blonde Haare und leuchtende blaue Augen. Aber sie hatte keine Ahnung, was das zu bedeuten hatte.

Doch die Erinnerung hatte sich einen ersten Weg gebahnt. Puella wusste es noch nicht, aber die Erinnerung würde nicht für immer verschüttet bleiben.

Eszter rief zum Frühstück vor die Wagen.

Puella erschien übermüdet und mit verwirrtem Gesichtsausdruck.

„Puella", rief Eszter, „hast du so schlecht geschlafen? Du siehst gar nicht gut aus."

„Ja, schon", hauchte Puella leise.

Eszter stand auf und lief zu ihr. „Komm, setz dich zu uns und iss mit uns. Wir reden gerade über das Ziel unserer Reise. Wir haben mit dir nie darüber gesprochen, auch weil wir den Eindruck hatten, dass es dir ganz gleich ist, aber jetzt solltest du es wissen. Wir sind auf dem Weg nach Würzburg, wo wir uns wie immer an Johannis mit anderen unserer Sippe treffen. Es wird nicht mehr allzu lange dauern, bis wir dort ankommen."

Würzburg.

Der Name klang vertraut.

Puella nickte immer noch zögernd und ließ sich von Eszter auf die ausgebreitete Decke führen. Dort blickte sie in die Runde. Sie sah liebgewordene Gesichter. Cintia, Eszters fünfzehnjährige Tochter, die ihr schnell eine Freundin geworden war - die alte Klothild - Ernö, den Anführer der Sippe – Tamás, Eszters Sohn und seine Frau Marika und all die anderen.

Sie nahm sie alle wahr, als sähe sie sie zum ersten Mal.

Die Menschen, mit denen sie seit zwei Wochen herumreiste, starrten sie an, als warteten sie auf irgendeine Mitteilung, auf etwas Neues.

Puella wusste selbst nicht, woher das Wissen plötzlich kam, doch schließlich öffnete sie den Mund und sagte leise: „Mein Name ist Luzia."

Ganz allmählich tauchten Erinnerungsfetzen auf. Bahnten sich den Weg durch den Nebel in Luzias Kopf. Das Mädchen ahnte, dass es etwas Schreckliches erlebt hatte. Es hatte Angst, die Erinnerung zuzulassen. Doch seine neuen Freunde standen ihm bei. Die alte Klothild leitete Luzia an, tief in ihr Unterbewusstsein zu gehen und die Erinnerung zuzulassen, auch wenn sie schmerzlich sein würde. Es war besser, den Schmerz zu fühlen als die Erinnerung nie wieder zurückzubekommen. Denn dann würden auch gute Zeiten und schöne Erlebnisse verschüttet bleiben, auch die Erinnerung an ihre Familie und an ihre Freunde. Sicher gab es zu Hause Menschen, die sie vermissten. Und Luzia würde nur zurückkehren können, wenn sie wusste, wohin sie gehen musste.

Klothild war sehr alt und hatte vieles erlebt. Sie kannte sich gut in der Heilkunst aus, sogar besser als Eszter, und konnte viele Krankheiten heilen, aber das, was dieses fremde Mädchen erlebte, kannte sie nicht - es handelte sich ja auch um keine Krankheit. Klothild fühlte nur instinktiv, dass sie Luzia helfen musste, die Erinnerung zuzulassen.

Und eines Tages war es wirklich soweit.

Luzia hatte die Augen geschlossen. Klothild hatte sie mit Geschichten in das Land ihres eigenen Unterbewusstseins geführt. Das Bild, das Luzia sah, lag in dichtem Nebel. Dahinter gab es etwas, das zu ihr gehörte. Sie wusste es, doch…

Aber plötzlich hob sich der Nebel, das Bild wurde klar und unverzerrt.

Sie schrie. Ihr Gesicht verzerrte sich schmerzhaft. Ihr ganzer Körper verspannte sich. Klothild berührte sie sanft. „Was siehst du, Luzia?", fragte sie.

„Neiiiiin!", schrie Luzia. „Neiiiiin!"

Dann sank ihr Körper kraftlos zusammen und sie begann haltlos zu weinen. Die alte Frau wiegte sie in ihrem Arm wie ein kleines

121

Kind. Sie fragte nichts, sie gab keine Ratschläge. Sie war einfach nur da.

Eszter kam auf die beiden zu, aber Klothild wies sie mit einem Blick an, ruhig zu sein. So setzte sich Eszter einfach still zu ihnen und wartete ab. Luzia brauchte diese Zeit erst einmal für sich selbst. Sie würde ihnen erzählen, was sie gesehen hatte, wenn sie selbst die Erinnerung verarbeitet hatte. Wenn sie bereit dazu war.

Es dauerte lange. Klothild wiegte Luzia die ganze Zeit in ihrem Arm. Als das Mädchen sich wieder aufrichtete, wischte es mit dem Handrücken über sein Gesicht und durch die Augen. Der Tränenstrom war versiegt, die Augen gerötet und das Gesicht geschwollen.

Aber Luzia war bereit, zu erzählen. Von ihren Eltern, ihrer Furcht vor den Ablasspredigern, von ihrer Reise nach Dringenberg und von Georg, in den sie sich so heftig verliebt hatte. Sie berichtete sogar von dem Tagebuch ihrer Ahnin. Sie konnte es nicht zurückhalten. Nicht jetzt und hier. Nicht vor diesen Menschen.

Schließlich erzählte Luzia auch von dem Mord an Georg und von dem Angriff auf sie selbst.

Sie konnte sich wieder an alles erinnern. Und die Erinnerung war schlimmer, als sie es jemals erwartet hätte.

Und sie dachte immerzu: „Ich bin schuld an Georgs Tod. Es ist meine Schuld. Hätte ich nicht so unbedingt nach Tryngen gewollt…"

Als sie vor den Toren von Fulda lagerten, war eine entsetzliche Trauer in ihr. Sie trauerte um Georg, der so jung gestorben war und den sie nun niemals wieder sehen würde.

Aber sie trauerte auch um ihre Familie, die sie in Paderborn und Dringenberg zurückgelassen hatte.

Eszter, die sie behandelte, als wäre sie ihre eigene Tochter, strich ihr sanft über das Haar. „Sei nicht traurig, Luzia. Du wirst deine Familie wieder sehen. Ganz sicher. Es wird sich eine Möglichkeit finden. So ist es immer. Und nun kommst du mit uns in die Stadt. Wir wollen sehen, was es dort gibt. Wir wollen einkaufen, in einer Garküche essen und fröhlich sein."

„Lässt man euch hinein in diese Stadt?"

Eszter zwinkerte ihr zu. „Wir müssen uns nur ein wenig verkleiden. Nicht als Zigeuner auftreten, dann geht das. In einer Stadt fallen Fremde weniger auf. Stadtluft macht frei. Auch das fahrende Volk."

Luzia nickte.

Als sie auf die Stadttore zugingen, schlich sich ein neuer Gedanke in Luzias Kopf Noch war er verschüttet unter Trauer und Angst, aber er bahnte sich unaufhaltsam seinen Weg.

Es war der Gedanke an ihre Ahnin Clara, die mit einem Händlertross durch das Land gezogen war, weil sie die Welt entdecken wollte. Auch Luzia hatte einst solche Gedanken gehabt. Sie wollte Biegungen und Windungen für ihr Leben. Nicht den geraden Weg. Und sie hatte die Burg sehen wollen, auf der Luzius einst residiert hatte. Jener Weggefährte von Clara, den sie als kleinen Dieb kennen gelernt und der sich später als Herr von Wiesenstein entpuppt hatte. Einer Burg an dem kleinen Flüsschen Aisch, einen Tagesritt von Würzburg entfernt - der Stadt, zu der die Zigeuner reisen wollten.

Vielleicht war es Luzias Bestimmung, dorthin zu kommen.

„Du lächelst ja", sagte Cintia, als sie auf Luzias Gesicht blickte.

Die anderen starrten sie plötzlich ebenfalls an. Ja, sie lächelte.

„Wie schön!", rief Eszter aus. „Dann geht es dir jetzt wieder besser."

Nein, das nicht, dachte Luzia. Aber ich sehe die Möglichkeit, dass das geschehen kann. Clara hätte ebenfalls weiter gemacht.

Clara hatte so viele Schwierigkeiten zu überwinden und hat sich trotzdem niemals unterkriegen lassen und ich werde das auch nicht tun.

Dringenberg
Anfang Juni 1494

Kapitel 8

Die Festnahme

Zoe rannte mit wehenden Zöpfen und hochgerafften Röcken durch das Dorf. „Mutter!", rief sie, als sie auf das Haus in Dringenberg zustürmte, in dem sie, ihre Mutter und ihr Bruder noch immer zu Gast waren.

„Mutter!"

Cordula hörte es und kam vor die Tür. Irgendetwas in Zoes Stimme ließ sie aufhorchen. Seit dem Verschwinden ihrer Tochter Luzia war sie kaum noch in dieser Welt anwesend. Sie wandelte hindurch, erledigte ihre Arbeit, sie funktionierte, aber sie erlebte alles wie durch Watte. Nichts interessierte sie mehr wirklich, außer, ihre Tochter wieder zu finden. Aber es gab nicht den kleinsten Hinweis.

„Zoe, was ist denn?", fragte sie jetzt aufgeregt.

„Sie haben zwei Raubritter gefangen genommen. Die Wächter glauben, dass sie Georg…"

Cordula blickte aufgeschreckt auf. „Raubritter? Und woher wollen die Wächter wissen, dass sie mit Georgs Tod zu tun haben?"

„Sie glauben es, weil sie Georgs Pferd dabei hatten. Jemand aus der Siedlung, die sie überfallen haben, hat es am Sattel erkannt. Aber wäre nicht gerade zu der Zeit ein Trupp Soldaten des Bischofs vorbeigekommen, wären die Räuber dennoch davonge-kommen. Es war ein riesiger Zufall."

Das Blut in Cordulas Adern begann zu brennen. „Und was ist mit Luzia?", fragte sie atemlos.

Zoe schüttelte den Kopf. „Bisher nichts. Aber vielleicht…"

„Vielleicht ergibt sich noch etwas. Ich muss sofort zu ihnen. Wohin bringt man sie?"

„Auf den Marktplatz", erwiderte Zoe.

Nachdem man das Verschwinden von Luzia und Georg bemerkt hatte, hatten sich mehrere Bürger von Dringenberg auf den Weg gemacht, nach den beiden zu suchen. Sie hatte den jungen Mann tot aufgefunden. Weder von Luzia noch von dem Pferd war etwas zu sehen gewesen. Sie hatten die ganze Gegend nach dem Mädchen abgesucht. Sie hatten gehofft, dass Luzia mit dem Pferd hatte entkommen können. Aber die Hoffnung war jetzt mit dieser Nachricht auch zunichte gemacht. Aber sie war ja sowieso unsinnig. Wenn Luzia hätte entkommen können, wäre sie zurück zum Dorf gekommen.

Die meisten im Dorf dachten, Luzia und Georg hätten sich entfernt vom Dorf getroffen, weil sie ein Liebespaar waren und eine ungestörte Stunde miteinander verbringen wollten. Cordula konnte dieses Gerede nicht aus der Fassung bringen. Sie wusste es ja besser. Luzia hatte die Tagebücher verstecken wollen.

Aber warum waren die beiden so weit ins Feld geritten? Bis zu der alten Siedlung? Ach, Cordula kannte ihre Tochter gut. Diese Tagebücher hatten Luzia viel mehr mitgenommen als sie selbst damals, als sie die Schriften gelesen hatte. Luzia besaß mehr Fantasie und tauchte tiefer in die Geschehnisse ein. Sicher hatte sie unbedingt Claras erstes Zuhause sehen wollen. Zumindest die Gegend, wo es gestanden hatte. Ach Luzia, dachte Cordula ein wenig wehmütig.

Wo war ihre Tochter? Was hatten diese Männer ihr angetan? Hatten die Räuber Luzia geschändet und dann getötet? Der Gedanke war so grauenvoll, Cordula wollte ihn gar nicht erst zulassen. Sie musste ihn fort schieben. Sonst würde sie sterben, das wusste sie. Sie würde nicht weiter leben können und vor Kummer sterben.

Aber wenn Luzia hätte fliehen können, wäre sie doch inzwischen zurückgekommen. Nein, es musste etwas Furchtbares passiert sein.

Lass sie leben, betete Cordula immer wieder. Bitte, lass sie leben.

Cordula hatte auch den Priester gebeten, für Luzia zu bitten und er hatte eine Messe für die wohlbehaltene Heimkehr gelesen. Cordulas Ehemann und die beiden älteren Söhne waren nach Dringenberg geholt worden. Sie hatten an Georgs Beerdigung teilgenommen und sich an der Suche nach Luzia beteiligt. Aber danach mussten sie wieder zurück nach Paderborn.

Wolfram sagte schlicht: „Wir können die Druckerei nicht so lange schließen. Wir leben schließlich davon. Und ob wir hier sind oder in Paderborn ändert nichts an den Tatsachen."

Cordula fand das zu nüchtern und ein bisschen grausam. Sie selbst fühlte sich nicht in der Lage, Dringenberg jetzt zu verlassen und blieb mit Zoe und dem jungen Frieder dort.

Jetzt lief sie zum Marktplatz, wo die beiden Raubritter hingebracht worden waren und vernommen wurden. Sie stritten natürlich alles ab.

„Wir haben niemandem ein Haar gekrümmt!", behauptete der große Schwarzhaarige.

„Was habt ihr mit meiner Tochter gemacht!", schrie Cordula schrill und durchbrach den Kreis der Menschen. „Was habt ihr ihr angetan?"

„Was denn – die ist gar nicht tot?", fragte der Kleinere mit braunem, verfilztem Haar und einer Narbe auf der Wange.

Den Menschen stockte einen Moment lang der Atem.

Der Große warf dem Kleinen einen bösen Blick zu.

„War das ein Geständnis?", schrie der Bürgermeister.

„Neee, was denn für ein Geständnis? Ich dachte, wir sind hier, weil wir jemanden getötet haben sollen und jetzt stimmt das gar nicht?"

„Ein junger Mann wurde tot in der alten Siedlung gefunden und ein Mädchen ist verschwunden. Also noch mal: Was habt ihr mit dem Mädchen gemacht?"

„Wir sind Ritter. Verarmte Ritter, zugegeben, aber wir haben noch unsere Ehre!", schrie der Große.

Der Bürgermeister stellte sich vor den beiden gefesselten Männern auf und donnerte sie mit lauter Stimme an: „Ritterehre? Habt ihr vergessen, wo und unter welchen Umständen ihr gefangen genommen wurdet? Ihr habt eine Bauernsiedlung niedergebrannt und den Menschen das Vieh gestohlen. Was hat das mit Ritterehre zu tun?"

Die beiden Raubritter sahen ihren Ankläger direkt an. Sie zeigten keinerlei Reue oder Niedergeschlagenheit. Oder gar Angst. Es schien ihnen gleichgültig zu sein, dass sie schon allein wegen dieser Tat sterben würden.

„Legt sie in Eisen, bis sie reden!", ordnete der Bürgermeister an.

„Wieso denkt ihr, wir sind die Schuldigen?", rief der größere der beiden Ritter wieder.

„Ihr wurdet in dieser Gegend gesehen. Das Pferd, das ihr bei euch hattet, gehörte dem toten jungen Mann."

„Das ist uns zugelaufen!", behauptete der größere. „Das alleine reicht nicht, um uns an jedem Verbrechen in dieser Gegend die Schuld zu geben!"

„Wir haben euch eine Halskette abgenommen, die auf jeden Fall einer Frau gehört, vielleicht dem vermissten Mädchen."

Der Bürgermeister zog etwas Blitzendes aus seiner Hosentasche und ging damit zu Cordula. „Erkennst du das wieder? Gehört das deiner Tochter?", fragte er. Es war ein eiförmiges, reich verschnörkeltes Medaillon.

Cordula riss vor Erstaunen die Augen weit auf. Sie nickte leicht.

„Ja, das gehört meiner Tochter. Sie hat es mir nur einen Tag vor ihrem Verschwinden gezeigt. Es war ein Geschenk ihres… ihres Verlobten Georg Gruner."

Streng genommen war er noch nicht ihr Verlobter, denn Georg hatte noch nicht bei Wolfram um Luzias Hand angehalten. Aber diese Feinheiten interessierten Cordula gerade wirklich nicht.

„Das kann doch jeder sagen. Woher wissen wir, dass das stimmt!", schrie der Große mit der sonoren Stimme.

Doch da bahnte sich eine junge Frau ihren Weg auf Cordula und den Bürgermeister zu. „Zeig mir die Kette", bat sie.

Der Bürgermeister reichte sie der Frau. „Und, Gisela? Erkennst du die Kette auch wieder? Hast du sie schon bei deiner Cousine gesehen?"

Tränen standen in Giselas Augen. „Nicht direkt", erwiderte sie dann. „Aber der Bruder meines Ehemannes wollte diese Kette meiner Cousine schenken. Sie ist von seiner Großmutter. Sicher hat er es inzwischen getan. Schaut, ich habe eine ganz ähnliche von meinem Ehemann bekommen."

Gisela zog eine Kette unter ihrem Kleid hervor und zum Vorschein kam ein ganz ähnlicher Anhänger wie der, den sie bei den Räubern gefunden hatten. Das Medaillon war rund statt eiförmig, aber ansonsten glich es dem, das bei den Räubern gefunden wurden.

Gisela betätigte einen kleinen Verschluss und die Kugel sprang auf. „Darin bewahre ich eine Locke meines Ehemannes auf. Seht – es ist die besonders helle Haarfarbe, die in der Familie vererbt wird. Später werde ich die Haarlocken meiner Kinder hinzutun."

Cordula erinnerte sich, dass auch Luzia ihr die Haarlocke gezeigt hatte. Wie hatte sie das nur vergessen können?

„Bitte, öffnet das Medaillon", bat sie den Bürgermeister.

Dieser betätigte sprachlos den kleinen Verschluss an dem ovalen Medaillon. Sie sprang auf und tatsächlich lag darin eine Haarlocke. Eine hellblonde, fast weiße Haarsträhne - Georgs Haar.

Gisela schlug sich vor Entsetzen die Hand vor den Mund.

Cordula brach kraftlos zusammen.

Fulda
Anfang Juni 1494

Kapitel 9
Das Wirtshaus in Fulda

Luzia spazierte inmitten einer Gruppe Zigeunerinnen durch Fulda. Von Eszter wusste sie, dass diese Völkergruppe bereits im Jahr 1423 Schutzbriefe von König Sigismund erhalten hatte, die ihnen sicheres Geleit im ganzen Land gewährte. Diese Schutzbriefe waren noch immer in Kraft, obwohl dann und wann die Vorurteile gegenüber Zigeunern doch stärker waren. Die Wahrsagerei und auch Heilerei der Zigeuner wurde nicht gerne gesehen, ebenso wenig wie deren Art, unbeschwert zu feiern und zu tanzen. Deshalb blieb ihnen trotzdem der Zugang zu manchen Orten versagt.

Leider gab es auch tatsächlich Zigeunergruppen, die durch Diebstahl auffielen. Luzia wusste das, aber sie hütete sich, Eszter gegenüber davon zu sprechen. Auf derlei Reden reagierte diese äußerst empfindlich. Es war natürlich auch nicht richtig, ganze Völkergruppen zu verachten, weil einige stahlen. Diebe gab es schließlich überall.

Luzia befand sich in Begleitung von Eszter und ihrer Tochter Cintia, Eszters Schwiegertochter Marika und der alten Klothild. Sie trugen alle etwas schlichtere Kleidung als sonst. Auch ihren auffälligen Schmuck hatten sie abgelegt. Aber dennoch würden sie als Zigeunerinnen erkannt werden, denn ihre Haare hatten einen so ungewöhnlich tiefen Schwarzton, ihre Haut war etwas dunkler und ihre Augen schwarz. Sogar ihre Bewegungen waren anders.

Luzia allerdings fiel nicht als Fremde inmitten der Gruppe auf. Sie trug ein Kleid von Cintia und sie hatte die gleichen tiefschwarzen Haare. Nur ihre Haut war heller als die der anderen. Aber wer achtete schon auf einen Einzelnen, wenn er auf eine Gruppe Zigeunerinnen traf.

132

In einer großen Stadt wurde grundsätzlich weniger auf andere geachtet. Sie konnten sich viel freier bewegen als in kleinen Dörfern.

Luzia mochte die Stadt. Sie mochte überhaupt Städte. Sie mochte das Leben dort, das bunte Treiben, die Gerüche, die Geschäfte. Es gab soviel mehr zu entdecken als auf dem Land.

„Was ist das für ein Fluss?", fragte sie aufgeregt.

„Die Fulda", antwortete Klothild.

„Fulda?", Luzia kicherte. „So heißt doch die Stadt."

Klothild senkte zur Bestätigung leicht den Kopf. „Der Fluss auch."

Luzia breitete die Arme aus und lief übermütig auf das Ufer zu.

„Ich liebe Flüsse!", rief sie aus.

Ja, sie merkte es auf dieser Reise immer mehr. Jedes Mal, wenn sie einen kleinen Weiher oder ein Flüsschen entdeckten, lebte sie auf. Als würde es ihre Seele mit neuem Leben füllen, den Bewegungen des Wassers zuzusehen.

Außerdem merkte sie auch erst hier, wie wichtig das Wasser war. Sie mussten ihre Trinkwasserreserven immer wieder auffüllen für die Weiterreise. Sie konnten unterwegs ja nicht jederzeit an einen Brunnen gehen, um Wasser zu schöpfen.

In Paderborn war ihr das nie so deutlich bewusst geworden. Ja, sie hatte gerne an der Pader gesessen, aber der Fluss war so selbstverständlich immer da gewesen, sodass sie nie darüber nachgedacht hatte, wie wichtig er ihr war.

Vielleicht nimmt man die Dinge, die da sind, einfach zu selbstverständlich hin und achtet sie zu wenig, dachte Luzia. Genauso wie die Menschen. Von einem Moment zum anderen verließ sie die ausgelassene Stimmung und eine tiefe Traurigkeit legte sich über sie, als sie an ihre Familie dachte. Ob sie sie jemals wieder sehen würde? Vater, Mutter, ihre Geschwister, Gisela, Christine?

Cintia trat neben sie und ergriff ihre Hand. „Komm, gehen wir weiter, wir wollen noch ein paar Lebensmittel kaufen, Proviant für die weitere Reise."

Luzia nickte. „Ja, ich komme."

Sie gingen weiter, kauften Brot, Käse und Wurst. Die Händler hatten die Fensterläden ihrer Geschäfte aufgeklappt und nutzten sie als Verkaufstheke wie Luzia es auch schon aus Paderborn kannte.

Auch beim Weinhändler kehrten sie ein. Zigeuner mochten es, zu feiern und zu tanzen. Luzia war fasziniert davon. Sie feierten so ganz anders als sie es von zu Hause her kannte. Sie erzählten sich Geschichten, tanzten, sangen. Unbeschwert und fröhlich, obwohl ihr Leben auch nicht leicht war. Luzia fragte sich inzwischen, ob diese Art zu leben nicht besser war. Nicht alles so schwer zu nehmen.

„Dort ist ein Wirtshaus!", rief Luzia. „Wollen wir dort einkehren und ein Glas trinken?"

„Das ist ein guter Einfall", stimmte Marika zu. „Wir haben doch noch Geld übrig."

Ja, weil die Kinder gebettelt haben, dachte Luzia. Etwas, das wiederum nicht sehr beeindruckend war am Leben ihrer momentanen Reisegefährten. Aber sie hatten auch Geld durch Wahrsagerei eingenommen und durch Verkäufe von selbst gefertigten Schmuck: Armringen, Haarspangen, Gürteln.

„Ja, gehen wir hinein", hörte sie Eszter mitten in ihre Gedanken hinein sagen.

Die fünf Frauen betraten das Wirtshaus und setzten sich an einen der Holztische.

Luzia sah sich um. Es war Mittagszeit und einige Menschen saßen im Wirtsraum beim Essen. Sie begannen zu tuscheln und schielten immer wieder zu ihnen hinüber.

Luzia nahm alles überdeutlich wahr. Vermutlich deutlicher als die anderen Frauen, die daran gewöhnt waren. Luzia empfand sich zurzeit als Kind beider Welten oder als nirgendwo zugehörig. Keine Zigeunerin, keine Deutsche und doch beides.

Sie bemerkte eine junge Frau, die zu ihnen hinüberkam. Wo war sie hergekommen? Sie hatte an keinem der Tische gesessen. „Bitte", sagte sie. „Lest mir aus der Hand. Es geht mir nicht gut und ich muss wissen, wie lange ich noch leiden muss."

Sie streckte ihnen die Handfläche entgegen.

Ihr Blick war flehend und ängstlich zugleich.

Eszter zögerte. Hier in der Öffentlichkeit wahrzusagen, war sicher nicht ratsam. Aber Klothild fasste nach der Hand der Frau und zog sie zu sich, um in die Handfläche sehen zu können. Die Not der Frau kam bei ihr an und sie hoffte, ihr helfen zu können.

„Was ist hier los!", schrie plötzlich ein Mann dazwischen und schlug mit einem Stock auf den Tisch. Sie schreckten alle zusammen und blickten auf. Der Wirt stand am Tisch. Den Knüppel ließ er drohend von einer Hand in die andere wandern. Sein Gesicht war zornig. „Was tust du hier? Du bist hier, um zu arbeiten. Pack dich und geh in die Küche!"

Sie ist eine Küchenmagd, dachte Luzia. Eine, die nicht gut behandelt wird, die vielleicht aus Not hier arbeiten muss.

Nun würden sie ihr nicht helfen können.

„Und ihr packt euch auch und verlasst auf der Stelle mein Wirtshaus. Dreckiges Gesindel!"

„Wir möchte einen Humpen Wein. Wir können auch bezahlen!", sagte Eszter.

„Bei mir gibt's nichts für euch. Macht, dass ihr verschwindet!"

Er schrie laut und sein Gesicht verzog sich zu einer wütenden Grimasse.

Zwei Männer standen von den Tischen auf und kamen näher. Ihre Körperhaltung und ihr Gesichtsausdruck wirkten bedrohlich. Sie standen dem Wirt bei.

„Lasst uns gehen!", sagte Eszter und erhob sich.

Auch Klothild, Marika und Cintia standen auf.

Nur Luzia blieb sitzen, wie vom Donner gerührt, unfähig, auf diese Feindseligkeit zu reagieren.

„Komm, Luzia", forderte Eszter sie auf und zog an ihrem Arm, um sie zum Aufstehen zu bewegen. Endlich regte sie sich. Die Frauen gingen langsam und vorsichtig an dem Wirt vorbei und bewegten sich dann rückwärts zur Tür. Ihre Beutel mit Einkäufen trugen sie mit sich.

Sie fürchteten sich.

Und plötzlich holte der Wirt wirklich aus und schlug mit dem Knüppel zu. Wahllos, ohne bestimmtes Ziel, einfach in die Frauengruppe hinein. Er erwischte Marikas Schulter. Sie schrie vor Schmerz und vor Schreck auf und fiel zu Boden. Ihren Beutel ließ sie fallen.

Eszter half ihr schnell wieder auf, ohne jedoch den Wirt aus den Augen zu lassen. Hoffentlich schlug er sie nicht alle tot.

Aber er lachte nur bösartig und sah zu, wie Marika mühsam und mit schmerzverzerrtem Gesicht wieder auf die Beine kam und sie alle sein Wirtshaus verließen.

„Was war denn das?", fragte Luzia entsetzt, als sie endlich wieder draußen auf der Straße standen. In diesem Moment war es klar, zu wem sie sich mehr zugehörig fühlte. Zu einer wahllos prügelnden Bevölkerungsgruppe wollte sie jedenfalls nicht gehören.

„Sie sind Hexen!", rief plötzlich jemand hinter ihr. „Sie sagen die Zukunft voraus und die kann doch niemand kennen, nicht wahr?"

Die Zigeunerinnen wandten sich um und sahen die junge Frau, die sie gebeten hatte, aus der Hand zu lesen. Ihr Gesicht war schmerzverzerrt, aber hinter dem Schmerz lag eine tiefe Traurigkeit.

Sie muss hinter uns herrufen, dachte Luzia sofort. Sie wird dazu gezwungen, sonst quält er sie oder tötet sie sogar. Warum nur hasst man Zigeuner so sehr?

Die Menschen auf der Straße reagierten schnell. Die Frauen schrien. Die Männer rotteten sich zusammen und rückten gefährlich näher. Einige hatten Knüppel oder Steine in den Händen. „Wir müssen weg!", befahl Eszter. „Marika, geht es?"

Die junge Frau nickte tapfer. „Ich habe nichts an den Beinen", brachte sie gepresst hervor. Aber man sah ihr die Schmerzen an.

Sie begannen zu laufen. Marika presste ihren Arm fest mit dem anderen an den Körper, um ihn möglichst ruhig zu halten. Die Schulter schmerzte bei jeder Bewegung.

Die anderen Frauen trugen die Beutel mit Einkäufen, die schwer in ihren Händen wogen, besonders der Wein war schwer.

Die Männer verfolgten sie, aber sie wurden Gott sei Dank nicht handgreiflich. Sie trieben die Frauen aus der Stadt heraus. Trieben sie vor sich her wie Vieh.

Als sie das Stadttor passierten, hörten sie das bösartige, niederträchtige Gelächter der Männer hinter sich.

„Was war das?", fragte Luzia noch einmal.

„Das waren Vorurteile gegen uns. Und Vorurteile gegen Wahrsagerei und allem, was wir tun."

„So etwas dürfen sie nicht tun. Ihr habt doch gültige Schutzbriefe!"

Eszter lachte unfröhlich auf. „Ja, seit vielen Jahren. Aber was bringt uns das, wenn die Menschen so voller Hass, Vorurteilen und Aberglauben sind? Die Wirklichkeit sieht eben oft anders aus als man es sich wünscht und als es sein sollte. Kommt, wir müssen ins Lager und allen davon erzählen. Wir sollten aufbrechen, bevor die Menschen auf die Idee kommen, uns wegen Hexerei ins Gefängnis zu werfen."

„Was wird wohl aus der armen Magd?", fragte Luzia.

Eszter hob hilflos die Schultern. „Wir können ihr nicht helfen."

„Aber Marika können wir helfen", krächzte die alte Klothild, die bereits die Stelle an der Schulter begutachtete, auf der der Knüppel niedergesaust war. „Sie hat offenbar keine offene

Wunde, aber eine starke Schwellung auf der Schulter. Wir müssen die Stelle kühlen und mit einer Salbe behandeln."

Sie tätschelte Marikas Arm. „Du wirst es überleben. Wir müssen froh sein, dass es nicht noch schlimmer ausgegangen ist."

Sie nickten alle.

Luzia folgte ihnen verwirrter als jemals zuvor in ihr Lager.

Die Zigeuner brachen noch am selben Tag auf, um wenigstens eine kleine Wegstrecke zwischen sich und Fulda zu bringen.

Würzburg
Juni 1494

Kapitel 10
Johannisnacht

Madlen hatte ihre Mutter noch nicht wieder gesehen. Wieso kam sie nicht zurück? Warum war sie noch immer auf Wiesenstein? Oder war sie etwa dort gestorben?

Madlen lebte in Käthes kleiner Hütte bei der alten Frau, die sie aufgenommen hatte.

Doch schon seit Tagen reifte ein Plan in ihrem Kopf.

„Ich muss fort", sagte Madlen an diesem Morgen entschieden zu Käthe. Ich gehe nach Wiesenstein und versuche, herauszufinden, was aus Mutter geworden ist."

„Kind, das kann gefährlich sein. Das hätte deine Mutter nicht gewollt. Sie werden sie einfach als Heilerin dort behalten haben. Du weißt, sie musste schon öfter auf die Burg und der Gräfin beistehen."

„Aber sie ist immer wiedergekommen."

„Das wird sie auch dieses Mal", beschwichtigte Käthe leise und legte ihre alte, faltige Hand auf Madlens.

„Oder es ist etwas passiert und sie haben sie in den Kerker geworfen oder gar getötet. Vielleicht konnte sie der Gräfin dieses Mal nicht helfen? Auch Mutter kann nicht alles heilen."

Käthe seufzte schwer. „Da hast du recht. Wenn Gott andere Pläne hat."

„Ach, hör auf mit Gott!", erwiderte Madlen unwirsch.

„Kind, versündige dich nicht", entrüstete sich die alte Frau jetzt heftig und entsetzt zugleich. Sie zog ihre Hand brüsk zurück. „Wie kannst du nur so reden?"

Madlen antwortete nicht. Wo ist denn Gott, wenn wir Hilfe brauchen? dachte sie. Aber sie wagte nicht, das laut auszusprechen. Gott steht nur den Mächtigen bei. Oder es gibt überhaupt keinen Gott und die Mächtigen haben es deshalb so leicht, sich alles zu nehmen, was sie wollen! Arme und Schwache zu unterdrücken!

Ein Wort aus dem Gottesdienst kam ihr in den Sinn: Eher geht ein Kamel durch ein Nadelöhr, als ein Reicher in das Himmelreich. Ob das stimmte? Erwartete sie alle ein gerechteres, besseres Dasein im nächsten Leben?

Sie schüttelte die Gedanken ab.

„Was ist mit dir, Mädchen?", fragte Käthe, die die Bewegung bemerkt hatte.

„Alles gut. Ich grübele zu viel."

„Ja, das ist es wohl. Es geschieht alles so, wie es sein soll. Alles ist uns vorbestimmt. Deine Grübeleien sind sinnlos", erwiderte Käthe sanft. Sie selbst glaubte fest daran. Das Schicksal stand festgeschrieben. Menschen konnten es nicht verändern. Aber sie wusste auch, das Madlen das anders sah. Auch Elenore sah das anders und konnte sich nie in das Schicksal fügen. Sie versuchte ständig einzugreifen, zu entscheiden, das Schicksal zu ändern. Sicher mit den besten Absichten. Aber es stand ihr nicht zu. Es stand ihr einfach nicht zu. Niemandem!

Sie selbst hätte Elenore allerdings niemals angeschwärzt. Auch das wäre ein Eingriff in das Schicksal gewesen. Aber sie wusste, wer es getan hatte. Es war ein Ratsherr, dessen Sohn sie nicht hatte helfen können. Der Junge konnte nach einem Unfall mit der Kutsche seine Beine nicht mehr bewegen. Nun behauptete der Ratsherr Wernher von Dörfels, Elenore hätte seinen Sohn verhext. Sein Wort galt viel in Würzburg.

Aber es ging um viel mehr – die Gefangennahme einer Hexe kam diesem Mann gerade recht. Es wäre ein großer Erfolg für ihn in seiner Amtszeit, denn er wollte wieder gewählt werden.

Das hat Elenore nun davon, dachte Käthe. Aber sie war nicht schadenfroh oder missgünstig. Sie mochte Elenore und Madlen und die beiden taten ihr leid. Doch helfen konnte sie ihnen nicht.

„Aber zuerst habe ich noch etwas zu erledigen", sagte Madlen fest.

„Kind, was hast du vor?", rief Käthe aus und bekam vor Schreck große Augen. Entsetzt sah sie, dass Madlens Augen glänzten wie die eines Fanatikers vor seiner Tat. Sie ahnte Schlimmes.

„Ich werde die armen unschuldigen Tiere befreien, die man gefangen genommen und in Käfige gesperrt hat, um sie beim Johannisfeuer bei lebendigem Leibe zu verbrennen."

„Die Katzen? Kind, das sind Hexentiere. Dämonen. Ihre Augen leuchten in der Nacht, so dass sie im Dunkeln sehen können. Sie sind listig und heuchlerisch und haben einen schlechten Charakter."

„Ach Käthe, du redest die Worte der Prediger nach. Aber das glaubst du doch selbst nicht. Du weißt, Mutter und ich hatten immer Katzen."

Käthe nickte. „Ja, und das ist nur ein Grund mehr, dass Elenore jetzt als Hexe verachtet wird."

Madlen trat auf Käthe zu und fasste sie bei den Schultern. „Käthe, du weißt, wie furchtbar es war, als sie vor einer Woche kamen und die beiden Tiere fortholten."

Käthe nickte sacht. Oh ja, es war grausam gewesen. Veit und zwei andere Wachmänner waren gekommen. Sie hatten die Tiere am Nackenfell genommen und in einen Korb gesteckt. Madlen hatte geschrien und geweint. Sie hatte versucht, den Männern den Korb zu entreißen. Aber einer der Wachmänner hatte sie grob fortgeschupst. Sie war gestürzt und hatte sich den Kopf gestoßen. Für einen Moment war sie sogar bewusstlos gewesen. Als sie wieder zu sich kam, waren die Männer fort und mit ihnen die Tiere.

Deshalb hatte Madlen zum Glück nicht mitbekommen, wie sehr die Katzen geschrien hatten. Es war, als würden die armen Tiere weinen. Käthe hatte es gehört und sie hatte auch geweint.

Die grausamen Bilder verfolgten sie noch in ihren Träumen.

142

„Es ist grausam und gemein. Ich gebe dir Recht, Madlen, es sind unschuldige Tiere, die außerdem auch sehr nützlich sind. Sie fangen die Ratten fort, die sich sonst überall ausbreiten würden. Aber, Madlen, sie sind es nicht wert, dass du dich in Gefahr begibst und für sie dein eigenes Leben riskierst."

Madlen antwortete nicht. Sie griff wortlos nach dem großen Messer, fasste in die Flut dunkelblonder Haare und setzte seelenruhig das Messer an, bevor Käthe richtig begriff, was sie vorhatte.

„Nein!", schrie die alte Frau.

Aber es war schon zu spät. Eine lange Haarsträhne fiel zu Boden und Madlen begann bereits ohne zu zögern, die nächste abzusäbeln.

Käthe sah ihr entsetzt zu. „Warum tust du das?"

„Ich muss einfach. Es ist besser, als Junge verkleidet zum Johannisfeuer zu gehen. Es ist besser, wenn sie mich nicht gleich erkennen."

„Ach Kind, das ist auch nicht ungefährlich."

Madlen schielte zu der alten Frau hinüber, die weiter auf sie einredete. „Du kannst nicht erfolgreich sein. Das Johannisfeuer ist wegen der Brandgefahr auf dem freien Feld. Dort gibt es kein Versteck, kein verborgenes Plätzchen."

„Es wird schon gehen. Alle achten auf das Feuer. Da gibt es einen Moment, in dem die Tiere unbewacht sein werden. Außerdem sind Zigeuner angekommen. Wusstest du das? Auf die wird man achten. Zigeuner sind nicht gern gesehen. Die Wachmänner werden aufpassen, dass sie nicht wahrsagen oder stehlen."

Käthe nickte. Das war schon richtig.

Trotzdem war es ein gewagtes, wenn nicht sogar unmögliches Unterfangen, das Madlen da plante. Das hätte Elenore nicht gewollt. Auf Käthes Gesicht zeichnete sich all ihre Angst und ihr Ärger über Madlens Plan und ihre gotteslästerlichen Einwände ab.

„Und danach? Du kannst unmöglich zurückkommen. Dann werden sie dich erwischen."

Madlen nickte. „Nein, das kann ich nicht. Ich sagte doch schon, dass ich nach Wiesenstein gehe."

„Allein? Das kann ein Mädchen nicht wagen."

„Ich bin ein Junge, schon vergessen?" Madlen fuhr sich durch ihre kurzen Haare.

„Und dann?", hakte Käthe weiter nach.

Madlen hob die Schultern. „Das weiß ich auch noch nicht. Ich lasse mir etwas einfallen. Du weißt doch, es liegt in Gottes Hand." Wie sie es sagte, klang es ein wenig spöttisch und der Tonfall tat Käthe weh. Aber sie würde Madlen ihr Vorhaben nicht ausreden können. Das war ihr sehr bewusst.

Käthe erhob sich ein wenig schwerfällig. Sie hatte ihre Miene wieder vollständig unter Kontrolle. „Komm, ich werde dir die Haare gleichmäßig lang schneiden", sagte sie traurig und nahm dem jungen Mädchen das Messer aus der Hand.

„Was verbindet Mutter mit der Familie von der Burg Wiesenstein?", fragte Madlen leise, während Käthe an ihren Haaren säbelte.

„Ich sagte dir schon, dass ich es nicht weiß."

„Bestimmt nicht?"

Käthes Augen bekamen einen geheimnisvollen Glanz. Aber das konnte Madlen nicht sehen. „Nein."

„Aber etwas ist doch, Käthe, verheimlichst du mir bestimmt nichts?"

„Nein."

Madlen seufzte schwer. Was um Himmels Willen konnte das Geheimnis sein? Und wusste Käthe wirklich nichts darüber? Madlen war sich nicht sicher.

Würzburg kam Luzia beinahe bekannt vor. Es war alles so, wie Clara es in dem Buch über ihre Wanderschaft mit dem Händlertross beschrieben hatte.

Da die Zigeuner in den Städten keine gern gesehenen Gäste waren, hatten sie – wie bereits in Fulda - alle auffälligen Assessoires ihrer Kleidung wie Schmuck, Tücher und Haarbänder in den Wagen zurück gelassen. So fiel bei einer flüchtigen Begegnung ihre Andersartigkeit nicht sofort und schon von weitem ins Auge. Clara lief mit Eszter und Cintia am Mainufer entlang und sah die steinerne Brücke, die auf das andere Ufer führte. Hier musste Clara mit Elisabeth und Helene entlang spaziert sein und später mit Gabriel gesessen haben. Hoch über ihnen war die Festung Marienberg. Die Würzburger Fürstbischöfe residierten dort.

Hier in Würzburg hatte einst Kaiser Friedrich Barbarossa die wunderschöne Beatrix von Burgund geheiratet, erinnerte sich Luzia.

Einen kurzen Moment lang fühlte sie sich losgelöst von Zeit und Raum. Als wäre nichts von Bedeutung außer dieses einen Momentes am Mainufer.

Sie atmete tief die frische Luft ein und schloss die Augen. Sie vergaß alles um sich herum. Sie vergaß, woher sie kam und was alles geschehen war. Sie hörte das sanfte Plätschern des Wassers und fühlte die Sonne auf der Haut. Irgendwo zwitscherten Vögel.

„Was ist los? Träumst du?", fragte Eszter.

Luzia lächelte und öffnete wieder die Augen. Der Moment war vorüber. „Ja, etwas", erwiderte sie lächelnd.

Urplötzlich fühlte sie sich gequält. Abgestürzt aus einem Traum in die harte Realität. Sie war in Würzburg. Nicht weit entfernt von Luzius' Burg Wiesenstein - dort, wo ihre Träume sie schon so lange hingeführt hatten. Aber um welchen Preis? Georg war tot. Ihre Eltern und Freunde waren sicher in großer Angst und Sorge um sie. Sie selbst fühlte auch Angst. Es war nichts so, wie es sein sollte. Wie sollte es weitergehen? Sie konnte nicht immer bei

Eszter und ihrer Truppe bleiben. Sie musste zurück. Irgendwann musste sie zurück und ihre Familie wissen lassen, dass sie noch lebte.

Sie wollte ihre Familie wieder sehen! Es war ihr ein unmöglicher Gedanke, vielleicht für immer von ihnen getrennt zu sein.

„Gehen wir zurück?", fragte Eszter.

„Ja!", rief Cintia sofort.

Luzia warf einen Blick über die Kulisse – den Fluss, die Brücke, die Festung und folgte dann widerstrebend den beiden, die ein Stück entfernt warteten. Am liebsten wäre sie ewig dort stehen geblieben und hätte geträumt.

Eszter umfing ihre Schulter. „Ich verstehe wirklich nicht, was dich hier so gefangen nimmt", meinte sie.

Luzia lächelte. „Kannst du auch nicht. Ich glaube, es liegt an einer alten Geschichte unserer Familie. Meine Vorfahrin Clara – ihr wisst, die das Tagebuch geschrieben hat - hat hier für kurze Zeit gelebt", erzählte sie. Eine sehr kurze Zeit, dachte Luzia. Als Clara gemeinsam mit Luzius und Elisabeth in dem Haus eines Ratsherrn untergekommen war. Dort hatte sie Gabriel wieder getroffen. Aber alle Einzelheiten zu erzählen, würde jetzt zu weit führen.

Eszter nickte gleich verstehend und sie schlenderten durch die Straßen zurück. Ihre Wagen lagerten vor den Stadttoren. Sie hatten keine Eile.

Gerade, als sie das Tor passieren wollten, nahm Luzia ein leises Maunzen wahr. Niemand sonst schien es zu bemerken. Aber Luzia blieb stehen und sah sich suchend um.

„Was ist los?", fragte Eszter.

„Da war ein Geräusch. Hast du es nicht gehört?"

Eszter und Cintia lauschten.

„Ja, jetzt höre ich es auch", bestätigte Cintia.

Im selben Moment entdeckte Luzia in einer Nische ein kleines Kätzchen, das völlig verängstigt dort kauerte. Sie ging darauf zu und hockte sich zu dem Tier, das daraufhin nur noch weiter zurückwich.

„Was ist denn?", fragte Luzia leise.

„Lass die Katze!", sagte Eszter ungewöhnlich hart und wollte Luzia fortziehen.

„Lass mich!", erwiderte das Mädchen erstaunt über den harschen Tonfall. „Das Kätzchen ist doch noch viel zu klein, um alleine zu überleben. Was wohl mit seiner Mutter geschehen ist?"

„Die wurde vermutlich eingefangen, wie viele andere Katzen auch", erwiderte eine fremde Stimme.

Luzia blickte auf und sah in die traurigen Augen einer schlanken, männlichen Gestalt mit kurzen, gerade abgeschnittenen Haaren. Der Junge war noch sehr jung, fast noch ein Kind, seine Figur war zu zart für einen Mann und seine Stimme noch zu hoch.

„Aber warum das denn?", fragte Luzia.

„Das weißt du nicht? Katzen sind Hexentiere. Sie werden im Johannisfeuer verbrannt. Zur Volksbelustigung." Die Stimme klang hart, was nicht recht zu den traurigen Augen passte.

Luzia schrak zusammen. Sie verscheuchte das entsetzliche Bild, das vor ihrem geistigen Auge entstand. Ihr war, als würde sie die Leiden dieser armen unschuldigen Tiere fühlen.

Doch, sie wusste, dass Katzen als Hexentiere galten. Aber nicht, dass man so grausam mit ihnen umging.

„Lass das Tier!", warnte Eszter. „Sonst giltst du am Ende auch noch als Hexe. Katzen zu lieben ist gefährlich."

Aber Luzia hörte gar nicht hin. Was ist eigentlich nicht gefährlich, dachte sie. Sie hob das kleine Kätzchen auf und versteckte es unter ihrem Umhang. Es war ganz schwarz mit einer weißen Pfote und einem kleinen weißen Fleck auf der Stirn. „Ich werde es mitnehmen. Dieses Kätzchen wird nicht qualvoll im Johannisfeuer sterben."

„Und was ändert das?"

Luzia funkelte die Zigeunerin böse an. „Für dieses Kätzchen ändert das alles!", zischte sie.

Der fremde Junge blickte Luzia irgendwie merkwürdig an. Etwas in seinem Blick hatte sich geändert. Er war nicht mehr so traurig, aber da war noch etwas anderes. Luzia wusste in diesem Moment nicht, was es war. Aber es berührte sie bis in ihre Seele hinein. „Komm jetzt!", rief Cintia und zog an ihrem Ärmel. „Lass dich wenigstens nicht erwischen."

Luzia starrte noch immer den fremden Jungen an, als sie Eszter und Cintia durch das Stadttor hinaus folgte. Das Kätzchen hielt sie sicher und warm unter ihrem Umhang.

Luzia lag neben Cintia auf ihrem Nachtlager und dachte über das kurze Gespräch vom Abend nach. Es war ganz nah, als würde sie es gerade in diesem Moment noch einmal erleben.

„Wir sind an einem Wendepunkt angekommen. Auch du, liebe Luzia", hatte die alte Klothild gesagt, als sie nach dem Abendmahl beieinander gesessen und sich von dem Tag erzählt hatten.

„Ich möchte dir gerne die Zukunft weissagen."

Aber Luzia hatte abgewehrt. „Nein, das möchte ich nicht. Ich möchte mich überraschen lassen. Es ist nicht gut, zu wissen, was auf uns zukommt."

„Manchmal erleichtert das Wissen unsere Entscheidungen oder es lässt uns vorsichtiger werden."

Luzia schüttelte den Kopf. Nein, sie hatte sich entschieden. Sie wollte nichts davon wissen.

„Vielleicht lässt uns das Wissen auch ängstlich werden und wir scheuen Entscheidungen, die wir treffen sollten", erwiderte sie leise. Sie wollte Klothild nicht beleidigen, aber sie war nicht bereit für diese Vorhersage. Wenn die Seherin nun sagte, sie würde ihre Familie niemals wieder sehen? Das würde sie nicht wissen wollen. Lieber weiter hoffen und auf dieses Ziel hin arbeiten.

Luzia wusste, dass eine ungewisse Zukunft vor ihr lag. Sie konnte nicht ewig mit den Zigeunern weiterziehen. Aber wo sollte sie alleine hin? Eine Frau allein konnte in dieser Welt nicht bestehen.

Und trotzdem wollte sie sich die Zukunft nicht vorhersagen lassen. Klothild drang nicht weiter in sie ein.

Plötzlich heulte eine Eule.

Sofort erstarrte Luzia auf ihrem Nachtlager. Der Ruf einer Eule sagte Feuersbrunst und Tod voraus. So hatte sie es in Claras Tagebüchern gelesen.

Der Schreck fuhr ihr in alle Glieder. Sie wurde ganz kribbelig und unruhig. Sie versuchte, sich zu beruhigen, aber es gelang ihr nicht. Sie konnte einfach nicht liegen bleiben und erhob sich von ihrem Lager. Ganz leise, damit Cintia nicht erwachte, schob sie die Plane beiseite und ging nach draußen. Sie brauchte ein paar Atemzüge frische Luft. Tiefe Dunkelheit umgab sie.

Sie atmete erleichtert aus. Es war bereits dunkel.

Der Ruf einer Eule in der Dunkelheit sagte gar nichts voraus. Das war natürlich und ohne Bedeutung. Eulen waren nachtaktive Tiere. Nur wenn ihr Ruf am Tag erklang, war das ein böses Omen.

In der Nähe hörte sie Stimmen.

Sie ging in die Richtung und lauschte. Das gehörte sich nicht, sie wusste es. Aber sie war zu neugierig.

„Sie wird uns verlassen!", sagte die Stimme der alten Klothild.

„Aber wo soll sie denn hin? Ein Mädchen allein. Hier ist sie fremd und den Weg zurückgehen kann sie allein auch nicht allein", hörte sie Eszter sagen.

„Es wird sich eine Möglichkeit auftun. Aber die ist mit großer Gefahr verbunden."

„Wird ihr etwas zustoßen?"

„Sie lässt mich ja nicht in ihre Zukunft sehen. Das, was ich erkenne, ohne in ihre Handfläche zu sehen, ist verschwommen. An Johannis wird sich unser Schicksal ändern, unsere Wege werden sich trennen. Das ist alles, was ich sicher weiß."

Luzia schlich leise wieder zurück.

An Johannis – das war bereits in zwei Tagen.

Luzia wünschte, sie wäre nicht näher herangeschlichen. Oder besser noch – sie wäre überhaupt nicht aus dem Wagen herausgekommen. Wäre es ihr doch früher eingefallen, dass ein Eulenruf in der Nacht kein böses Vorzeichen war. Aber es war schwer, klar zu denken, wenn die Panik den Körper durchflutete. Das hatte sie ja schon früher bemerkt.

Sie legte sich wieder leise neben Cintia und versuchte, sich zu beruhigen und nicht über das verstörende Gespräch nachzudenken.

„Warst du draußen?", murmelte Cintia verschlafen und ohne die Augen zu öffnen.

„Ich konnte nicht schlafen und dachte, die frische Luft hilft mir vielleicht."

„Und? Hat sie?"

„Ich denke schon", sagte Luzia obwohl sie daran zweifelte.

Kurz darauf kam auch Eszter in den Wagen. Sie beugte sich über die beiden Mädchen, um nach ihnen zu sehen. Sie hauchte Cintia einen Kuss auf die Wange. Luzia tat, als würde sie schlafen.

Am übernächsten Abend, dem 23. Juni, strömten die Menschen - Stadtbewohner aus Würzburg ebenso wie diejenigen aus den umliegenden Dörfern - hinaus auf die Felder, wo das Johannisfeuer entzündet werden sollte. Ein riesiger Berg aus Ästen, Reisig und Hölzern war aufgeschichtet worden.

Angst brauchte man in dieser Nacht nicht zu haben, sich in der Dunkelheit außerhalb der Stadt aufzuhalten. Eine solche Menschenansammlung hatte keine Überfälle zu befürchten.

Als Luzia mit den Zigeunern auf den Platz zuging, dämmerte es bereits.

Sie trugen ihre farbenfrohe Kleidung, denn sie trafen sich mit anderen ihrer Sippe und fürchteten sich in dieser großen Gruppe nicht, sich in ihren bunten Gewändern zu zeigen.

Die Zigeuner wussten, dass man sie beobachtete, weil jeder beim Anblick von Zigeunern Angst um sein Hab und Gut bekam. Aber Gefahr würde ihnen in dieser Nacht nicht drohen.

Luzia nahm diese besondere Stimmung tief in sich auf. Sie sog sie förmlich ein.

Sie hörte viele verschiedene Stimmen, ohne die Worte zu verstehen.

Sie roch das Holz, die Felder, den Schmutz und den Schweiß der Menschen um sich her.

Die Menschen kamen immer näher. In Gruppen standen sie um den Feuerplatz herum. Die Stadt, das nächste Dorf und auch der Wald waren weit genug entfernt, um einer Feuergefahr zu entgehen.

Plötzlich bemerkte Luzia eine lange Holzstange mit einer Hängevorrichtung, die mitten aus dem Holzstapel herausragte.

„Was ist das?", fragte Luzia.

„Daran hängen sie Körbe mit den Katzen auf", erklärte eine Stimme, an die Luzia sich gut erinnern konnte. Sie wirbelte herum. Vor ihnen stand der fremde Junge, den sie vor zwei Tagen in Würzburg gesehen hatten.

„Sie werden lebendig verbrannt, als wäre das ein Volksspektakel", flüsterte Luzia angewidert. Ihr wurde richtig schlecht. Sie schluckte schwer und hoffte, dass sie sich nicht übergeben musste. Ich will das nicht sehen, dachte sie. Ich will hier weg!

„Du bist ja ganz blass geworden. Wenn es dich wirklich so sehr entsetzt, dann komm mit", flüsterte der Fremde ihr ins Ohr. Niemand sonst hatte es verstanden.

„Was?", fragte Luzia irritiert. Sie hatte die Worte verstanden, aber nicht, was der Junge damit sagen wollte. Doch der war schon im Begriff, fort zu gehen. Sie lief ihm hinterher. Ihr Interesse war geweckt. Was hatte er vor?

„Luzia!", rief Eszter ihr nach.

Doch sie lief weiter. Sie wusste nicht einmal, was sie dazu trieb.

„Was ist los?", fragte sie, als sie den Jungen erreicht hatte.

„Komm mit", sagte er nur. „Wenn du mutig genug bist, kannst du mehr als nur das eine Kätzchen retten, das du vor zwei Tagen mitgenommen hast."

Luzia folgte ihm. Sie wusste nicht, was er vorhatte und sie wusste auch nicht, ob sie mutig genug war. Aber sie musste eine Entscheidung treffen.

In ihrem Inneren hörte sie die Stimme der alten Klothild: *Sie wird uns verlassen. An Johannis werden sich unsere Wege trennen.*

Jetzt bereute sie doch, dass sie Klothild nicht erlaubt hatte, in ihre Zukunft zu sehen. Was, wenn sie die falsche Entscheidung traf? Was, wenn sie ihrem eigenen Schicksal ins Handwerk pfuschte?

Sie fiel ein wenig zurück, aber sie folgte dem Jungen, weil sie gar nicht anders konnte. Als würde eine fremde Macht ihre Schritte leiten.

Etwas abseits stand ein alter Karren, auf dem zwei große runde Körbe standen. Darin maunzte es kläglich. Mit einem Schlag wurde es Luzia klar, was der Junge vorhatte.

Sie bemerkte nicht, dass alle Farbe aus ihrem Gesicht wich.

„Du willst doch nicht etwa…?"

„Doch", zischte der Junge. „Gleich werden sie kommen, um den Korb offiziell dort aufzuhängen. Es gehört zum Ritual." Er schaute sich immer wieder hektisch um. Doch noch war niemand zu sehen. Kein Schatten, der sich dem Karren näherte.

„Warum wird der Wagen nicht bewacht?" fragte Luzia.

„Ja, das ist merkwürdig. Vermutlich glauben sie einfach, dass alle Welt froh ist, dass diese Hexentiere brennen. Genau diese Zeit und diese Unbesorgtheit müssen wir nutzen."

Der Junge sprang mit einem blitzschnellen Satz auf den Wagen, zog ein Messer und zerschnitt die Seile, mit denen die Deckel auf den Körben fixiert waren. Dann schob er die beiden Deckel herunter. Zur gleichen Zeit bemerkten er und Luzia einen zweiten Wagen, der die Straße entlang rumpelte. „Was ist das denn?", fragte Luzia leise.

Der Junge starrte entsetzt in die Richtung. „Oh mein Gott, sie haben eine Hexe."

Die Menschen johlten.

Der Junge kippte die Körbe auf die Seite. „Schnell, wir müssen weg!", rief er gedämpft.

Jetzt sah er auch zwei Wächter näher kommen, die die Körbe holen wollten. Der Junge sprang sanft, aber kraftvoll vom Wagen, zog Luzia mit sich und beide duckten sich hinter den Karren.

Die Katzen sprangen aus den Körben und stoben in alle Richtungen davon. Eine von ihnen, eine sehr kleine getigerte, lief nicht fort sondern schlich zu ihren Rettern und schmiegte sich in Luzias Arm.

„Oh nein, das fehlt noch!", rief der Junge aus. „Wirf sie fort! Sie soll zu den anderen laufen."

Aber Luzia drückte das Kätzchen fest an sich. „Schau, es ist am Fuß verletzt. Es wird nicht fliehen können."

Zum zweiten Mal versteckte sie ein Kätzchen unter ihrem Umhang.

Der Junge schielte hinter dem Wagen hervor, um zu sehen, wie weit der Wachmann war. „Los komm, wir müssen weg sein, bevor der Wachmann hier ist", raunte er Luzia zu. Er fasste nach ihrer Hand und zog sie mit sich, Richtung Johannisfeuer.

„Bist du verrückt? Wir müssen weglaufen", wisperte Luzia gedämpft.

„Wir tun so, als kämen wir gerade an. Oder – besser noch - als wären wir ein Liebespaar und hätten mal eben..." Er grinste anzüglich.

„Ja, ja, schon gut", zischte Luzia und drückte das Kätzchen unter ihrem Umhang fest an sich. Sie hoffte, es würde sich still verhalten.

Als sie wieder bei den Zigeunern ankamen, nahm die alte Klothild sie mit strengem Blick in Empfang. „Ihr habt doch nicht wirklich...?", fragte sie, ohne auszusprechen, was sie meinte. Es war sowieso allen klar. Luzia öffnete als Antwort ganz kurz ihren Umhang und das verängstigte Kätzchen lugte daraus hervor.

„Nicht schon wieder! Aber ich habe es gewusst. Eine Wende in deinem Leben ist eingetreten. Wenn das Feuer brennt und alle darauf schauen, werdet ihr gehen. Die Dunkelheit ist gefährlich, aber sie ist auch euer bester Schutz."

Luzia nickte. Sie wusste ja, dass sich in Würzburg ihre Wege trennen würden, aber so abrupt hatte sie das nicht erwartet. Doch sie fühlte keine Angst, sondern nur Ekel vor diesem abscheulichen Schauspiel. Und Traurigkeit, weil sie ihre neuen Freunde verlassen musste. Vermutlich würden sie sich nie wiedersehen.

Die Wächter hatten die Katzen nicht wieder einfangen können. Es war inzwischen viel zu dunkel und die Tiere waren schneller.

Eine laute, befehlsgewohnte Stimme bölkte: „Entzündet das Feuer!"

Fackeln wurden in den Holzstoß geschoben und das trockene Holz begann lichterloh zu brennen. Offenbar hatten sie nicht vor, die fehlende Katzenverbrennung zu erläutern. Allerdings war auch so allen klar, dass man diejenigen, die die Katzen befreit hatten, äußerst hart und grob bestrafen würde.

Luzia umarmte ihre Freundinnen, bedankte sich herzlich bei Eszter, die ihr in den letzten Wochen fast eine Ersatzmutter geworden war. Dann entfernte sie sich gemeinsam mit dem fremden Jungen. Am liebsten wäre sie gerannt, aber sie durften nicht auffallen.

Der Junge griff wieder nach ihrer Hand und Luzia ließ es zu. Auch wenn ihr die Idee, als Liebespaar zu gelten, unangenehm war, war dies doch eine gute Tarnung.

Eine Träne für ihre verlorenen Freunde rann ihr über die Wange. Aber für Abschiedsschmerz blieb keine Zeit.

„Wo ist das Kätzchen von vorgestern?", fragte der Junge.

„In unserem Wagen."

„Wollen wir es holen?"

Luzia nickte. „Natürlich."

Luzia hatte keine Ahnung, wer der Junge war und wohin der Weg sie jetzt führen würde. Sie wusste nicht, ob er es gut mit ihr meinte oder sie schänden und töten würde. Aber nein, davor hatte sie keine Angst. Jemand, der seine eigene Sicherheit aufs Spiel setzte, um Tieren zu helfen, der tötete keine Mädchen. Sie hatte sowieso keine andere Wahl, als sich diesem fremden Jungen anzuvertrauen.

Aber so oder so – es war eine vollkommen unbekannte Zukunft, in die ihr Weg sie führte. Aber die Zukunft war immer ungewiss. Immerhin war sie in Würzburg. Davon hatte sie doch immer geträumt. Jetzt hatte das Schicksal sie hergeführt.

Sie hörte hinter sich das Knistern der Flammen und die Schreie der Menschen, aber sie warf keinen Blick zurück.

Sie waren nur ganz kurz bei den Wagen gewesen und hatten das kleine schwarze Kätzchen, das Luzia vor zwei Tagen aus der Nische gerettet hatte, geholt. Luzia hielt es zusammen mit dem verletzten Kätzchen vom Johannisfeuer sicher und geborgen unter ihrem Umhang, als sie gemeinsam Richtung Wald liefen. Aus der Ferne hörten sie das Knistern der Flammen, die Schreie und Stimmen der Menschen. Sie drehten sich nicht noch einmal um, sondern rannten einfach weiter. Jetzt ging es darum, schnell von hier fort zu kommen, bevor sie doch noch eingefangen wurden. Hier würden sie nicht auffallen, wenn sie rannten. Es sei denn, es wäre ihnen jemand unbemerkt zu den Wagen gefolgt. Aber die Dunkelheit verschluckte ihre Gestalten und die Menschen konnten sie schon bald sowieso nicht mehr sehen.

Luzia hatte keine Ahnung, wohin der fremde Junge sie brachte. Einfach fort von diesem Ort, fort von den Menschen, die diese unschuldigen Wesen töten wollten. Sie rannte ohne zu fragen mit, weil ihr nichts anderes übrig blieb. Erst, als sie das Waldstück erreicht hatten, blieben sie stehen. Luzia war außer Atem. Sie war es nicht gewöhnt, eine so lange Strecke so schnell zu laufen.

Der Junge lachte etwas geringschätzig. „Kannst nicht mehr, was?"

Luzia sah ihn an, antwortete aber nicht.

„Warum hast du das getan?", fragte sie keuchend.

„Was? Die Katzen gerettet?"

„Ja."

„Weil es eine himmelschreiende Ungerechtigkeit ist, diese armen, hilflosen Tiere so grausam zu ermorden", erklärte der Junge.

Luzia nahm die beiden kleinen Kätzchen aus ihrem Umhang und setzte sie auf den Boden. Bei dem Kätzchen, das sie eben aus dem Korb gerettet hatten, war sie nicht sicher, ob es überleben würde. Es war viel schwächer als das kleine Kätzchen aus der Stadt. Und sie konnten keine Nahrung oder etwas zu Trinken geben.

„Sind sie es wert, deine eigene Sicherheit aufs Spiel zu setzen? Wenn du erwischt worden wärst…", wandte Luzia ein.

„Warum hast du es getan? Du bist mir einfach gefolgt und hast mir geholfen."

Luzia fühlte sich nicht wohl in ihrer Haut. Sie fragte sich ja selbst schon, wie sie so blindlinks, ohne Nachzudenken, in dieses Abenteuer geraten konnte. Hätte sie sich auch darauf eingelassen, wenn sie vorher gründlich darüber nachgedacht hätte?

Das Bild von Paderborn kam ihr in den Sinn, als Elsbeth in dem Karren zum Gefängnis gebracht worden war. Auch damals war es dunkel gewesen. Nun hatte sie zum zweiten Mal die Grausamkeit der Menschen erlebt. Nein, bereits zum dritten Mal. Auch der Mord an Georg war grausam gewesen, obwohl der als Verbrechen eingestuft wurde, wohingegen eine Hexenverbrennung ein ordnungsgemäßer Vorgang war.

Sie schüttelte sich angewidert.

„Ja, ich weiß", erwiderte Luzia kleinlaut .Aber ich kann nicht erklären, warum ich es getan habe. Ich weiß es selbst nicht."

„Das ist natürlich ein viel besserer Grund", lachte der fremde Junge.

„Was ist mit den Menschen?", fragte Luzia. „Sie haben eine Hexe verbrannt."

„Ja. Aber dagegen konnte ich wirklich nichts tun. Den Katzen dagegen konnte ich helfen. Ich habe mir geschworen, zu tun, was ich kann und dort zu helfen, wo es mir möglich ist."

Luzia nickte. Ihr Atem ging inzwischen wieder ruhiger.

Der Junge grinste vor sich hin, als er eine alte Decke unter Büschen hervor kramte, ebenso Wasser und einen halben Laib Brot.

„Du bist ja bestens vorbereitet", meinte Luzia.

„Im Gegensatz zu dir", lachte der Junge. „Aber du hattest diese Tat ja auch nicht geplant."

Er breitete die Decke aus und lud Luzia ein, sich ebenfalls damit zu wärmen. Luzia wich automatisch ein Stück zurück. Hatte der Junge etwa doch etwas Unsittliches mit ihr vor? Was konnte sie schon wissen? Sie kannte ihn doch gar nicht. Der Junge grinste. Es schien ihm Spaß zu machen, sie zu ängstigen. Er sah sogar irgendwie ein wenig hinterlistig aus, nicht freundlich. Doch dann legte er seinen Umhang ab. Darunter trug er ein weißes Hemd, unter dem sich trotz dessen Weite deutlich Brüste abhoben.

„Du bist…"

„…ein Mädchen. Ja. Hast du das bisher wirklich nicht bemerkt?" Luzia schüttelte den Kopf.

„Klingt meine Stimme etwa männlich?"

Nein, sie hatte gedacht, er sei eben noch sehr jung. Die Stimmen ihrer Brüder hatten sich auch erst in einem bestimmten Alter geändert und waren tiefer geworden.

„Ich weiß, für ein Mädchen ist meine Stimme etwas tief, aber doch nicht männlich, oder?", hakte die Fremde nach, als hätte sie Luzias Gedanken gelesen.

„Du hast recht. Ich habe nicht geschaltet."

Die Fremde hob die Schultern. „Die Menschen sehen, was sie sehen wollen. Ich trage Männerkleidung, habe kurze Haare, also bin ich ein junger Mann, nicht wahr?"

Luzia nickte langsam. „Würdest du Frauenkleidung tragen, würde man dich mit deinen kurzen Haaren für eine entflohene Nonne halten. Weißt du, was das bedeuten würde?"

Die andere nickte. „Ja, ich wäre vogelfrei. Die Männer könnten mit mir machen, was sie wollen. Mich schänden, mich verprügeln. Übrigens: Mein Name ist Madlen."

„Ich bin Luzia."

Die beiden Mädchen rückten eng aneinander und schlangen die Decke um sich.

„Hättest du das alles wirklich auch ganz allein gemacht? Hättest die Katzen befreit und ganz alleine die Nacht im Wald verbracht?", fragte Luzia.

Madlen nickte. „Es ist noch nicht lange her, dass meine Mutter knapp einem Hexenprozess entkommen ist. Ich habe seit dem bei einer alten Nachbarin gelebt. Ich nehme an, Mutter hatte Glück, sonst wäre sie vielleicht heute auch im Johannisfeuer…" Sie brach ab. Die Vorstellung schnürte ihr die Kehle zu. „Der Herr von Wiesenstein hat sie befreit, weil er sie als Heilerin für seine kranke Frau brauchte."

„Dann muss er ein guter Mensch sein", meinte Luzia.

Madlen lachte auf. „Nein, das ist er nicht. Er hat sie einfach gebraucht. Vielleicht hat er sie sogar schon getötet. Ich weiß nicht, was aus ihr geworden ist."

Luzia blickte Madlen verstört an. Die hob hilflos ihre Schultern. „Ich weiß es nicht, aber ich will es herausfinden. Wenn Mutter der Burgherrin nicht helfen konnte, ist alles möglich."

Luzia sagte nichts weiter. Wiesenstein – das Ziel ihrer Mädchenträume. Sie dachte an die Schriften ihrer Vorfahrin. Luzius war ein guter Burgherr gewesen und sie war niemals auf den Gedanken gekommen, dass es nun anders sein könnte. Aber Träume und Wirklichkeit waren wohl selten gleich. Jetzt war sie hart und schmerzhaft in die Wirklichkeit gefallen.

„Ich will einfach alles tun, was ich kann, um gegen diese Grausamkeiten vorzugehen. Viel wird es sowieso nicht sein. Aber immerhin habe ich ein paar hilflose Katzenleben gerettet", redete Madlen weiter.

„Wir", warf Luzia wie von selbst ein.

„Was?"

„Wir haben sie gerettet."

„Ja. Wir. Warum hast du mir geholfen? Es muss doch mehr sein als *Ich weiß selbst nicht*." Madlen lächelte sie aufmunternd an.

„Ich…" Luzia stockte. Aber Madlen hatte ihr gerade gestanden, dass ihre Mutter als Hexe verachtet wurde, dann konnte sie wohl auch ehrlich sein.

„Ich habe gleich mehrere Hexen in meiner Ahnenreihe. Eine von ihnen wurde verbrannt. Ich konnte nicht zusehen, wie ein solches Unrecht geschieht. Ich konnte es nicht."

Madlen verzog ein wenig den Mund. „Dann sind wir also beide Nachkommen von Hexen? Woher weißt du von deinen Ahninnen?"

„Es gab alte Schriften", gestand Luzia.

Madlen nickte. „Es ist schön, wenn man viel über seine Familiengeschichte weiß. Ich weiß nicht einmal, wer mein Vater ist. Und manchmal weiß ich nicht einmal, wer meine Mutter ist."

Luzia zog die Stirn kraus. „Wie meinst du das?"

Madlen hob die Schultern. „Sie scheint Geheimnisse zu haben. Aber ich weiß nicht, welche. Ihre Verhaftung und alles drum herum war auf jeden Fall sehr merkwürdig."

„Erzählst du mir davon?"

Madlen blickte sie einen Moment lang schweigend an. Ihre Augen schienen bis in Luzias Inneres blicken zu wollen. Dann entschied sie wohl, dass sie Luzia trauen konnte, denn sie nickte sacht.

Sie riss ein Stück Brot ab und reichte eines davon ihrer neuen Reisebegleiterin. Luzia nahm es dankbar an. Sie wusste, ihnen stand eine lange Nacht bevor.

Eine erwachsene Katze schlich aus dem Dickicht auf die Mädchen zu. Sie kümmerte sich sofort um die kleinen Kätzchen, die begannen, an deren Zitzen zu saugen.

Luzia und Madlen bekamen große Augen.

„Das hätte ich jetzt nicht erwartet", meinte Madlen. „Das ist die Mutter des verletzten Kätzchens. Sie sorgt sich um das Kleine. Schau, die Schwarze darf auch trinken."

„Ja. Und diese Tiere sollen als Hexentiere verbrannt werden!"

Luzia merkte nicht, dass ihr Tränen die Wangen herunter liefen. Tränen um diese armen verängstigten Tiere.

„Wir müssen hier bleiben, bis die Sonne aufgeht. Dann gehen wir weiter zum Dorf Wiesenstein. Es ist ein ziemliches Stück von hier entfernt."

Luzia blickte durch das Buschwerk zurück. Über die weiten Felder bis zu dem Lichtpunkt, der das Johannisfeuer war.

Sie meinte, das Knistern und die Schreie der Menschen hören zu können.

Es schüttelte sie.

Es war surreal und irgendwie übernatürlich, wie die Flammen in die Nacht hinauf züngelten, dort vom Feuer abzureißen schienen und verschwanden. Es war gespenstisch.

„Sie werden uns suchen", sagte Luzia leise.

„Nein!", erwiderte Madlen hart. „Sie werden diejenigen suchen, die die Katzen befreit haben. Aber nicht uns."

„Nur, dass wir diejenigen sind."

Kapitel 11

Geheimnisse

Auf der Burg Wiesenstein kümmerte man sich nicht um Ereignisse wie die Johannisnacht. Auf den Feldern vor dem Dorf gab es jedoch ein eigenes kleines Feuer. Nach Würzburg zu gehen war zu weit, den Weg konnten sie nicht in einer Nacht hin und zurück bewältigen. Aber die Menschen brauchten ein wenig Abwechslung und Geselligkeit.

Der Burgherr selbst war solchen Geselligkeiten nicht zugeneigt. Er mochte es nicht, sich unter das Volk zu mischen, sondern demonstrierte seine Sonderstellung gerade dadurch, dass er an solchen Dingen nicht teilnahm.

Außerdem war Gudula noch immer krank. Sie erholte sich dieses Mal nicht, war in Trübsinn gefallen und zog sich vollkommen zurück.

Auch Elenore hatte nicht die Erlaubnis bekommen, ins Dorf zu gehen oder gar nach Würzburg zurück zu kehren.

Die Heilerin lief in dieser Nacht unruhig auf und ab. Sie zog das linke Bein nach. Es war bei ihrer Gefangennahme in Würzburg verletzt worden und es wurde nicht besser. Irgendetwas war darin kaputt gegangen, aber was, das konnte sie nicht wissen. Es schmerzte nicht mehr, aber die Beweglichkeit ihres Knies war eingeschränkt. Nun, sie lebte, das war das Wichtigste.

Aber es bereitete ihr entsetzliche Sorgen, dass sie nicht wusste, wie es ihrer Tochter ging. Sie wusste, es war durchaus möglich, dass Madlen ebenfalls gefangen genommen wurde. Als Tochter einer Hexe. In dieser Hinsicht waren die Menschen nicht kleinlich.

Elenore hatte versucht, Klemens von Wiesenstein danach zu fragen, aber ihr Wohlergehen und das ihrer Tochter waren ihm genauso gleichgültig wie ihre Ängste. Ihm ging es nur und ausschließlich um sich und um seine Familie.

„Herr Jesus, du weißt, dass wir nie etwas Böses gewollt oder getan haben. Steh uns bei, hilf uns. Steh meiner Madlen bei. Ich kann nicht weiter leben, wenn ihr etwas zustößt."

Gleich darauf erschrak sie und fiel auf die Knie. „Verzeih mir. Es ist eine Sünde, so zu denken. Aber ach, ich liebe sie so sehr und ich habe solche Angst um sie." Sie sah ein sanftes Licht zwischen den Bäumen hindurch schimmern und wusste, der Tag würde bald anbrechen. Sie fühlte sich so allein, so hilflos und voller Angst. Nicht einmal während ihrer Gefangenschaft in dem Korb hatte sie solche Angst verspürt. „Ach Madlen!" rief sie dem Tag entgegen.

Sie weinte nicht. Tränen hatte sie schon seit vielen Jahren nicht mehr vergossen. Aber das bedeutete nicht, dass sie nicht litt. Ungeweinte Tränen konnten mehr schmerzen als die geweinten.

Sie fühlte sich so erschöpft, so endlos erschöpft, dass ihre Beine nachgaben. Sie fiel auf den harten Steinboden in ihrer kargen Kammer und schlief einfach ein. Nur für kurze Zeit. Eine Stunde lang. Als sie aufwachte, war ihr kalt und jeder Muskeln und jeder Knochen in ihrem Körper schmerzte. Sie erhob sich mühsam und wickelte die Decke eng um ihren Körper.

Der Dame Gudula ging es körperlich wieder gut, aber ihre Seele hatte großen Schaden genommen. Sie litt unter den vielen fehlgeschlagenen Schwangerschaften, die sie hatte durchleben müssen. Dafür konnte Elenore höchstens einen Schlaftrunk mischen aus Hopfen, Baldrian und Johanniskraut. Etwas, das den Geist beruhigte, aber das konnte auch jeder andere. Sogar Gudulas Mägde könnten das, wenn sie ihnen die Zutaten nannte.

Elenore wusste also nicht, warum der Herr sie dieses Mal nicht gehen ließ. Sie hatte Gudula schon einige Male geholfen. Sie kannte sein Geheimnis. Und jedes Mal durfte sie wieder gehen. Aber dieses Mal behielt er sie hier. Warum?

„Und muss ich auch wandern in finstrem Tal, ich fürchte kein Unheil, denn du bist bei mir, oh Herr", betete sie. Aber sie fürchtete sich doch. Ach, sie war keine gute Christin. Sie fürchtete sich zu sehr und vertraute zu wenig.

Klemens von Wiesenstein hatte noch keine Pläne, was er mit der Heilerin anfangen wollte. Sie war nützlich, deshalb wollte er sie keinesfalls töten. Er jedenfalls kannte keine Heilerin, keinen Bader und keinen Medikus mit ihren Fähigkeiten. Seiner Frau ging es schon wieder viel besser. Und dieses Mal hatte es wirklich schlecht gestanden, das war ihm klar. Er wusste durchaus, dass sie noch immer unter schlimmen Träumen und Angstzuständen litt. Ihre Seele war krank, aber sie würde sich schon erholen. Auch hier konnte die Heilerin noch gute Dienste leisten. Sie kannte Kräuter, die auch der Seele halfen.

Wäre Gudula jedoch gestorben, hätte er Elenore sofort getötet. Dann wäre sie schlicht überflüssig für ihn gewesen. Aber so...

Seine Frau sah das jedoch anders.

„Ich will, dass sie die Burg wieder verlässt", forderte Gudula.

„Das geht nicht. Ich kann sie nicht gehen lassen. Du weißt, sie ist in den Verdacht geraten, eine Hexe zu sein und das ist auch für uns nicht ungefährlich. Was, wenn sie ein zweites Mal gefangen genommen wird? Sie würde vielleicht gefoltert. Und die Folter hat schon so manchen zum Sprechen gebracht. Sie würde möglicherweise unser Geheimnis verraten. Und das können wir doch unmöglich riskieren."

Und wer konnte ahnen, ob in dem Fall nicht sogar er selbst oder Gudula auch noch in den Verdacht gerieten, Hexen oder Zauberer zu sein? Oh, er war mächtig, aber davor war in diesen Zeiten niemand sicher. Und seine Söhne Magnus und Luitger waren schon gar nicht sicher.

Aber das sagte er nicht laut. Gudula würde vollkommen hysterisch werden. Und es brachte überhaupt nichts, sie damit zu belasten. Elenore gehen zu lassen, kam also nicht infrage. Deshalb blieb sie, gleichgültig, was Gudula verlangte. Gleichgültig, wie Elenore zeterte und weinte. Was kümmerte ihn das Balg – dieses Mädchen, um das sie sich sorgte und nach dem sie sich sehnte? „Dann töte sie. Sie hat hier bei uns nichts verloren!", schrie Gudula leidenschaftlich.

Er sah sie an und erblickte in ihren Augen den Hass auf die Frau. Bereits bevor er die Heilerin aus Würzburg geholt hatte, hatte Gudula deren Tod gefordert.

„Warum hasst du sie eigentlich so sehr, obwohl sie dir doch das Leben gerettet hat?", fragte er. An dem Leben dieser Frau lag ihm nicht viel. Er hatte schon viele Leben genommen. Aber er verstand seine Gemahlin nicht. Diesen Hass auf Elenore teilte er nicht. Warum auch? Sie bedeutete ihm nur einfach nichts, das war etwas vollkommen anderes.

„Vielleicht ist sie ja wirklich eine Hexe. Vielleicht ist es ihre Schuld, dass ich keine Kinder bekomme. Vielleicht hätte ich dieses auf die Welt bringen können, aber sie hat es mir genommen." Gudulas Augen glänzten voller Verzweiflung und voller Hass. Irgendwie irre. Als wäre sie völlig der Gegenwart entrückt.

Er fasste sie an den Oberarmen und zwang sie, ihn anzusehen. „Das ist Unsinn und du weißt es. Ich kenne niemanden, der dir besser helfen könnte als sie. Sie hat außergewöhnliche Fähigkeiten."

Gudula funkelte ihn böse an. „Sie hat dich auch verzaubert", brachte sie voller Inbrunst hervor. „Du hast versprochen, sie zu töten und jetzt kannst du es nicht mehr. Sie hat dich verhext."

Ein Schreck fuhr ihm durch die Glieder, wie es kein Zauber und keine Gefahr tun konnten. Er erkannte, dass seine Gemahlin dabei war, den Verstand zu verlieren. Das Leid hatte sie krank gemacht.

Mit großen Schritten eilte der Burgherr den Gang entlang auf die Kammer zu, die die Heilerin bewohnte. Diese lag nicht weit von Gudulas Raum entfernt, damit Elenore immer schnell erreichbar war. Ohne zu klopfen stürmte er einfach hinein. Elenore war gerade dabei, sich ihr Nachtgewand überzustreifen und starrte ihn beschämt an. Er verzog den Mund zu einem Grinsen.

„Kein Grund für Scham, Elenore. Ich weiß, wie dein Körper aussieht. Weißt du nicht mehr?"

Als könnte sie das jemals vergessen.

„Was führt Euch zu mir?", fragte sie gefasst.

„Meine Frau ist sehr durcheinander. Bereite ihr einen Schlaftrunk zu, irgendetwas zur Beruhigung."

„Das Leid ist zu groß für sie. Sie darf nicht mehr schwanger werden, Herr", flüsterte sie. Sie wusste, was sie riskierte, indem sie ihm Enthaltsamkeit auferlegte.

Er verzog geringschätzig den Mund. „Das geht dich nichts an. Sorg du nur dafür, dass es ihr besser geht."

Sie seufzte. Wie konnte sie das, wenn Gudulas Leid immer wieder vergrößert wurde? Aber sie nickte demütig.

„Ich bereite ihr eine Mischung aus Johanniskraut und Baldrian zu, das beruhigt. Und ich lege ihr Rosmarin ins Zimmer. Der Duft schützt vor bösen Träumen", flüsterte sie. „Es wird ihr gut tun."

„Dessen bin ich sicher. Sorg einfach dafür, dass es meiner Gemahlin gut geht, dann geht es dir auch gut", erwiderte er. In seinem Ton lag etwas Drohendes. Sie schluckte schwer. Sie hatte es schon lange geahnt. Wenn sie Gudula nicht helfen konnte, würde sie überflüssig sein.

Er hob seinen Arm und strich mit den Fingern über ihre Wange. Obwohl die Berührung sanft war, empfand Elenore sie wie einen Peitschenhieb. Ihr Herz klopfte bis zum Hals. Was tat er mit ihr? Was hatte er vor? Warum quälte er sie so? Er zog sie mit einer heftigen Bewegung zu sich heran, fühlte ihren Körper unter dem dünnen Nachtgewand. Er presste seine Lippen hart auf ihre und küsste sie. Er merkte, wie sie erstarrte, dass sie Angst hatte und sich am liebsten mit Händen und Füßen gewehrt hätte. Aber auch davor hatte sie Angst.

Er liebte es, wenn er die Angst fühlen konnte. Das ließ ihn seine Macht umso deutlicher fühlen. Seine Macht über andere Menschen, über Leben und Tod. Aber nicht jetzt. Jetzt gab es Wichtigeres. Unvermittelt stieß er sie grob von sich. „Zieh dich an und geh zu meiner Gemahlin. Sie braucht den Trank."

Elenore widerstand dem Zwang, sich mit dem Handrücken über den Mund zu wischen und nickte gehorsam. Erst, als er die Kammer verlassen hatte, sackte sie in sich zusammen und wischte sich angewidert den Kuss von den Lippen.

Nicht jetzt, befahl sie sich. Du musst stark bleiben. Steh auf und geh zu Gudula, bereite den Trank zu. Danach kannst du ins Bett gehen und schwach sein. Aber nicht jetzt!

Die Herrin von Wiesenstein ließ sich gerade von ihrer Zofe Magdalene ihr langes Haar bürsten, als Elenore in ihr Gemach trat. Gudula reagierte unwillig auf die Unterbrechung.

„Was willst du, ich habe dich nicht gerufen", warf sie der Heilerin unfreundlich entgegen.

„Euer Gatte bat mich, Euch einen Schlaftrunk zuzubereiten."

Elenore trat näher und reichte der Gräfin den Becher.

Gudula nahm den Trank aus Elenores Hand entgegen, aber ihr Gesicht drückte Skepsis und Feindseligkeit aus.

Magdalene beobachtete die Geste. Sie wusste ja, dass ihre Herrin die Heilerin nicht auf der Burg haben wollte. Aber der Hass auf die Frau schien stetig größer zu werden.

„Es ist nur eine Mischung aus Baldrian und Johanniskraut", erklärte Elenore.

„Johanniskraut ist ein Hexenkraut", zischte Gudula.

„Aber nein. Es ist eine wunderbare Heilpflanze, die auch zur Beruhigung eingesetzt werden kann", erklärte Elenore behutsam. Gudula warf den Becher in hohem Bogen gegen die Wand. Die Flüssigkeit spritzte an der Wand empor und ergoss sich über den Fußboden.

Elenore sah es mit Entsetzen.

Gudulas Augen blitzten. „Und was trägst du dort in der Hand?", fragte sie. Ihr Tonfall hatte etwas Einschüchterndes. Elenore hätte am liebsten nicht geantwortet, sondern hätte sich mit dem Kraut in der Hand wieder auf den Rückweg gemacht. Aber es blieb ihr wohl nichts anderes übrig.

„Das ist Rosmarin. Sein Duft schützt vor schlechten Träumen."

„Ach, jetzt bist du auch noch Herrin über die Träume?"

„Natürlich nicht", erwiderte Elenore eingeschüchtert und starrte auf den Fußboden. Allmählich bekam sie wirklich Angst.

„Hexenkraut!", kreischte Gudula. „Du arbeitest mit Hexenkraut und Zauberei. Gib es zu."

Elenore blickte jetzt doch auf. Völlig verschreckt, mit nacktem Entsetzen in den Augen. Und sie begegnete Gudulas hasserfüllten, irren Augen.

Zu viel, es war zu viel, dachte sie. Sie erträgt es nicht. Sie verliert den Verstand.

„Aber nein", stottere sie. „Natürlich nicht, edle Frau. Ich will Euch nur helfen, einen angenehmen Schlaf zu haben. Euer Gatte…"

„Ja, ja, ich weiß. Er hat dich darum gebeten." Gudula schritt jetzt langsam und aufreizend auf die Heilerin zu. Die Bewegungen sahen irgendwie gefährlich aus. Wie ein Panther kurz vor seinem tödlichen Angriff.

„Er durchschaut dich eben nicht. Vermutlich hast du ihn auch verhext. Aber ich werde schon dafür sorgen, dass du bekommst, was du verdienst. Was jede Hexe verdient!", zischte sie gefährlich leise.

Elenore wich rückwärts zurück.

„Herrin, Ihr dürft euch nicht so aufregen. Sie ist es nicht wert", versuchte Magdalene die Gräfin zu beruhigen und fasste um deren Schultern, um sie zum Bett zu führen. Aber Gudula schüttelte die Hände unwirsch ab.

„Verschwinde!", brüllte sie der Heilerin entgegen.

Elenore gehorchte. Sie war froh, dass sie fort kam. Sie floh förmlich aus dem Zimmer und schloss die Tür hinter sich. Sollte sich doch Magdalene um die vollkommen geistesgestörte Gräfin Gudula kümmern.

Elenore lehnte sich an die Wand und blieb einen Moment völlig reglos stehen. Mein Gott, sie hatte ihr doch nur einen Schlaftrunk bringen wollen. Gudula verlor den Verstand, das stand fest.

Als sie sich nach ein paar Minuten wieder von der haltgebenden Wand löste, bemerkte sie das Sträußchen Rosmarin in ihrer Hand. Sie stöhnte. Sie würde es heute Abend auf ihren eigenen Nachttisch legen. Sie würde selbst etwas brauchen können, das böse Träume fernhielt.

Madlen und Luzia hatten nicht gut geschlafen. Sie waren müde, als sie bei den ersten Sonnenstrahlen ihre wenigen Sachen zusammenpackten und sich auf den Weg machten. Sie hielten sich am Waldrand, dicht hinter den Bäumen. Madlen sagte, dass es zu Fuß sehr lang dauern würde, bis sie das Dorf erreichten. Sie hoffte, es überhaupt in einem Tag zu schaffen.

Obendrein mussten sie stets sorgsam die Augen aufhalten und sich immer gut im Schutz der Bäume halten, um nicht Räubern oder Wegelagerern in die Hände zu fallen.

Luzia fühlte erneut die Panik in sich aufsteigen, als sie an ihr Zusammentreffen mit den Raubrittern in Dringenberg dachte. Sie registrierte das leichte Zittern, als sie an Georg dachte und daran, wie er gestorben war. Sie durfte nicht zulassen, dass diese Panik zu stark wurde, dass sie Besitz von ihr ergriff, sonst konnte sie den Weg nicht schaffen.

„Ich kann mich glücklich schätzen, einen starken jungen Mann zu meinem Schutz an meiner Seite zu haben", scherzte sie.

„Einen starken Begleiter habt Ihr Euch nicht gerade ausgesucht, edles Fräulein. Er ist klein und feingliedrig. Nicht erprobt im Kampf. Und noch viel zu jung", erwiderte Madlen grinsend.

Sie lachten beide. Es war ein Versuch, ihre eigene Angst zu überdecken.

Jedes Mädchen trug ein kleines Kätzchen in ihren Armen, die Katzenmutter lief neben ihnen her. Hin und wieder sprang sie in die Büsche, aber niemals lief sie weiter fort. Sie wollte wohl in der Nähe der Babys bleiben.

„Wir sollten ihnen Namen geben", meinte Luzia schließlich, um das Schweigen zu brechen.

„Die große Katze heißt Trine", erwiderte Madlen.

Luzia war überrascht. Sie hatte gedacht, niemand außer ihr würde auf eine so widersinnige Idee kommen, einer Katze einen Namen zu geben.

„Sie hat immer in unserer Nachbarschaft gelebt. Seit Mutter geholt wurde, hat sie sich nicht mehr blicken lassen. Und von einem Baby oder vielleicht sogar Babys wusste ich nichts", erzählte Madlen. „Also – eigentlich weiß ich gar nicht mit Bestimmtheit, ob eines dieser Jungen Trines Baby ist. Aber Mutter muss sie ja sein, sonst könnte sie sie nicht säugen.

Außerdem hat sie sich sofort so rührend um die Kleinen gekümmert, besonders um die getigerte aus dem Korb."

Jetzt war Luzias Überraschung noch größer. „Warum hast du das nicht in der Nacht schon erzählt, dass du die Katze kennst?"

Madlen hob die Schultern. „Wir haben uns doch so viel zu erzählen gehabt. Wenn du willst, kannst du den Kleinen Namen geben. Das schwarze Kätzchen ist auch ein Mädchen und das getigerte ist ein Junge."

Luzia überlegte fieberhaft. Dann ging ein Leuchten über ihr Gesicht. „Ich nenne das schwarze Selene."

„Selene? Den Namen habe ich noch nie gehört", meinte Madlen.

Luzia hob die Schultern, obwohl Madlen, die vor ihr herging, das nicht sehen konnte. „Habe ich in dem Tagebuch gelesen, von dem ich dir erzählt habe. Es war der Name einer Hündin."

Madlen nickte, als würde sie verstehen. Aber in Wahrheit tat sie das nicht. Sie würden noch lange brauchen, bis sie sich wirklich gegenseitig verstehen und kennen würden.

„Und den kleinen getigerten Kater nenne ich Zausel. Das passt doch gut. Er sieht ganz zerzaust aus."

Sie liefen den ganzen Tag. Luzia war bald erschöpft und bat um eine Pause. Madlen bedachte sie mit einem geringschätzigen Ausruf. „Was bist du? Ein verwöhntes, reiches Mädchen, das es nur gewohnt ist, in Kutschen zu fahren?"

„N… nein, aber solche Märsche bin ich nicht gewöhnt. Ich bin in einer Stadt aufgewachsen, nicht in den Wäldern." Luzia ärgerte Madlens Vorwurf.

„Das bin ich auch. Ich habe mein Leben lang in Würzburg gelebt. Aber ist schon gut", lenkte Madlen ein. „Machen wir eine kurze Rast." Sie sah sich aufmerksam um. „Dort drüben ist ein umgestürzter Baumstamm. Da können wir uns draufsetzen."

Die Katze Trine strich um ihre Beine herum. Dann lief sie ein Stückchen weiter und sprang mit einem großen Satz zwischen die

Bäume. Zum ersten Mal lief sie so tief ins Gebüsch, dass die Mädchen sie nicht mehr sehen konnten.

„Sie wird doch nicht weglaufen?", fragte Luzia.

Madlen lachte. „Aber nein. Du wirst gleich schon sehen."

Luzia setzte die kleine Selene auf die Erde. Das Kätzchen begann sofort mit dem weichen Moos zu spielen.

„Verfolgen sie uns wohl?", fragte Luzia dann plötzlich zaghaft.

„Was? Aber nein. Wenn sie das täten, hätten sie uns in der Nacht sicher aufgespürt."

„Haben sie die Katzen wohl wieder eingefangen?"

Madlen starrte blicklos in den Wald. „Ich weiß es nicht", gab sie leise zu. „Ich glaube es aber nicht. Katzen können im Dunkeln sehen, Menschen nicht. Und sie sind schnell und hoffentlich klug genug, sich von der Stadt fernzuhalten. Auch die Katzen meiner Mutter waren unter ihnen, weißt du?"

„Nein, woher sollte ich das wissen?"

„Sie haben sie fortgeholt, aber ich habe selbst nicht alles mitbekommen. Ich habe versucht, die Katzen zu retten, dabei bin ich gestürzt und wurde bewusstlos. Eine alte Nachbarin, bei der ich die letzte Zeit gelebt habe, hat mir das meiste erzählt."

„Das tut mir sehr leid, Madlen. Aber bestimmt geht es ihnen jetzt gut."

Madlen nickte tapfer. Aber eine kleine Träne rollte doch ihre Wange herab. Sie wischte sie ärgerlich fort.

Luzia sah es, aber sie sagte nichts. Madlen würde es nicht mögen, darauf angesprochen zu werden.

„Ja, es geht ihnen gut!", sagte sie stattdessen fest.

Trine kam zurückgelaufen. Im Maul trug sie eine erlegte Maus.

„Iiih!", rief Luzia aus.

Madlen lachte wieder auf. Der kurze sentimentale Anflug war vorüber. „Was hast du? Ist nun mal Katzenart, oder?"

„Ja, du hast recht. Ist ja auch gut, dass sie sich selbst versorgen können."

Madlen seufzte. „Du bist doch ein verwöhntes, reiches Mädchen", stieß sie hervor.

Luzia dachte, dass Madlen vielleicht sogar recht hatte, obwohl sie bisher nie gedacht hatte, dass sie reich war.

Wiesenstein
Juni 1494

Kapitel 12
Dorf Wiesenstein

Hans Groß, Bauer in Wiesenstein, stand auf einem mit Heu beladenen Karren und hielt eine flammende Rede. „Wollt ihr euch weiter so unterdrücken lassen!", brüllte er. „Nein! Nein! Nein!", tönte es aus vielen Mündern. „Dann sage ich euch: Wir müssen uns erheben. Wir müssen unser Schicksal selbst in die Hand nehmen!"

„Wie stellst du dir das vor?", rief eine weibliche Stimme zurück. „Willst du mit Heugabeln gegen Soldaten kämpfen?" Lautes Gelächter erschallte. Die Frau blickte sich um und freute sich daran. Ihr Einwand schien Gehör zu finden.

Hans fühlte sich gedemütigt. „Was mischt du dich ein, Weib? Deine Sache sind das Haus und Kinder!"

„Und deine Sache ist es, den Acker zu bestellen. Ihr seid keine Ritter!"

„Du bestimmt nicht!", ließ sich eine Stimme aus der Gruppe vernehmen.

Schon hatte sich das Blatt gewendet. Wie wankelmütig die Menschen doch waren. Das Gelächter richtete sich jetzt gegen die Frau.

„Lass ihn reden, Barbara!", rief eine andere Frau. „So vieles ändert sich, warum nicht auch unser Leben?"

Das wäre schön, dachte Barbara. Sie war eine junge Frau von zwanzig Jahren und gerade frisch verheiratet. Sie war ein wenig rundlich, nicht allzu groß und hatte eine dicke Flut brauner Haare, die bis zu den Hüften herabreichte, wenn sie sie hängen ließ. Meistens trug sie sie zu einem geflochtenen Zopf zusammengebunden.

Ja, es wäre schön. Auch sie träumte davon, ein Leben ohne Unterdrückung durch einen solchen Herrn wie Klemens von Wiesenstein zu führen. Ihre Kinder, die sie einmal bekommen würde, sollten in Freiheit und ohne Angst aufwachsen. Aber ein offener Kampf würde viele Opfer fordern und das machte ihr Angst. Gewinnen konnten sie sowieso nicht. Die Herrschaften von der Burg waren soviel besser bewaffnet und im Kampf erprobter.

„Wir sollten Klemens überfallen, wenn er ausreitet, wenn er auf der Jagd ist oder ins Dorf kommt. Er hat niemals viele Männer um sich. Er fühlt sich so sicher. Und wir sind viele. Er nimmt uns alles, was wir erarbeiten. Er saugt uns aus. Hat Gott nicht gesagt, dass alle Menschen gleich sind?", schlug einer der Bauern vor.

„Ja! Ja! Ja!", erklang es wie ein Chor.

Einige Männer hoben schon ihre Mistgabeln oder Schlegel und schwangen sie, als wären sie Waffen.

Über Barbaras Rücken rann ein Schauer. Warum waren alle so begeistert von der Idee, außer sie selbst? Natürlich könnten sie Klemens allein überwältigen und gefangen nehmen. Und dann? Seine Männer würden kommen und ihn befreien und sie würden doch in einen Kampf verwickelt werden. Ach, wahrscheinlich hatte sie zuviel Fantasie.

Sie blickte sich um und sah, wie der Funke der Begeisterung sich ausbreitete. Die Menschen hatten genug von der Unterdrückung, von der Ungerechtigkeit, von der Grausamkeit ihres Herrn. Und sie hatten recht. Ja, der Meinung war Barbara durchaus. Nur war der körperliche Kampf nicht der richtige Weg.

„Dietrich, du kannst uns doch Waffen schmieden. Wir sind keine Schwertkämpfer, das ist wahr. Aber wenn wir Eisenstangen haben, sind wir stärkere Gegner, als wenn wir mit Knüppeln losziehen, die Klemens' Schwert leicht zerhacken kann."

„Ja, das kann ich machen", erwiderte Dietrich, der Schmied, ruhig. „Doch wir können solche Dinge hier nicht lagern. Wenn jemand von der Burg davon etwas mitbekommt, wird es uns schlecht ergehen, noch bevor der Kampf begonnen hat."

Hans Groß nickte ganz ruhig. Das war ihm klar. Er hatte alles bedacht.

„Ihr kennt doch diese uralte Ruine im Wald?"

„Ja! Ja!"

„Es ist ein Ort, der verflucht sein soll. Geister von früheren Zeiten sollen dort leben. Dort werden wir uns ein Lager errichten."

„Du fürchtest die Geister nicht?", rief Barbara. Aber sie kannte die Antwort längst. Sie selbst hatte auch mehr Angst vor lebendigen Wegelagerern, Raubrittern und vor Klemens von Wiesenstein als vor den Geistern der Ruine.

„Nein, Barbara. Fürchten brauchen wir nur die Lebenden!", rief Hans zurück.

Barbara nickte. Ja und du gehörst ab sofort dazu, dachte sie. Sie erkannte ganz sicher, dass die Männer in ihr Verderben liefen, wenn sie keinen Weg fand, sie aufzuhalten. Sie sah das künftige Wehklagen bereits so deutlich vor sich wie jetzt und hier die Begeisterung.

„Sind wir bald da?", fragte Luzia in gequältem Tonfall.

„Ja, es dauert nicht mehr lange."

„Meine Füße schmerzen so. Ich bin ganz sicher, dass ich mir eine dicke Blase gelaufen habe."

Madlen quittierte den Einwand mit einem schiefen, geringschätzigen Grinsen. „Ja, ich weiß, du erwähntest schon einige Male, dass du nicht mehr kannst. Aber wir sollten wirklich sehen, dass wir heute noch ankommen, damit wir keine weitere Nacht im Wald verbringen müssen", erwiderte sie.

Das sah Luzia durchaus ein, aber sie war wirklich erschöpft und jeder Schritt quälten sie. Sie hatte bereits Streifen ihres Unterrocks in ihre Schuhe gelegt, um sie ein wenig auszupolstern, aber dadurch wurden die Schuhe natürlich auch enger.

„Wie wird es in Wiesenstein weitergehen?", fragte sie.

Im Vergleich zu Madlen war sie selbst wohl wirklich ein verzogenes, reiches Mädchen. Bisher hatte sie das nicht geglaubt, aber solche Fußmärsche hatte sie bisher nie bewältigen müssen. Dazu hatte die Familie Pferd und Kutsche benutzt. Wie machte Madlen das nur?

Sie waren schon den ganzen Tag lang unterwegs und die Würzburgerin legte ein strammes Tempo vor.

„Habe ich das noch nicht erzählt? Ich habe in Wiesenstein Verwandte. Meine Mutter wurde dort geboren."

„Und werden sie auch mich aufnehmen?"

Madlen lachte. Aber es klang nicht fröhlich, eher ein wenig abwertend. Luzia blickte sie verärgert an.

„Na hör mal – du stolperst mir offenbar wirklich blind hinterher, ohne auch nur im Mindesten zu wissen, was dich erwartet. So ein Verhalten kann lebensgefährlich sein", warf Madlen ihr vor.

Luzia senkte einen Moment den Kopf. „Ich weiß", murmelte sie leise. Doch dann richtete sie ihn wieder gerade und ein wenig stolz auf. Nicht bereit, sich zu erniedrigen. „Ich habe dir geholfen, die Katzen zu befreien. Allein hättest du das nicht geschafft."

„Das stimmt allerdings. Man hätte mich sonst geschnappt."

„Und vergiss nicht, dass du mich praktisch aufgefordert hast, dir zu helfen. Du kannst mehr als nur das eine Kätzchen retten, hast du gesagt."

„Da hast du recht. Das habe ich gesagt", erwiderte Madlen etwas zerknirscht. Es war nicht gerecht, Luzia ihre Hilfsbereitschaft jetzt vorzuwerfen.

„Und du hättest ganz alleine die Nacht im Wald verbringen und diesen Weg gehen müssen."

„Ja, ja, es reicht jetzt. Ich hab es ja verstanden", erwiderte Madlen unwirsch. „Ich freue mich, dass du dabei bist. Und: Ja natürlich werden meine Verwandten dich aufnehmen."

Es dämmerte bereits, als die ersten Häuser des Dorfes auftauchten. Sie erkannten einen flackernden Lichtschein. Madlen kniff die Augen zusammen. „Was ist das?", murmelte sie mehr zu sich selbst als zu Luzia.

„Fackeln", erwiderte Luzia mit einem fragenden Unterton. Irgendetwas stimmte nicht. Wieso brannten Fackeln in diesem kleinen Dorf? „Vielleicht einfach ein Rest vom Johannisfeuer. Meistens entzünden die Dorfbewohner auch eines." Trotzdem wurde Madlen schneller. Als würde sie ihren eigenen zuversichtlichen Worten nicht trauen. Luzia stöhnte. Sie konnte einfach nicht mehr. Ihre Füße schmerzten. Sie war ganz sicher, dass sie eine Blase hatte. Madlen hatte versprochen, ihr eine Salbe anzurühren, wenn sie erst in Wiesenstein waren. Aber jetzt schien sie nicht mehr daran zu denken. Sie fiel sogar in einen Laufschritt. Ach egal, dachte Luzia. Soll sie laufen. Sie schlenderte langsam hinter ihrer neuen Freundin her. Sie musste ja nur auf den Fackelschein zugehen.

Aber noch bevor sie dort angekommen war, hörte sie laute, aufgeregte Stimmen.

„Wie konntet ihr das tun?", schrie Madlen. Luzia fragte sich, was geschehen war. Als sie ankam, sah sie eine junge Frau, etwas älter als sie selbst, mit wirren braunen Haaren, die gefesselt auf einem Karren stand. Zwei Männer standen daneben – vielleicht bewachten sie die Frau. Doch jetzt hielten sie Madlen fest, die mit den Beinen strampelte, zappelte und sich nach Kräften wehrte.

„Was hast du eigentlich für ein Problem? Kommst her und streitest für diese Frau. Was hast du davon?", schrie der eine Wachmann.

„Du, ich glaube, das ist die Nichte von der Gertrud", meinte da der zweite. „Diese Marlene."

„Madlen", korrigierte Madlen. Für einen Moment erlahmte ihr Kampfgeist und sie wurde ruhiger.

„Mit kurzen Haaren? Wie bist du nur dazu gekommen?", fragte der zweite Wächter.

Madlen nutzte die momentane Unachtsamkeit der Männer und trat nach dem Bein des einen. „Au!", schrie er, aber er ließ ihren Arm nicht los. Sie zerrte und kämpfte wild gegen den eisernen Griff der Wachmänner an.

„Bist du jetzt endlich ruhig? Sonst kannst du gleich daneben gebunden werden!", schrie einer der Wächter jetzt zornig.

„Madlen!", rief Luzia, die diesen unwirklichen Ort auch endlich erreicht hatte. „Was ist denn geschehen?"

Madlen erschlaffte allmählich in den Armen der Männer.

„Das ist Barbara, die Frau meines Cousins. Was ist denn nur passiert? Barbara, wie konntest du…"

„Sie haben mich festgesetzt, damit ich sie nicht an der Durchführung ihrer Pläne hindere. Sie wollen einen Bauernaufstand anzetteln. Hier in Wiesenstein." Barbara verzog angewidert das Gesicht.

„Was sagt dein Mann dazu, dass du hier gefesselt bist? Und meine Tante und mein Onkel, deine Schwiegereltern?"

„Mein Ehemann findet, es geschieht mir recht. Er ist der Meinung, ich solle meinen Mund halten. Es steht einer Frau nicht zu, offen gegen die Pläne der Männer zu reden."

„Und damit hat er recht!", rief einer ihrer Bewacher.

„Mach sie los!", forderte Madlen.

Luzia stand daneben und konnte nicht fassen, was sie erlebte. Wo war sie da nur wieder hineingeraten? Sie hatte ein behütetes Leben in Paderborn geführt. Und dann hatte plötzlich ein Ereignis das nächste gejagt. Jetzt war sie hier in Wiesenstein – am Ziel ihrer Kinderträume, der Burg, die Luzius gehört hatte. Aber sie war ständig in Gefahr. Der Herr der Burg war kein guter Mensch, so wie sie es sich immer vorgestellt hatte. Wieso hatte sie diese

Möglichkeit überhaupt nicht bedacht? Wie naiv und verträumt war sie gewesen?

„Ich denke nicht daran", erwiderte der Wachmann.

„Ich bitte dich, habt ihr wirklich solche Angst vor einer jungen Frau?", stachelte Madlen seine Ehre an. „Sie kann doch nichts ausrichten. Meine Freundin und ich haben den weiten Weg von Würzburg gemacht, wir sind müde und erschöpft und brauchen einen Platz zum Schlafen. Deshalb wollen wir jetzt mit ihr nach Hause gehen. Wenn sie nicht mitkommt, wissen wir auch nicht, wohin wir können. So herzlos kannst du doch nicht sein."

Das war natürlich Unsinn, sie könnte trotzdem zu ihrer Tante und ihrem Onkel gehen und sie würde Aufnahme finden. Sie hoffte einfach, die Wachposten so bewegen zu können, Barbara zu befreien.

Einer der Männer verzog seinen Mund zu einem breiten Grinsen.

„Oh, ich wüsste da schon etwas", erwiderte er anzüglich.

Luzia schnappte entsetzt nach Luft. Sie verstand schon, was er im Sinn hatte.

Madlen blieb ungerührt. „Kommt nicht infrage." Sie zog das Messer, mit dem sie schon die Katzen befreit hatte, aus ihrem Gürtel und hielt es schützend vor sich.

Die Männer lachten laut und gemein.

„Ich glaube fast, sie will mit uns kämpfen", meinte der eine.

„Das könnte ein Spaß werden", stimmte der Andere zu. Er kam langsam näher.

„Lasst sie in Ruhe!", schrie Barbara und zerrte an ihren Fesseln.

Einer der Wachposten näherte sich mit anzüglichem Grinsen Luzia.

Sie wich langsam zurück. Schritt für Schritt. „Was ist denn", lallte einer der Wächter. „Bleib stehen. Ich will dich nicht jagen müssen."

Der andere ging auf Madlen zu. Sie hielt das Messer krampfhaft umklammert, als wollte sie sich daran festhalten. Sie stach ein paar Mal hektisch damit in die Luft. Ihr Gegner grinste breit und ließ eine Zahnlücke sehen. „Das trauste dich ja doch nicht!" lachte er.

Barbara schrie schrill und zerrte an ihren Fesseln.

Luzia stolperte rückwärts über einen Ast und fiel hin. Sie sah mit weit aufgerissenen Augen zu dem Wächter, der sich siegesgewiss näherte.

Auch Madlens Gegner hatte sie erreicht. Sie stach zu und erwischte ihn in der Seite. Er schrie auf. „Was fällt dir ein, bist du vollkommen verrückt!"

„Was ist hier los!", schrie plötzlich eine kräftige Stimme. Sie konnten noch niemanden sehen, aber im nächsten Moment kam ein Mann mittleren Alters in ihren Kreis.

„Was ist hier los?", wiederholte er verärgert. „Ihr sollt Barbara bewachen und nicht... Madlen, bist du das?"

Das Mädchen war im Dorf bekannt, schließlich war ihre Mutter hier geboren worden und sie hatte ihre Verwandten hin und wieder besucht.

„Ja, ich bin's und das ist meine Freundin Luzia. Ich wollte meine Tante und meinen Onkel besuchen und werde hier überfallen."

Madlen hatte schnell ihre forsche Stimme wiedergefunden.

„Solltest dich nicht in fremde Angelegenheiten mischen. Sonst geht es dir wie der Frau deines Cousins." Dann wandte er sich an die beiden Wächter. „Lasst sie in Ruhe. Wir sind Ehrenmänner. Wir vergreifen uns nicht an kleinen Mädchen."

„Aber Hans..."

„Nichts *aber Hans*. Tut, was ich sage."

Madlen hätte am liebsten geschrien: Ich bin kein kleines Mädchen. Aber sie hielt sich im letzten Moment zurück. Sie sollte wirklich lieber froh sein, dass sie gerettet war.

Luzia war inzwischen wieder aufgestanden und klopfte den Schmutz aus ihrem Rock.

„Bindet sie los", befahl Hans und nickte in Richtung der gefesselten Frau auf dem Heuwagen. Barbara hatte durch ihr wildes Gezerre die Fesseln jedoch schon selbst gelöst und riss auf einmal ihren Arm in die Höhe.

„Was hat sie getan, dass ihr sie so behandelt?", fragte Madlen.

„Sie muss lernen, dass es einem Weib nicht zusteht, sich in Angelegenheiten der Männer einzumischen und ihnen öffentlich zu widersprechen!", erklärte Hans.

„Ich erkläre es euch ausführlich zu Hause", rief Barbara von dem Wagen aus. Sie brauchte nur noch wenige Handgriffe, dann hatte sie sich befreit.

Hans machte eine Bewegung mit dem Arm, als ob er etwas fortwerfen wollte und ging dann mit großen Schritten davon. Doch er drehte sich noch einmal um und rief: „Ich hoffe, die drei Frauen können ungehindert gehen!"

„Natürlich."

„Ja, kannst dich drauf verlassen, Hans", versprachen die Wächter.

„Hab ich dich schlimm erwischt?", fragte Madlen jetzt den Wachmann, den sie mit dem Messer verletzt hatte.

Er presste seine Hand auf die Stelle. „Nicht sehr. Aber ich gehe zur Heilerin und lasse es behandeln."

„Ich kann das auch tun. Meine Mutter ist eine Heilerin."

„Pah." Er spuckte verächtlich aus. „Glaubst du, ich lasse mich von dir behandeln? Nachdem du mir die Wunde selbst zugefügt hast?

Madlen hob achtlos die Schultern. Dann eben nicht.

„Barbara, was ist hier geschehen?", fragte sie jetzt noch einmal ungeduldig.

„Kommt erstmal mit. Ich erzähle es euch bei uns zu Hause bei einem Glas Gewürzwein.

Barbara brachte die beiden Mädchen in das Haus, das sie mit ihrem Ehemann und ihrer Schwiegermutter Gertrud teilte. Allerdings war ihr Ehemann an diesem Abend noch nicht da. Die ältere Frau kam auf Madlen zu. „Madlen!", rief sie erfreut und überrascht zugleich aus. „Was machst du denn hier? Noch dazu in diesem Aufzug? Was ist mit deinen Haaren passiert?" Gertrud strich verwirrt durch Madlens kurze Haare.

„Tante Gertrud!", grüßte Madlen und umarmte sie. „Ich suche meine Mutter. Sie wurde von Klemens von Wiesenstein auf die Burg geholt und sie kehrt einfach nicht zurück. Die Haare…", sie strich über ihren Haarschopf… „habe ich mir abgeschnitten, um am Johannisfeuer nicht gleich erkannt zu werden. Ich hatte Angst, weil Mutter kurz zuvor gefangen genommen worden war und im Korb gesessen hatte. Klemens hat sie genau genommen daraus befreit und ist mit ihr fort geritten. Aber jetzt mache ich mir Sorgen, weil sie noch immer nicht zurück ist."

Die Katzenbefreiung verschwieg sie wohlweislich. Gertrud hatte auch so schon genug zu verkraften. Die schlug sich auch erschrocken die Hand vor den Mund. „Ach je!", rief sie aus. Dann wandte sie sich an ihre junge Schwiegertochter. „Barbara, wie geht es dir? Es tut mir so leid, dass du das durchleiden musstest. Aber Mädchen, du musst lernen, dein Mundwerk in Zaum zu halten. Es bekommt uns Frauen nicht gut, wenn wir zu laut sagen, was wir denken."

„Aber das müssen wir ändern!", rief Barbara kämpferisch aus. „Wir sind doch auch denkende Menschen."

Gertrud legte beruhigend ihre Hand auf Barbaras Arm. „Du hast ja recht, den Männern dürfen wir unser Geschick nicht überlassen. Aber wir müssen klug vorgehen. Du siehst ja, sie gehen nicht gerade zimperlich vor. Geht es dir gut?", wiederholte sie besorgt.

„Ja, es ist alles in Ordnung."

Luzia stand daneben und hörte dem Gespräch interessiert zu. Sie fühlte sich ein wenig als Außenseiterin. Als würde sie nicht hierher gehören. Aber sie war schließlich hier, weil sie Madlen geholfen hatte, die Katzen zu befreien.

Sie hatte schon selbst oft über die mangelnden Rechte der Frauen nachgedacht, obwohl sie sich in ihrem direkten Umfeld nicht unterdrückt gefühlt hatte. Ihr Vater war meistens an der Meinung ihrer Mutter interessiert gewesen. Sie merkte jetzt, dass es noch andere Frauen gab, die wie sie mehr Rechte für die Frauen wünschten.

Das weitere Gespräch plätscherte an ihr vorbei, bis Madlen sie aufforderte, sich hinzusetzen, damit sie ihre wunden Füße behandeln konnte.

„Ist nicht nötig, es geht schon", erwiderte Luzia etwas abweisend. Es war ihr unangenehm, hier ihre Strümpfe auszuziehen und ihre Füße behandeln zu lassen.

„Du hast die ganze Zeit gejammert", nörgelte Madlen.

„Kind, nun setz dich doch und lass Madlen nachsehen. Ihr seid also Freundinnen aus Würzburg und du hilfst ihr, ihre Mutter zu finden? Das ist sehr lieb von dir. Was ist mit deinen eigenen Eltern? Sind sie gestorben?"

Luzia wurde sanft auf einen Stuhl gedrückt. Sie schaute verwirrt von einer zu nächsten. Hatte Madlen das gerade erzählt? Sie wusste es nicht.

„Ja, sie wollte mich nicht alleine gehen lassen", lachte Madlen.

„So ist es", bestätigte Luzia. „Und ehrlich gesagt, wusste ich auch nicht, wo ich hin sollte."

„Zwei Mädchen allein in der Welt, das ist nicht gut", sinnierte Gertrud.

„Noch so eine Ungerechtigkeit", begehrte Barbara auf. „Frauen dürfen nicht allein leben, sie können kein Eigentum besitzen. Sie gelten nur etwas durch ihre Väter oder später durch ihre Ehemänner. Warum dürfen sie nicht in einem Beruf arbeiten und für sich selbst sorgen? Sie können höchstens ins Kloster gehen."

„Kind, du kannst nicht Gottes ganze Weltordnung auf den Kopf stellen", antwortete Gertrud streng. Offenbar war Barbara jetzt doch zu weit gegangen, dabei hatte Gertrud sich anfangs so verständnisvoll gezeigt.

Die alte Frau begann, Gewürzwein in dicke Humpen zu füllen. Gleichzeitig hockte sich Madlen vor Luzia und zog ihre Strümpfe aus.

Sie verzog das Gesicht, als würde sie selbst den Schmerz fühlen.

„Oh, das muss ja wirklich weh getan haben", sagte sie leise.

Eine dicke Blase zog sich unter dem Fußballen des linken Fußes entlang und auf der rechten Seite war der kleine Zeh schon ganz wund.

„Ja."

„Ich werde die Blase aufstechen und auf die wunden Stellen Arnikasalbe streichen. Die ist sehr gut zur Wundheilung. Und sie hilft, dass sich die Wunde nicht entzündet."

Luzia nickte.

Gertrud reichte ihr den Humpen Gewürzwein. „Hier, ihr könnt sicher beide einen kräftigen Schluck vertragen."

„Danke. Und jetzt erzählt ihr mal genau. Was ist hier los? Und wo sind Klaß und der Onkel?", forderte Madlen ihre Tante auf.

Gertrud senkte den Kopf. „Ach Kind, das kannst du ja noch gar nicht wissen. Dein Onkel ist tot. Klemens von Wiesenstein hat ihn getötet. Die Männer unseres Dorfes planen eine Revolte. Das war der Grund, warum Barbara gefesselt wurde. Sie hat zu laut dagegen gesprochen."

Madlen und Luzia sahen sie beide mit großen Augen und vor Erstaunen und Entsetzen weit aufgerissenen Mündern an.

„Mein Gott", hauchte Madlen. „Klemens hat den Onkel getötet? Warum hat er das getan?"

„Macht. Einzig zur Demonstration seiner Macht", erwiderte Gertrud verbittert.

„Ich erzähle es euch der Reihe nach", sagte Barbara. „Und dann seid ihr dran, eure Geschichte ausführlich zu erzählen.

Klaß lief von Hans zu sich nach Hause. Die Männer hatten sich beraten, wie ihr Aufstand gegen die Burg Wiesenstein wirklich realisiert werden könnte. Blindes Losstürmen brachte nichts, darin waren sich alle einig. Das war aber auch schon alles.

Klaß war gespannt, was ihn zu Hause erwartete. Als sie alle in Hans' Haus saßen, hatten sie Barbara schreien hören. Zuerst wollten sie sich nicht darum kümmern. Aber dann hatte er Angst bekommen, dass die beiden abgestellten Wachmänner Barbara etwas antun könnten. Er hatte sowieso schon ein schlechtes Gewissen, auch wenn Barbara eine Lektion verdient hatte. Aber sie war doch seine Ehefrau und es war auch seine Aufgabe, sie zu beschützen.

Auf sein Drängen hin war Hans also hinausgegangen und hatte nachgesehen. Er war mit beunruhigenden Nachrichten zurückgekommen. Offenbar waren zwei Mädchen angekommen. Die eine hatte sich als seine Cousine Madlen entpuppt, aber wer konnte die andere sein? Was hatte Madlen hier zu suchen? Und überhaupt: Zwei Mädchen, die plötzlich allein hier auftauchten? Das war höchst merkwürdig.

Er hoffte, die Lektion auf dem Heukarren hatte die kämpferische vorlaute Natur seiner Frau ein wenig eingedämmt. Sonst würde er – so sicher er gerade durch die Straße des Dorfes lief – wieder zu Hans zurückgehen und die Nacht dort verbringen. Notfalls konnte er auf dem Fußboden vor dem Kamin schlafen.

Die Männer hatten sich genug über ihn lustig gemacht. War Barbara nicht bewusst, wie sehr sie ihn der Lächerlichkeit preisgab, wenn sie ständig und überall ihre Meinung kundtat? Sein

Vater war ein geachteter Mann im Dorf gewesen. Nun war er tot und er als sein Sohn wollte ihm keine Schande machen.

An dem Aufstand würde Barbara sowieso nichts ändern. Das war wirklich nicht ihre Sache. Mein Gott, das musste ihr doch klar sein. Er stöhnte laut auf, dann öffnete er betont schwungvoll die Tür seines Häuschens und trat ein.

Alle Unruhe fiel auf einmal von ihm ab. Er freute sich, seine kleine Cousine zu sehen, auch wenn sie kein kleines Mädchen mehr war. Sie war eine junge hübsche Frau. Nur – was hatte sie um Himmels Willen mit ihren Haaren angestellt? Das andere Mädchen kannte er nicht. Vermutlich war sie eine Freundin von Madlen. Es war fürs Erste egal. Sein Gesicht hellte sich auf, er breitete die Arme aus und Madlen stürmte hinein. Aus den Augenwinkeln sah er die Minen seiner Ehefrau und seiner Mutter und ihm war klar, dass er sich noch eine Strafpredigt würde anhören müssen, warum er Barbara so hatte fallen lassen.

Am Ende hatte er es wohl getan, damit er vor den anderen Männern besser dastand. Nicht als jemand, der sich von seiner Ehefrau Entscheidungen abnehmen ließ.

Luzia und Madlen schliefen in dem freien Zimmer, das früher Klaß' Schwestern bewohnt hatten. Zurzeit war es unbenutzt und wartete vielleicht auf das Baby, das Barbara und Klaß eines Tages haben würden.

Beide Mädchen lagen in ihren Betten und dachten über das Gespräch vom Abend nach.

Sie hatten ausführlich über den Aufstand gesprochen, den Klaß, Hans und die meisten Männer des Dorfes anzetteln wollten.

„Aber ihr habt überhaupt keine Aussicht, im Sturm gegen eine Burg und im Kampf gegen erfahrene Ritter erfolgreich zu sein", hatte Madlen angeführt und hatte damit bei Barbara und auch bei

Gertrud offene Türen eingerannt. Klaß dagegen wurde immer verstockter.

„Wir haben das Recht auf unserer Seite", behauptete er schlicht. „Und damit auch Gott."

„So ein Unsinn", ereiferte sich schließlich Luzia. „In Kriegen beten alle Parteien immer zu Gott. Und dennoch unterliegt eine Seite."

„Die, die nicht im Recht ist", beharrte Klaß. Er sprach leidenschaftlich, als stünde er bereits im Krieg.

„Und immer sterben viele Unschuldige", redete Luzia weiter. „Das ist die Freiheit doch wert."

„Meine Güte, Klaß, was sollen deine Mutter und ich denn tun, wenn du stirbst? Wer weiß, was man mit uns macht? Sie nehmen uns gefangen oder töten uns gleich. Ist das die Freiheit, die Gerechtigkeit, für die ihr kämpfen wollt?", wandte Barbara ein.

Irgendwann war Klaß hinausgestürmt und hatte verkündet, er übernachte bei Hans. Vier Weiber unter seinem Dach, die glaubten, ein Recht auf Mitsprache zu haben, das war zuviel für ihn.

Als er fort war, meinte Madlen: „Meine Mutter ist auf der Burg. Bei einem Angriff ist auch sie in Gefahr."

Als sie jetzt darüber nachdachte, hatte Luzia das Gefühl, als hätte sie etwas Wichtiges vergessen. Aber was konnte das sein? Sie war noch niemals hier gewesen. Sicher, es war ihr Mädchentraum, aber Traum und Wirklichkeit waren zwei verschiedene Welten. Das erkannte sie jetzt schmerzhaft.

Sie seufzte schwer.

„Alles in Ordnung?", fragte Madlen aus der anderen Ecke des Raumes.

„Kannst du auch nicht schlafen?"

„Nein."

Schweigen.

„Wir sollten es aber versuchen. Wir hatten einen anstrengenden Tag."

„Ja." Luzia drehte sich auf die andere Seite und starrte durch die Dunkelheit gegen die Wand. Sie konnte ihre Augen nicht schließen. Da war etwas in ihrem Kopf, etwas, das mit der ganzen Sache zu tun hatte, das sie aber nicht greifen konnte. Es war, als wäre es zu weit hinten in ihrem Gedächtnis. Verdrängt, überschüttet mit all den neuen Eindrücken, die auf sie eingestürzt waren.

Aber was war dieser Gedanke und wie kam sie daran?

Die Dunkelheit hüllte sie ein und die Erschöpfung wurde nun doch zu groß. Die Augen fielen ihr zu und sie fiel in einen unruhigen Schlaf.

Bilder der letzten Monate verfolgten sie. Als würde sie rückwärts die Dinge noch einmal erleben.

Dieser Bauernaufstand – der Marsch hierher - die Nacht im Wald – die gefangenen Katzen - das Johannisfeuer – die Reise mit den Zigeunern.

Und dann war sie wieder in Dringenberg. Sie brach mit Georg auf, das Tagebuch zu verstecken – der Ritt zur Siedlung – der Überfall – Georgs Tod. Es war zu viel. Einfach viel zu viel.

Sie ertrug es nicht.

Sie erwachte schweißgebadet. Die Dunkelheit umgab sie immer noch, es musste mitten in der Nacht sein.

„Was ist los?", fragte Madlen. Sie saß auf ihrem Bett und streichelte über Luzias Haar. „Du hast gestöhnt und um dich geschlagen. Hast du schlecht geträumt?"

„Ja. Aber in diesem Traum habe ich mich an etwas erinnert, das mir gestern einfach nicht in den Sinn kommen wollte. Ich habe dir doch von dem Tagebuch meiner Ahnin erzählt."

„Ja."

„Dort stand etwas über die Burg. Es könnte sehr wichtig sein."

Madlen wurde ganz aufgeregt. „Ja? Was ist es?"

Kapitel 13
Geheime Pläne

Veit war in den vergangenen Jahren, seit seine Mutter seinem Vater in das jenseitige Leben gefolgt war, nie so froh gewesen, dass er für niemand sonst als für sich selbst verantwortlich war, wie jetzt.

Keine Familie, kein Eheweib, keine Kinder.

Denn er wusste, er musste Würzburg verlassen.

Er hatte die anderen Wachposten reden hören. Über Elenore, die er hatte entkommen lassen. Man gab ihm natürlich die Schuld daran.

Und dann war er von seiner Arbeit fortgeschickt worden.

Ein Freund – ein ehemaliger Kollege – hatte ihn gewarnt, dass seine Verhaftung bevorstand. Aber er wusste nicht genau, wann.

Wernher von Dörfels wollte unbedingt als Ratsherr wieder gewählt werden. Dafür tat er fast alles. Zuerst eine Hexe gefangen nehmen und jetzt eben denjenigen, der die Hexe hatte entkommen lassen.

Außerdem gab Wernher eben dieser Hexe die Schuld daran, dass sein Sohn nach einem Unfall seine Beine nicht mehr bewegen konnte. Der Junge saß den ganzen Tag in seinem Stuhl am Fenster oder vor dem Haus und blies Trübsal.

Veit bezweifelte, dass Wernher wirklich an Elenores Schuld glaubte, aber er konnte den Grund gut vorschieben. Sie hatte den Jungen verhext. Das Volk reagierte auf so etwas. Plötzlich behaupteten auch andere, schon immer gedacht zu haben, dass Elenore eine Hexe sei. Sie hatte ein Geschwür nicht heilen können und der Patient war gestorben. Oder – was fast noch schlimmer war – sie hatte ein Leiden gegen den Rat des Arztes behandeln können und der Patient hatte überlebt.

Wernher von Dörfels glaubte fest, dass die Gefangennahme einer Hexe sein Ansehen als Ratsherr steigern würde.

Ob er bei Bischof Rudolf damit Eindruck schinden würde, wagte Veit allerdings zu bezweifeln. Bisher war Würzburg von Hexenprozessen weitgehend verschont geblieben, sicher auch, weil der Bischof das nicht forcierte. Doch das kümmerte Wernher wohl nicht. Immerhin war der Bischof schon sehr alt, über neunzig Jahre.

Veit packte die notwendigsten Dinge in einen Beutel – Kleidung zum Wechseln, etwas zu Essen und zwei Bücher. Dann schulterte er schwungvoll den Beutel und verließ sein Haus. Er machte sich nicht die Mühe, die Tür zu schließen. Er wusste, sie würden kommen und sie einschlagen. Er hegte eine kleine Hoffnung, dass sie ihn nicht verfolgen würden. Wenn er erst einmal fort war, bestand nicht mehr die Gefahr, dass er Wernher schaden konnte, indem er die Wahrheit über Elenores Verhaftung erzählte. Die Verschleierung, den vorgeschobenen Grund des Wuchers...

Er ging mit großen Schritten zur Weide hinter seinem Häuschen, um sein Pferd zu holen. Ein Tier mit breitem Rücken, das auch für die Arbeit und für das Ziehen der Kutsche eingesetzt wurde. Dort stand es zusammen mit den Tieren seiner Nachbarn.

Das Satteln und Aufzäumen würde ihn zwar aufhalten, andererseits kam er schneller voran, wenn er das Pferd hatte.

Außerdem wollte er schauen, wie es Madlen ging. Das hatte er sich selbst versprochen. Er konnte diese alte Nachbarin - Käthe - nicht mehr fragen. Er konnte einfach nicht wagen, sich noch länger hier aufzuhalten. Zwar hatte sein Freund gemeint, mit einer Verhaftung sei nicht vor der Nacht zu rechnen, aber man konnte ja nie wissen.

Er hatte nur gehört, dass Madlen seit dem Johannisfeuer verschwunden war und er hatte eine vage Vorstellung, wo sie sich aufhalten könnte. Ihre Mutter Elenore war von Klemens von Wiesenstein geholt worden, damit sie seiner Frau auf der Burg als

Heilerin beistehen konnte. Madlen würde nicht fortgehen ohne zu wissen, dass es Elenore gut ging. Undenkbar. Deshalb ging er davon aus, sie im Dorf zu finden oder auf der Burg – was Gott verhüten möge. Er glaubte nicht, dass sie auf der Burg in Sicherheit war.

Veit warf seinen Sack vor den Sattel auf den Rücken des Pferdes und schwang sich selbst ebenfalls hinauf. Dann ritt er gemächlich durch die Straßen auf das Stadttor zu. Wenn er erst draußen war, würde er das Tier in den Galopp treiben. Aber hier in der Stadt würde es nur auffallen, wenn er durch die Straßen galoppierte. Schon konnte er das Tor sehen. Einen Moment lang durchströmte ihn das Hochgefühl, es geschafft zu haben. Doch schon im nächsten Moment sank er im Sattel zusammen.

Sie warteten schon auf ihn.

Simon wusste bisher noch nicht, was er tun konnte, um den Mann seiner Tante aufzuhalten. Er nannte ihn bewusst nicht mehr Onkel, das würde ihn zu sehr ehren. Er hielt ihn auf Abstand und drückte das schon durch die Anrede *Herr* aus. Seiner Tante Gudula gefiel das gar nicht, das erkannte er sehr wohl, aber er konnte es nicht ändern. Es war ihm auch gleichgültig.

Gudula verhielt sich äußerst merkwürdig. Sie war launenhaft, verfiel von fröhlicher Stimmung in tiefste Traurigkeit. Ob sie Kummer hatte?

Ob sie wusste, wie Klemens sich verhielt? Sie und ihre Söhne waren vermutlich die einzigen Menschen, denen er freundlich und mit Wohlwollen begegnete. Aber zumindest den älteren unterwies er ja schon jetzt in Grausamkeit.

Simon war schwer erschüttert. Seine Eltern waren wohlhabende Kaufleute, aber nicht von Adel. Sie hatten sich gefreut, dass

Klemens den Neffen seiner Frau aufnahm, um ihn in der Kunst, ein Schwert zu führen, zu unterrichten. Man konnte schließlich nie wissen - wenn man sich verteidigen musste, war es gut, kämpfen zu können.

Und nun das! Er ballte seine Hand zur Faust. Sicher, er könnte jederzeit gehen. Er war hier ja kein Gefangener, aber er hatte das Gefühl, etwas tun zu müssen. Den Menschen im Dorf helfen zu müssen. Nein, er war kein Ritter, aber er fühlte weitaus mehr Ritterehre in sich als Klemens es je getan hatte.

Simon verbarg sich in einer Nische und wartete. Gleich würde diese Heilerin hier vorbeikommen. Er hatte genau die Gewohnheiten der Menschen in dieser Burg studiert. Elenore kam jeden Tag um diese Stunde am Vormittag hier vorbei, um nach draußen zu gehen und einen kleinen Spaziergang zu machen. Immer denselben. Durch den kleinen Garten hinter der Burg, der von der Mauer umgeben war. Sie konnte sogar über eine aus dem Stein gehauene Treppe auf den Wehrgang klettern und hinuntersehen ins Tal auf das Flüsschen Aisch, das sich dort entlang schlängelte. Manchmal setzte sie sich auch auf eine Bank und las in einem Buch.

Er hörte sie kommen und drückte sich noch etwas tiefer in seine Nische. Sie sollte ihn nicht vorher sehen. Außerdem wollte er selbst nicht, dass jemand anderes sah, dass er mit ihr sprach. Alleine.

Jetzt war sie schon ganz nah. Seine Hand schnellte hervor, ergriff ihren Arm und zog sie in die Nische. Sie stieß einen kleinen erschrockenen Schrei aus. Aber als sie ihn erkannte, blickte sie ihn mehr überrascht als erschrocken an.

„Was soll das, Herr Simon?", fragte sie. In ihrer Stimme war keine Angst, höchstens ein leichter Ärger. Das war gut. Er wollte nicht, dass sie Angst vor ihm hatte.

„Ich will mit dir reden. Geht das irgendwo? Und zwar so, dass es niemand mitbekommt?"

„Warum? Seid Ihr krank?"

„Bitte Elenore", drängte er, ohne jedoch nähere Erklärungen abzugeben.

Sie sah ihm in die Augen und entdeckte darin soviel Traurigkeit und Verwirrtheit, dass sie ganz sacht nickte.

„Ihr könnt in meine Kammer kommen. Wenn Ihr entdeckt werdet, könnt Ihr zur Not behaupten, mich wegen eines kleinen Leidens oder einer Wunde konsultieren zu wollen. In einer Stunde."

„Können wir nicht sofort gehen?"

Sie kniff die Augen zusammen. Was hatte er nur? Sie war bereits seit Wochen auf der Burg. Er war immer freundlich, wenn sie sich begegneten, aber noch niemals hatte er sie direkt in eigener Sache angesprochen. Und plötzlich wollte er so unbedingt und eindringlich mit ihr sprechen. War etwas geschehen?

„Ist es so eilig?"

„Nun, das eigentlich nicht. Aber mir erscheint es wichtig."

Sie nickte. „Dann lasst mich vorgehen und folgt mir nach einer kurzen Weile."

Nachdem Luzia Madlen erzählt hatte, an was sie sich erinnerte, musste sie unbedingt auch Barbara und Gertrud davon berichten. Die vier Frauen saßen zusammen in der Küche um den kleinen Holztisch herum. Gertrud stellte einen Kessel Getreidebrei in die Mitte des Tisches, aus dem jeder löffeln konnte. Dazu gab es Wasser und ein schwaches Bier.

Die Katzen schleckten eine Schüssel Wasser unter dem Tisch. Gleich konnte Trine hinausgehen und Mäuse fangen.

Madlen war viel zu aufgeregt zum Essen und wunderte sich darüber, wie gut es Luzia schmeckte. „Nun erzähl schon, Luzia", drängte sie.

„Lass sie erst essen. Du siehst doch, sie hat Hunger", lenkte Gertrud ein.

Luzia schob sich einen Löffel des Getreidebreis in den Mund und wischte ihn mit dem Handrücken ab.

„Also es ist so: Ich habe eine Vorfahrin, die ein sehr aufregendes Leben geführt hat. Und das hat sie aufgeschrieben. An meinem dreizehnten Geburtstag hat meine Mutter mir das Buch zum Lesen gegeben, so wie es ihre Mutter bei ihr getan hat."

„Ja, ja, jetzt rede nicht so endlos drum herum", drängte Madlen.

„Warum so ungeduldig? Du weißt doch sowieso schon, um was es geht. Also: Diese Ahnin ist mit einem Händlertross durch das Land gezogen. Unterwegs hatten sie den Burgherrn Luzius aufgenommen, allerdings hielten sie ihn damals für einen kleinen Dieb."

Gertrud und Barbara bekamen große Augen. „Deine Ahnin kannte den Herrn Luzius? Er soll so ein guter Herr gewesen sein. So wie sein Vater, sein Sohn und Enkel. Und dann änderten sich die Zeiten. Allerdings habe ich noch nie gehört, dass er ein Dieb gewesen sein soll…"

Luzia nickte. „Eine lange Geschichte. Wenn ihr wollt, erzähle ich sie ein anderes Mal. In jedem Fall war er ein sehr interessanter Charakter. Ich glaube sogar, dass ich Luzia heiße, weil Luzius meine Mutter beim Lesen in seinen Bann zog." Luzia lachte.

„Ach wirklich? Nein, was für eine Geschichte!", rief Gertrud aus.

„Aber das ist ja jetzt nicht wichtig! Du schweifst viel zu weit ab", rief Madlen dazwischen. „Erzähl das Wichtige."

Luzia seufzte. Sie verstand Madlens Ungeduld schon irgendwie. Aber sie nahm die Geschichte ihrer Vorfahrin so gefangen, da war es schwierig, nicht wenigstens ein bisschen abzuschweifen.

„Luzius musste damals seine Burg erst einmal von seinem Onkel zurückerobern. Meine Ahnin konnte die Rückeroberung jedoch nicht detailliert beschreiben, denn bei dem Kampf war sie bereits weitergereist. Aber sie kam einige Zeit danach noch einmal her und Luzius hat ihr davon erzählt. Ach, ich hatte gestern die ganze Zeit das Gefühl, ich hätte etwas vergessen. Es war etwas, das in dem Buch stand. Und dann – heute Nacht – fiel es mir im Traum ein. Und zwar konnte Luzius die Burg zurückerobern, weil er durch einen Geheimgang in die Burg gelangte und das Tor für seine Anhänger öffnen konnte."

Gertrud und Barbara bekamen große Augen.

„Ein Geheimgang?", fragte Barbara leise.

Luzia nickte. „Wo er sich genau befindet, weiß ich allerdings nicht."

„Aber der muss doch zu finden sein", warf Gertrud ein. „Jetzt, wo wir wissen, dass man danach suchen sollte. Wo er in der Burg endet, weißt du auch nicht?"

„Leider nein. Aber wenn wir das herausfinden könnten, könnten wir Madlens Mutter herausholen. Oder nicht?"

„Vermutlich schon. Von diesem Gang höre ich zum ersten Mal. Ich glaube, den kennt niemand. Außer Klemens vielleicht, das können wir natürlich nicht wissen", erwiderte Gertrud.

„Aber das spielt auch keine Rolle. Auf keinen Fall weiß er, dass wir davon wissen."

„Allerdings wissen wir bisher nicht viel", meinte Barbara. „Wie können wir herausfinden, wo der Gang genau endet?"

„Das müssen wir uns überlegen", stimmte Gertrud zu. „Und die Männer sollten nichts davon mitbekommen. Die stürmen sonst los und schicken noch einen Suchtrupp zur Burg und benutzen ihn für einen Überfall."

Klaß stand unter dem Fenster und lauschte dem Gespräch der Frauen. Er war aus Hans' Haus zurückgekehrt, in dem er die Nacht verbracht hatte. Er kam gerade an dem Fenster vorbei, als er die Frauen über die Burg sprechen hörte. Ein Instinkt riet ihm, stehen zu bleiben. Und so hatte er fast das ganze Gespräch belauscht.

Sieh an, dachte er jetzt. Ein Geheimgang. Und wir sollen nichts davon erfahren. Wollen sich tatsächlich in unsere Pläne einmischen. Uns gängeln wie Kinder. Wie gut, dass ich stehen geblieben bin.

Er schlich unbemerkt wieder zurück zum Haus des Anführers Hans Groß. Sie mussten dringend eine Beratung einberufen. Die Männer mussten davon erfahren. Wenn sie durch einen Geheim gang in die Burg gelangen könnten, würde das ihre Erfolgsaussichten enorm steigern.

Nachdem sie sich nach dem hektisch geflüsterten Gespräch in der Nische wieder getrennt hatten und Elenore allein in ihrer Kammer saß, setzte unvermittelt eine quälende Ungeduld ein.

Ihre Haut kribbelte und ihr Herz schlug heftig.

Die Minuten erschienen ihr endlos lang.

Die Heilerin konnte sich nicht vorstellen, was Simon von ihr wollte. Wie gut, dass er sich nicht darauf eingelassen hatte, sie erst in einer Stunde zu treffen. Wie hätte sie das aushalten sollen, wenn ihr diese Minuten schon wie Stunden erschienen? Sie und Simon hätten natürlich auch direkt gemeinsam hierher gehen können. Sie hätten jedem, den sie eventuell begegnet wären, erklären können, er hätte sie auf dem Gang getroffen und um ein Heilmittel gebeten. Deshalb würde er sie jetzt zu ihrer Kammer begleiten. Doch Simon wollte ja ganz offensichtlich vermeiden, dass man sie zusammen sah. Wieso sonst hätte er sie in der Nische auflauern sollen?

Aber warum wollte er sie sprechen? Warum nur?

Endlich wurde die Tür leise geöffnet.

„Kommt herein", brachte Elenore leise hervor.

Simons Kopf schob sich durch die Tür, die er gerade so weit öffnete, um hineinschlüpfen zu können und sofort wieder schloss.

„Nun, was kann ich für Euch tun, Herr?", fragte Elenore höflich, als sie endlich mit Simon alleine war.

Er setzte sich ihr gegenüber auf einen Stuhl am Fenster.

„Bitte, nenn mich einfach Simon. Ich bin nicht von Adel. Du weißt, ich stamme nur aus dem bürgerlichen Teil der Verwandtschaft. Meine Mutter, Gudulas Schwester, hat einen Kaufmann geheiratet."

Sie nickte. „Ich denke, der Herr Klemens legt Wert darauf, dass ich auch Euch als Herrn anspreche."

Er lächelte leicht. Wie sympathisch er aussieht, dachte Elenore unwillkürlich.

„Nun gut. Dann sprich mich formell an, wenn wir mit ihm zusammen sind. Aber nicht jetzt und hier oder wenn wir in Zukunft allein sein sollten."

Das werden wir kaum sein, dachte Elenore. Warum sollten wir?

Sie nickte abermals kurz und wartete darauf, dass er weitersprach.

„Es fällt mir schwer", begann er. „Und ich weiß gar nicht recht, wie ich beginnen soll. Ich kämpfe schon eine ganze Weile mit mir."

„Erzähl einfach. Ohne Hemmung."

„Kann ich mich darauf verlassen, dass es unter uns bleibt?"

Sie hob überrascht die Augenbrauen. Nur einen winzigen Moment, aber Simon hatte diese Geste der Verwunderung bemerkt.

„Es ist heikel", erklärte er.

„Natürlich bleibt es unter uns. Mit wem sollte ich hier wohl sprechen? Ich schwöre es. Wenn du willst, sogar auf die Bibel."

Er dachte einen Moment darüber nach, doch dann schüttelte er den Kopf. Nein, er vertraute ihr, sonst wäre er gar nicht erst hergekommen.

„Als ich mit Klemens und Magnus im Dorf war, ist etwas passiert. Es ist schon ein paar Wochen her, aber es geht mir nicht aus dem Kopf. Ich muss endlich mit jemandem darüber sprechen. Und ich muss etwas unternehmen. Aber ich weiß einfach nicht, wie und was."

Sie lächelte. Simon erschien ihr auf einmal so jung und unerfahren.

„Erzähl", sagte sie sanft. Und es fiel ihr nicht mehr schwer, ihn zu duzen. Am liebsten hätte sie seine Hände genommen und aufmunternd gedrückt, aber das wagte sie nun doch nicht.

Er begann zu sprechen und berichtete von dem Vorfall im Dorf, von Klemens und Magnus herablassendem Benehmen, von dem Flehen der Menschen und schließlich erzählte er auch stockend, dass Klemens den Bauern getötet hatte, indem er sein Pferd hemmungslos über diesen hinweg getrieben hatte. Er berichtete weiter von dem Entsetzen der Ehefrau und des Sohnes. Während er sprach, wurden Elenores Augen immer größer.

Als er seinen Bericht beendet hatte, schwiegen beide eine ganze Weile.

Dann seufzte Elenore schwer. „Ich weiß ja, dass er grausam ist, aber dass er so bedenkenlos ein Menschenleben auslöscht… so vollkommen sinnlos."

„Ja."

„So, wie du ihn beschrieben hast, glaube ich, der Getötete war ein Verwandter von mir", ergänzte sie wie von selbst.

Er sah sie überrascht an. „Das tut mir Leid, das wusste ich nicht."

„Es ändert nichts an der Grausamkeit der Tat. Aber was dachtest du, kann ich unternehmen?"

Er hob die Schultern. „Warum bist du hier? Warum hält er dich fest?"

„Warum glaubst du, dass er mich festhält?"

„Nun, du hast eine Tochter, du hast ein Haus, du hast immer als Heilerin in Würzburg gelebt. Warum bleibst du hier? Schon so lange? Du hast immer den Drang, in die Natur zu gehen und schaust voller Sehnsucht ins Tal hinunter."

„Das hast du bemerkt?"

„Ja. Gudula ist längst wieder gesund. Zumindest körperlich. Warum bist du noch immer hier?"

„Ich weiß es nicht."

„Also bist du nicht freiwillig hier. Er hält dich fest."

Sie hob die Schultern. „Ja."

„Du warst auch früher schon hier. Du bist sozusagen Gudulas Leibheilerin." Er lächelte etwas unsicher.

„Hat sie dir das erzählt?"

„Ja. Trotzdem scheint sie gar nicht gut auf dich zu sprechen zu sein. Sie schätzt deine Heilkunst, aber sie mag dich nicht. Vielleicht hasst sie dich sogar. Warum? Und warum lässt Klemens dich nicht gehen?"

Elenore seufzte. „Nun gut, ich erzähle es dir. Aber es ist vielleicht noch heikler als deine Geschichte."

„Vertrauen gegen Vertrauen. Vertrau mir so wie ich dir vertraut habe. Wenn du willst, schwöre ich auf die Bibel, dass alles unter uns bleibt", sagte Simon so wie Elenore zu Beginn ihres Gesprächs.

„Sie nickte. „Nun gut. Du siehst das richtig. Kurz bevor Klemens mich hergeholt hat, wurde ich in Würzburg verhaftet. Angeblich wegen Wucher. Wie sich später herausstellte, sollte ich jedoch als Hexe angeklagt werden. Klemens von Wiesenstein hat mich gerade noch gerettet. Nicht aus Güte, sondern weil er mich brauchte."

„Weil er deine Heilkunst brauchte."

„Ja. Gudula war sehr krank. Ich glaube, er hat jetzt Angst, dass ich ein weiteres Mal gefangen genommen werde, wenn er mich freilässt."

„Und er will deine Heilkunst auch in Zukunft nutzen."

„Ja."

„Kennst du dich aus mit Hexenkräutern?"

„Ja. Das heißt, ich weiß, welche Kräuter als Hexenkräuter gelten. Aber ich habe eine andere Meinung dazu. Es sind ganz normale Kräuter, sie haben keine Zauberkraft. Ich weiß nicht, warum man das glaubt."

„Schade. Sonst könnten wir Klemens einfach verhexen." Er lachte, um die Situation zu entspannen. Aber sie lachte nicht mit. Was ging in ihr vor? Sie musste doch wissen, dass er sie nicht wirklich der Hexerei beschuldigte? Er blickte sie intensiv an. Versuchte, in ihren Augen zu lesen. Sie wich seinem Blick aus. Was verschwieg sie?

„Da ist noch mehr", behauptete er.

„Ja." Ihre Antwort war nur ein Hauch.

„Was?"

Sie schüttelte den Kopf. „Ich kann nicht."

Er griff nach ihren Händen.

„Vertrauen gegen Vertrauen. Was gibt es noch?"

Sie sah auf. Sah ihm in die Augen.

Ihr Herz verkrampfte sich. Ihr ging es wie ihm. Sie hatte Angst. Sie hatte zu lange geschwiegen und hielt es kaum noch aus.

Vertrauen gegen Vertrauen.

„Er hat Angst, dass ich – falls ich gefangen genommen und gefoltert werde, etwas verrate, um mich zu retten."

Er zog die Augenbrauen zusammen.

„Was hat das zu bedeuten? Was weißt du über ihn?"

Die Dämmerung hatte bereits eingesetzt, als Veit das Dorf Wiesenstein vor sich auftauchen sah.

Es war eine Ansammlung von Bauernhütten und er hoffte, dass es dort ein Gasthaus gab. Denn wo sollte er anklopfen, um nach Madlen zu fragen? Er wusste nicht, wo das Mädchen untergekommen war. Er wusste nicht einmal mit Sicherheit, ob sie hier war. Das war ja nur ein Gedanke gewesen, weil man davon ausgehen konnte, dass ihre Mutter hier auf der Burg weilte.

Er sprang von seinem Pferd und führte es am Zügel durch die schmutzige Gasse. Ratten kreuzten seinen Weg. Eine Katze sprang hinter ihnen her. Gut so, dachte er.

Er erblickte einen Mann und sprach ihn an: „He du, gibt es hier irgendwo ein Gasthaus?"

Der Mann nickte. „Ja, am anderen Ende des Dorfes. Manch ein Reisender kehrt dort auf dem Weg nach Nürnberg ein, um sich zu stärken oder die Nacht zu verbringen. Sicher ist noch ein Bett frei."

Veit dankte und schlug die gewiesene Richtung ein. Viel erwartete er nicht. Keinen Luxus. Er wollte nur ein Bett, in dem er schlafen konnte. Er war so müde. So entsetzlich müde. Und er steckte in ernsten Schwierigkeiten.

Vor sich sah er das Haus. Ein Schild schaukelte leicht vor sich hin. „Zur Linde" stand darauf. Sicher war der Name auf den breit verästelten Baum zurückzuführen, der neben dem Haus stand. Es war nicht sehr groß und wirkte etwas heruntergekommen. Aber das war Veit gleichgültig. Er hatte sowieso keine Alternative.

Er trat ein und fand sich in einer überraschend gemütlichen, aber etwas schmuddeligen Gaststube wieder. Ein dicker Wirt mit einer Schürze, auf der diverse Flecken prangten, kam auf ihn zu. „Gott zum Gruße, was kann ich für Euch tun? Eine heiße Suppe? Einen herzhaften Braten?"

Veit nickte. „Ja, Braten und Brot, ein kräftiges Bier dazu und ein Bett für die Nacht, wenn du hast."

Der Wirt verbeugte sich dienstbeflissen. „Natürlich, natürlich. Hier – nehmt erst einmal Platz."

„Mein Pferd steht draußen. Kannst du dich auch darum kümmern?"

Wieder verbeugte sich der Wirt. „Ich schicke sofort meinen Sohn. Er wird es in unseren Stall bringen, abreiben und mit Heu und Wasser versorgen. Ist das recht?"

„Ich danke dir", erwiderte Veit stöhnend.

„Ihr hattet sicher einen schweren Tag?", fragte der Wirt, als er sah, dass Veit sich erschöpft auf den Stuhl fallen ließ.

„Ja", erwiderte der einsilbig.

Der Wirt merkte, dass mehr aus dem Fremden nicht herauszubekommen war. Dazu war dieser wohl zu erschöpft. Schade, ihm stand der Sinn nach einem Schwatz und nach Neuigkeiten aus einer anderen Gegend. Er wusste ja nicht einmal, wo sein Gast her kam. Nun, es war nicht zu ändern. Er würde ihn gut bewirten und sein Pferd versorgen. Und morgen früh war dieser Fremde ja vielleicht gesprächiger.

Luzia erwachte mit einem mulmigen Gefühl. Irgendetwas hatte sich verändert. Sie blickte sich im Halbdunkel in dem kleinen Zimmer um. Madlen schlief in ihrem Bett, die Truhe stand an der einen Wand, zwei Stühle auf der anderen Seite, auf denen ihre und Madlens Kleider lagen. Durch das Fenster schien der Mond. Es war ungewöhnlich hell, aber es musste doch noch immer Nacht sein. Sie schlug die Bettdecke zur Seite und schlich auf bloßen Füßen durch das Zimmer zum Fenster. Der Mond war rund und hell. Er tauchte das Dorf in ein bizarres Licht. Es wirkte fast ein bisschen gespenstisch.

Was für ein Unsinn, dachte sie. Gespenstisch.

Aber es stimmte trotzdem. Vielleicht lag es daran, dass der Mond so merkwürdig nah zu sein schien. Er schien viel näher und auch größer als sonst zu sein. Beinahe glaubte sie, nur die Hand ausstrecken zu müssen, um ihn berühren zu können. Woran das lag, wusste sie nicht. Vielleicht, weil es eine so sternenklare

Nacht war? Ohne die geringste Wolke. Sie war sicher, dass der Mond nicht wirklich näher sein konnte. Wie sollte das gehen? Sie blieb stehen und starrte hinaus. Magisch angezogen von dem Mond.

Eine Passage aus Claras Tagebüchern kam ihr in den Sinn. Dort hieß es, dass die Menschen besonders in Vollmondnächten merkwürdige Träume hätten. Aber Luzia hatte nicht geträumt. Sie hatte nur dieses komische Gefühl, dass etwas anders war. Dass etwas nicht so war, wie es sein sollte. Etwas lief falsch. Aber was? Sie kniff ein paar Mal die Augen fest zusammen. Sie war ja nicht bei Verstand. Was sollte denn falsch laufen? Wahrscheinlich hatte sie doch geträumt und es sofort vergessen, nachdem sie erwacht war. Aus irgendwelchen Tiefen ihres Gehirns war nun diese Befürchtung zurückgeblieben.

Keine übernatürlichen Kräfte.

Wer wusste schon, wie das Gehirn funktionierte?

Sie stöhnte und warf einen Blick auf Madlen. Die drehte sich mit einem wohligen Seufzer auf die andere Seite, erwachte aber nicht. Ach Madlen – wie hatte das Schicksal sie nur zusammengeführt? Was hatte das Schicksal mit ihr vor? Sie war hier, ganz nahe der Burg Wiesenstein, von der sie so oft geträumt hatte.

Sie lachte leise in sich hinein. Ja, das war es wohl, was nicht stimmte. Ihre Träume von der Burg und deren Herren stimmten so gar nicht mit der Wirklichkeit überein. Ein grausamer und ungerechter Herr lebte dort. Sie hatte in ihrer Vorstellung die Burg Wiesenstein immer mit Luzius und edlen Burgherren wie ihn verbunden. Und nun war es ganz anders.

In dem Dorf lebten unterdrückte Bauern, die sich auf einen Aufstand gegen die Burg vorbereiteten. Und der Burgherr hielt die Mutter ihrer Freundin gefangen und hatte den Schwiegervater ihrer Gastgeberin Barbara rücksichtslos getötet.

Ja, etwas stimmte überhaupt nicht. Kein Wunder, dass sie dieses Gefühl hatte. Sie warf einen letzten Blick auf den Mond und tapste zurück in ihr Bett. Sie kuschelte sich hinein und schloss die Augen. Bald war sie wieder eingeschlafen.

„Klaß ist noch immer nicht nach Hause gekommen", berichtete Barbara am nächsten Morgen. „Er ist jetzt schon seit zwei Tagen bei Hans."

„Was hat das zu bedeuten?", fragte Madlen. „Dass er mir wohl wirklich sehr böse ist. Ich hätte mich doch nicht einmischen sollen. Das steht mir als seiner Frau einfach nicht zu", meinte Barbara zerknirscht.

„Dummes Zeug", erwiderte Gertrud barsch. „Ich bin seine Mutter, aber ich bin auch eine Frau. Wir können doch nicht alle Entscheidungen den Männern überlassen. Sie sind zu impulsiv und denken immer nur an Kampf. Wir müssen nur klüger vorgehen, ein wenig besonnener als du es getan hast. Dann bemerken sie nicht einmal, dass wir uns einmischen." Sie grinste breit vor sich hin. „Ich gehe jetzt zu Hans und frage nach, was los ist. Eine alte Frau und noch dazu Klaß' Mutter wird man respektvoller entgegentreten als dir. Also lasst mich nur machen."

Die drei jungen Frauen sahen sich unschlüssig an. Doch dann nickte Barbara. Vielleicht war das wirklich eine gute Möglichkeit. Es gab ja sowieso keine andere Lösung. Sie konnten nicht ewig hier sitzen und warten. Die Nacht war ihr schon lang genug erschienen. Also verließ Gertrud kurz entschlossen das Haus, um zu Hans zu gehen.

Die drei jungen Frauen blieben nervös zurück.

„Sie beraten sicherlich über ihren Aufstand", meinte Luzia zynisch.

Madlen knetete nervös ihre Hände und knibbelte an ihren sowieso schon kurzen Fingernägeln. Immer wieder griff sie sich in ihr Haar, um eine Haarsträhne zu zwirbeln, wie sie es früher getan hatte, wenn sie unruhig war. Aber es gab ja keine Strähnen mehr, die sie zwirbeln konnte.

Bei Barbara war es noch schlimmer. Wie ein eingesperrter Tiger lief sie in dem Häuschen auf und ab. Am liebsten wäre sie hinter Gertrud hergelaufen, aber sie wusste, dass ihr Erscheinen die Lage nicht verbessern würde.

„Ich hoffe, die Männer kommen zur Vernunft", erwiderte sie nur auf Luzias Bemerkung.

Es dauerte endlos, aber vermutlich kam es ihnen nur so vor. Einfach nur warten war so unendlich schwer, fand Luzia. Viel schwerer, als selbst zu handeln.

Doch als Gertrud endlich mit hängenden Schultern und betrübtem Gesichtsausdruck zurückkehrte, erkannten sie sofort, dass die Lage noch ernster war, als sie gedacht hatten.

„Sie wissen Bescheid", krächzte Gertrud nur. Sie wussten alle sofort, was sie meinte. Die Männer wussten von dem Geheimgang.

„Aber woher?", brachte Luzia entsetzt hervor. „Wir haben doch mit niemandem darüber gesprochen."

„Klaß hat es gestern mitbekommen. Er kam gerade in dem Moment nach Hause, als wir darüber sprachen. Er stand unter dem Fenster und hat alles gehört."

Luzia blieb vor Schreck der Mund offen stehen. Dann wusste er sicher auch, dass ihre Ahnin einst die Burg und Luzius besucht hatte. Das war nicht weiter schlimm. Was hatte sie sonst noch erzählt? Nichts Verfängliches. Nein, mehr hatte sie nur Madlen erzählt, als sie die Nacht im Wald verbracht hatten.

„Was wollen die Männer jetzt tun?", fragte sie rau.

„Sie wollen zur Burg und die Umgebung absuchen. Was sollen sie auch sonst tun? Sie hoffen, dass der Eingang einfach nur zuge-wuchert und in Vergessenheit geraten ist. Die Wahrscheinlichkeit, dass es so ist, ist vermutlich sogar hoch. Wie sollte es sonst sein? Wenn es den Geheimgang wirklich gibt."

„Den gibt es", fuhr Luzia auf. „Oder gab es. Vor hundertsiebzig Jahren."

Gertrud nickte bedächtig.

„Er muss nah der Burg sein oder?"

Luzia dachte einen Moment nach. „Ja, ich denke schon", sagte sie dann. „Von außen liegt er aber zumindest so verborgen, dass eine Wache ihn vom Turm aus nicht sehen kann. Sonst wäre Luzius vermutlich nicht ungesehen hineingekommen."

„Das ist gut möglich. Der Hügel, auf dem die Burg steht, ist ja dicht bewaldet", meinte Gertrud.

„Wir müssen hinein und Mutter herausholen, bevor es einen Kampf gibt!", rief Madlen plötzlich aus.

„Pah, einen Kampf", meinte Gertrud abfällig. „Unsere Männer werden überrannt und getötet. Einen Kampf wird es nicht geben, auch wenn das Überraschungsmoment auf ihrer Seite ist. Die Ritter der Burg sind kampferprobt."

Sie warf sich die Hände in einer verzweifelten Geste vor das Gesicht. „Mein armer Junge. Er ist doch mein Sohn. Und er will doch auch nur das Beste für uns alle."

Barbara strich ihrer Schwiegermutter tröstend über den Rücken.

„Meine Mutter muss aus der Schusslinie!", beharrte Madlen.

Luzia dachte plötzlich an ihr Gefühl der letzten Nacht. Dass irgendetwas nicht stimmte. War es doch eine Art Vorahnung gewesen? Ihr war plötzlich ganz gruselig zumute. Nein, nein, nein! Sie dramatisierte. Sie interpretierte zuviel hinein. Es war doch klar gewesen heute Nacht. Es lag daran, dass die Burg so anders war als in ihren Mädchenträumen. Oder hatte sie gestern Klaß wahrgenommen? Nicht bewusst, aber eben doch mit irgendeiner Faser ihres Gehirns?

Sie schüttelte sich. Weg mit solchen Gedanken! Die führten doch sowieso zu nichts.

„Ist was?", fragte Barbara. Offenbar hatte sie Luzias unwillige Bewegung bemerkt.

„Nein, alles gut", erwiderte die.

„Was können wir tun?", heulte Barbara.

Sie schwiegen alle einen Moment. Die beiden kleinen Kätzchen maunzten, als die große Katze Trine durch eine lose Holzlatte zu ihnen kam. Wahrscheinlich hatte sie selbst gerade draußen eine Maus verspeist.

„Ich gehe in die Burg", sagte Luzia in die Stille hinein. Sie erschrak selbst vor ihrer Stimme. Was redete sie denn da? Sie hatte nicht nachgedacht. Genau so wie vor zwei Tagen, als sie Madlen einfach so gefolgt war, um die Katzen zu retten. Sie war zu impulsiv. Hätte sie nachgedacht, hätte sie das bestimmt nicht vorgeschlagen.

„Was?", fragte Madlen aufgeschreckt.

„Seit ich diese Tagebücher gelesen habe, träume ich davon, die Burg zu besuchen. Ich weiß, das ist ein dummer, unnützer Kindertraum. Aber hier und jetzt ist meine Möglichkeit."

„Wie stellst du dir das vor?", fragte Madlen.

„Ich klopfe dort an und erzähle von meiner Ahnin Clara. Das ist nichts Geheimnisvolles", meinte Luzia.

Gertrud hob die Schultern. „Wer weiß. Vielleicht ist der frühere Herr Luzius auf der Burg kein so gutes Thema. Schließlich eifern sie seiner Art nicht unbedingt nach."

„Aber Luzia könnte innen nach dem Zugang suchen. Nach dem Geheimgang", überlegte Madlen.

„Warum sollten sie sie überhaupt reinlassen, nur weil einst ihre Ahnin dort gelebt hat?", warf Gertrud ein.

„Es ist einen Versuch wert", beharrte Luzia.

„Und wenn sie hineinkommt - wie erfahren wir dann, ob sie den Geheimgang gefunden hat?", fragte Barbara.

Noch bevor sie weiter sprechen konnten, klopfte es. „Wer kann das sein?", fragte Gertrud laut vor sich hin und schlurfte zur Tür.

Madlen bekam große Augen, als sie den Besucher erkannte.

„Veit!", rief sie aus. In ihrer Stimme klang Überraschung und Erschrecken gleichzeitig.

Kapitel 14

Burg Wiesenstein

Nachdem Veit ihnen von seinem Fortgang aus Würzburg berichtet hatte – ohne jedoch das Zusammentreffen mit Werner am Stadttor zu erwähnen – gingen sie rasch dazu über, ihre eigenen Pläne weiterzuspinnen und zu konkretisieren. Sie mussten einfach etwas unternehmen. Von draußen vernahmen sie aufgeregte, laute Stimmen und geschäftiges Treiben.

„Was ist denn da los?", fragte Gertrud mit zusammengezogenen Augenbrauen. Doch vom Fenster aus konnten sie nichts erkennen.

„Als ich herkam, trafen sich die Bauern gerade beim Brunnen. Schien eine Versammlung zu sein", erklärte Veit.

Die Frauen sahen sich entsetzt an.

Dann sprangen alle wie auf ein Stichwort gleichzeitig auf und liefen nach draußen zum Brunnen. Als sie dort ankamen, trauten sie ihren Augen nicht. Hans und Klaß hatten wirklich keine Zeit vergeudet. Das Dorf glich inzwischen einer Mobilmachung. Die Bauern waren dabei, sich mit allem zu bewaffnen, was ihnen in die Hände kam. Knüppel, Harken und Mistgabeln, Schlegel, Äxte und Messer in jeder Größe.

Luzia blieb der Mund offen stehen. „Nein!", hauchte sie vor sich hin. Sie wünschte sich weit fort. Zurück nach Hause. Sie wollte nach Paderborn oder nach Dringenberg. Sofort! Stattdessen war sie hier am Fuße der Burg Wiesenstein und musste befürchten, in einen bewaffneten Kampf verstrickt zu werden.

„Was soll das?", schrie Gertrud in die Menge.

„Wir ziehen zur Burg!", rief Hans.

„Ich dachte, ihr hättet selbst eingesehen, dass ihr mit eurem Werkzeug" - Gertrud wies geringschätzig auf die Harken und Schlegel – „nichts gegen bewaffnete Ritter ausrichten könnt. Was ist aus den Waffen geworden, die ihr schmieden wolltet?"

Das war kein guter Einwand, Gertrud wusste das. Aber sie hoffte, auf diese Weise etwas Zeit zu gewinnen. Doch Hans grinste sie nur herablassend an. „Dein Sohn sagt, es müsse einen Geheimgang in die Burg geben. Wir machen uns auf die Suche danach und werden ihn sicher finden. Und dann ist die Überraschung auf unserer Seite. Wir werden siegen!"

„Es sieht aber so aus, als wolltet ihr in den Krieg ziehen."

„Wir werden uns befreien aus dieser Knechtschaft!", schrie Hans leidenschaftlich.

„Statt Freiheit wird euch der Tod erwarten", erwiderte Gertrud düster. „Trotz Überraschungsmoment könnt ihr nicht siegen."

„Nieder mit dem Tyrannen!", schrie Hans und seine Anhängerschar stimmte ein. Sie waren wie im Wahn.

Barbara sah entsetzt in die Menge. Sie hatte Angst. Angst um ihren Ehemann und um ihre Freunde. Sie sah auch andere Frauen, deren Gesichter und deren ganze Körperhaltung ängstlich und verhalten wirkten. Barbara war sich sicher, dass sie ihre Männer und Söhne am liebsten zurückhalten würden, aber sie hatten keine Macht dazu.

Doch es gab auch einige, die den Kämpfern zujubelten.

Gertrud fasste Barbara und Luzia am Arm und zog sie mit sich.

Sie befürchtete, Barbara würde gleich dazwischen stürmen und sich wieder mit den Männern anlegen und Luzia war ja wie erstarrt.

Madlen lief hinter ihnen her.

Gertrud führte sie zu einer Stelle am Dorfrand, hinter der ein schmaler Pfad hinauf auf den Hügel führte, auf dem die Burg lag.

„Wir dürfen jetzt keine Zeit mehr verlieren, die Situation hat sich zugespitzt. Madlen, Luzia, ihr müsst sofort los. Geht hier hinauf. Die Männer brauchen noch eine Weile. Außerdem sie sind ja auch zu Fuß. Also könnt ihr sehr gut vor ihnen an der Burg sein. Wenn ihr diesen Trampelpfad geht, bemerken die Männer euch hoffentlich nicht. Wenn ihr in der Burg angekommen seid, sucht ihr Madlens Mutter und warnt sie. Ich nehme an, sie lassen zwei Mädchen auf der Suche nach ihrer Mutter eintreten."

„Und wir versuchen den Geheimgang vom Innenhof aus zu finden und zu entkommen, bevor das Getümmel losgeht", ergänzte Luzia. „Aber er ist bestimmt sehr gut versteckt. Wie sonst kann es sein, dass ihn bis heute niemand kennt?"

„Hoffentlich geht das gut", stöhnte Barbara. „Wenn die Bauern entdeckt werden, sind sie verloren."

Madlen umarmte Gertrud. Die alte Frau nickte ihnen bekümmert zu. Sie hatte Angst, aber sie wusste keine andere Lösung. Sie konnten jetzt nicht den Kopf in den Sand stecken und gar nichts tun. Außerdem war Elenore wahrscheinlich dort oben. Wenn sie überhaupt noch lebte. Aber darüber wollte Madlen jetzt gar nicht nachdenken.

Barbara drehte sich um und ging wieder zum Haus. Gertrud blickte Madlen und Luzia nach, die den Anstieg bereits begonnen hatten.

Auch Veit sah ihnen gedankenverloren nach. Er war den Frauen gefolgt und überlegte nun, ob er diese Situation für seine eigenen Zwecke und Pläne nutzen konnte. Er gehörte nicht zu dem kampfbereiten Pöbel, aber auch nicht zu Madlen und ihren Freundinnen. Er wusste nicht, was er tun sollte. Er hatte nicht ahnen können, was für eine dramatische Situation er hier in Wiesenstein vorfinden würde. Er fuhr sich nervös durch das Haar.

Er konnte auch einfach abwarten und hoffen, dass Madlen zusammen mit ihrer Mutter hier wieder auftauchen würde.

Konnte er sich das leisten? Einfach abwarten?

Ihm ging allmählich auf, dass er tiefer im Dreck steckte, als er bisher gedacht hatte.

Vielleicht sollte er einfach fliehen. Weit fort. Nach München oder noch weiter – nach Österreich. Irgendwohin, wo weder Madlen und ihre Mutter noch Wernher und seine Ratsherren waren.

Obwohl es schon am Morgen ziemlich warm war, war der Anstieg längst nicht so anstrengend, wie Luzia gedacht hatte. Allzu weit entfernt war die Burg auch gar nicht. Der Pfad hinter der Baumreihe war sehr schmal, so dass sie hintereinander her laufen mussten. Am Anfang hatten sie das Flüsschen Aisch noch zwischen den Baumreihen aufblitzen sehen, aber dann hatte sein Verlauf eine andere Wendung genommen.

Bald kamen sie in den kleinen Wald, der den Hügel um die Burg herum bedeckte. Ganz ähnlich wie bei der Burg in Dringenberg. Der Pfad war nicht mehr zu erkennen, die beiden Mädchen befanden sich jetzt zwischen Bäumen und dichtem Buschwerk.

„Hier werden die Männer aber gut geschützt sein, wenn sie sich der Burg nähern", meinte Luzia.

Madlen nickte. Aber sie antwortete nicht. Ihre Gedanken waren bei ihrer Mutter. Sie konnte sich einfach nicht erklären, warum diese nicht von der Burg zurückgekehrt war. Sie wäre niemals einfach fortgegangen und hätte sie zurückgelassen, auch wenn sie kein kleines Mädchen mehr war.

Aber wieso sollte Klemens sie festhalten? Madlen konnte sich keinen Grund dafür vorstellen.

Luzia sah sie an und es war, als könnte sie die Gedanken der Freundin in deren Augen lesen. Auch ihre eigenen Gedanken wanderten zu ihrer Familie. Wie würde es ihnen wohl gehen? Gingen sie davon aus, dass sie, Luzia, tot war? Was sollte sie nur tun? Sie wollte zurück. Zurück nach Hause. Aber wie konnte sie das schaffen? Sie konnte nicht als Frau alleine durch das Land reisen. Das Herz wurde ihr schwer und ihr Hals war wie

214

zugeschnürt. Aber sie durfte jetzt nicht weinen. Sie musste stark sein. Es ging jetzt darum, einen Kampf zu verhindern und vielleicht unschuldige Menschen davor zu retten, getötet zu werden. In der Burg lebten sicher viele Bedienstete und auch Kinder, die es nicht verdient hatten, bekämpft zu werden. Und die Männer im Dorf? Nun, Luzia hatte ihre eigene Meinung dazu. Sie waren verzweifelt, am Ende ihrer Leidensfähigkeit. Und jetzt hatten sie einen Weg beschritten, der nicht nur gefährlich war, sondern der für einige von ihnen ein Weg ohne Rückkehr bedeuten würde - wenn es zum Kampf kam. Nein, jetzt durfte sie nicht an sich denken. Jetzt nicht. Jetzt war sie hier, viele Tagesritte von zu Hause entfernt und musste ihren Weg weitergehen.

Sie schaute auf und war erstaunt, wie nah sie und Madlen der Burg schon waren. Hoch ragte das steinerne Gemäuer vor ihnen auf. Nur noch wenige Meter, dann betraten sie die Holzbrücke, die über den Graben, der die Burg umgab, direkt auf das Torhaus führte.

Luzia ließ fasziniert den Blick schweifen. Von hier konnten siebis ins Tal sehen. „Es sieht wunderschön aus", sagte sie. „Das Dorf und das Flüsschen, das sich drum herum schlängelt."

„Ja, es ist schön. Aber jetzt haben wir keine Zeit für so etwas. Komm! Im Torhaus wird sicher ein Wachmann sein, der uns hoffentlich hereinlässt."

Luzia verstand Madlens Eile durchaus. Aber ihr Blick blieb trotzdem noch einen Moment auf dem Tal hängen. Wie magisch angezogen.

Und dann erkannte sie es.

„Dort!", rief sie.

„Was?" Madlen kam - aufgeschreckt durch Luzias aufgeregten Tonfall - ans Geländer und blickte hinunter. Sie erblickten entsetzt die Bauern, die den Weg über das Feld nahmen.

„Sie sind wenigstens klug genug, nicht wild hier herauf zu stürmen. So wie sie sich bewegen, könnte man meinen, sie arbeiten auf dem Feld", meinte Madlen.

„Na ja, dafür sieht es ziemlich merkwürdig aus. Aber du hast recht: Jemand, der ihre Pläne nicht kennt wie wir, käme nicht auf die Idee, dass sie in den Kampf ziehen."

„Trotzdem hoffe ich, dass sie überhaupt nicht entdeckt werden, noch bevor sie den Wald erreichen", seufzte Madlen leise.

„Vielleicht stehen keine Wachen auf dem Turm. Sie rechnen doch mit keinem Überfall", hoffte Luzia.

Aus dem Torhaus trat der Wachmann, der auf die beiden Mädchen aufmerksam geworden war. „Was habt ihr hier zu schaffen, Mädchen?", fragte er rau.

Madlen und Luzia wirbelten herum und liefen sofort auf ihn zu. Nicht, dass er sich noch neben sie stellte und wissen wollte, was es zu sehen gab.

„Ich bin Madlen aus Würzburg. Ich möchte zu meiner Mutter Elenore, die sich als Heilerin auf der Burg aufhält." Zumindest hoffe ich das, setzte sie in Gedanken hinzu.

„Und wer ist das?", brummte der Wachmann mit einem Kopfnicken in Luzias Richtung.

„Das ist eine Freundin von mir, die zu Besuch hier ist."

„Warum wollt ihr in die Burg?"

„Wir wollen zu meiner Mutter. Ich habe schon lange nichts mehr von ihr gehört", erklärte Madlen und legte ihren Kopf ein wenig schief, weil sie hoffte, auf diese Art etwas hilfloser zu erscheinen.

Der Wachmann rieb sich nachdenklich sein Kinn. Dann dachte er wohl, dass zwei Mädchen alleine kein Unheil anrichten konnten. Der Wunsch, seine Mutter wieder zu sehen, war durchaus rechtschaffen. So verhielt sich eine gute Tochter. Es stimmte ja auch, diese Heilerin war bereits lange in der Burg. Ihn selbst hatte sie von einem schlimmen Husten befreit, der ihn monatelang heimgesucht hatte.

„Geht nur hinein. Deine Mutter wirst du sicherlich dort im Dienerbereich finden."

Madlen knickste und lächelte den Wachmann schmeichelnd an.

„Vielen Dank", säuselte sie. Auch Luzia beeilte sich, es ihrer Freundin gleichzutun. Sie knickste hastig und lief hinter Madlen her in den Innenhof der Burg. Sie hörten das dröhnende, gutmütige Lachen des Wachmannes hinter sich, aber sie sahen sich nicht noch einmal um.

Klaß und Hans führten die Männer an. Einige hatten sie nur knapp davon abhalten können, einfach blindlinks über das Feld zu stürmen. Doch Hans kommandierte energisch: „Haltet euch zurück! Wenn jemand auf dem Turm steht, sieht er uns sofort. Und der soll denken, dass wir das Feld bestellen, nicht zur Burg stürmen!"

„Sollen sie doch denken, wir stürmen!", schrie einer.

„Ne, ne, wir müssen wohlüberlegt und klug vorgehen. Wir wollen doch unbemerkt den Geheimgang finden und in die Burg gelangen."

„Wenn es den überhaupt gibt. Das weiß Klaß doch nur von dieser Göre, die mit seiner Cousine gekommen ist."

„Wir haben es doch besprochen. Ja, es ist möglich, dass wir den Gang nicht finden. Sogar, dass es ihn überhaupt nicht gibt oder nicht mehr gibt. Aber wie man es auch dreht und wendet – es ist auf jeden Fall besser, wenn wir unbemerkt zumindest bis zur Burg kommen", meinte Klaß.

Unter den Männern setzte ein unbestimmtes Gemurmel ein, das in zurückhaltender Zustimmung endete.

„Also los!", kommandierte Hans, schulterte seine Axt und stapfte drauflos. Einige Männer wichen auf den schmalen Trampelpfad aus, den kurz zuvor Madlen und Luzia gegangen waren, aber das ahnten sie nicht. Dieser Pfad war von der Burg aus nicht zu sehen. Auf diese Art bewegten sie sich nicht alle zusammen in einem großen Pulk, so dass ihr gemeinsames Erscheinen nicht wie ein Aufmarsch wirkte. Dennoch versuchten sie, sich so gut es ging bedeckt zu halten. Sie verbargen sich hinter Bäumen, um die Gefahr des frühzeitigen Entdecktwerdens zu minimieren.

Klaß hoffte, dass sie diesen vermaledeiten Geheimgang fanden. Soviel er mitbekommen hatte, wusste diese Luzia auch nicht, wo genau er war. Sie wollte das in irgendwelchen alten Büchern gelesen haben. In Aufzeichnungen einer Ahnin, wenn er das richtig verstanden hatte.

Also wo konnte der Gang sein? Er konnte ja schon in dem Wäldchen beginnen und unterirdisch bis in die Burg führen. Oder er begann erst direkt an der Burgmauer. Aber nein – ein Geheimgang lag sicher versteckter als direkt an der Burgmauer, wo einen jeder aus der Burg beobachten konnte, wenn man ihn benutzte. Aber er war auch sicher nicht länger als nötig. Schließlich musste der irgendwann einmal gegraben worden sein, was sicher viel Arbeit und Schweiß gekostet hatte.

Wenn es nach seiner Meinung ging, würden sie in den letzten Baumreihen suchen müssen. Aber der Bereich war immer noch ziemlich groß. Immerhin ging das Wäldchen um die ganze Burg herum.

Außerdem wusste keiner, ob die Waldgrenze vor hundertsiebzig Jahren genau so verlaufen war wie jetzt.

Ach, es wäre so schön und würde sein eigenes Ansehen im Dorf sicher steigern, wenn sie diesen Geheimgang fänden.

Luzia und Madlen schlichen ein wenig verloren durch den Innenhof. Sie fühlten die Augen des Wächters auf ihren Rücken. Er sah ihnen nach. Sie wussten es beide, aber sie wandten sich nicht um, um es zu überprüfen. Auf jeden Fall war es kein guter Zeitpunkt, nach dem Geheimgang zu suchen. Das würde auffallen. Also zog Madlen Luzia zu dem Eingang des Gesindetraktes, den der Wachmann ihnen gewiesen hatte. Sie hoffte inständig, ihre Mutter schnell zu finden. Aber es konnte natürlich genauso gut sein, dass sie sich im herrschaftlichen Gebäudetrakt aufhielt, weil jemand krank geworden war. Oder war die Dame Gudula etwa ernsthaft und schon so lange krank, dass sie gepflegt werden musste? Madlen wusste es nicht.

Die beiden Mädchen betraten das Gebäude. In diesem Teil war von innen nichts so prunkvoll oder herrschaftlich wie es von außen den Anschein hatte. Es war eben der Dienstbotentrakt. Und er war menschenleer.

„Wo sind denn alle?", fragte Luzia erstaunt.

Madlen verdrehte die Augen. „Es sind Mägde und Knechte, Köchinnen, Dienstboten, die jetzt natürlich mit ihren Aufgaben beschäftigt sind.

„Auch ja natürlich", erwiderte Luzia sofort. Sie kam sich etwas dumm vor – daran hätte sie wirklich selbst denken können. Aber sie hatte in ihrem bisherigen Leben weder mit hochherrschaftlichen Leuten zu tun gehabt noch mit den Ärmsten. Höchstens, wenn sie Bettler in den Straßen Paderborns gesehen hatte.

Sie sahen auf ihrer rechten Seite einen langen Gang, der vermutlich in den nächsten Gebäudeteil führte. Ein Mädchen kam ihnen entgegen.

Sie war jung, vermutlich jünger als sie selbst, mit einem sauberen Kleid und einer fleckigen Haube auf dem Haar.

„Wer seid ihr?", fragte das Mädchen verdutzt.

„Ich bin die Tochter der Heilerin Elenore", erwiderte Madlen schnell. „Ich suche meine Mutter."

Das Mädchen legte den Kopf schief und sah sie misstrauisch an.

„Ich habe schon lange nichts mehr von ihr gehört. Du hast doch sicher auch eine Mutter? Was wäre, wenn sie auf einmal verschwinden würde und du wüsstest nicht, wo sie ist?" Madlen sprach drängend, etwas hektisch. Luzia legte ihr sanft die Hand auf den Arm.

Das Dienstmädchen schien zu überlegen. Man konnte förmlich sehen, wie die Gedanken hinter ihrer Stirn kreisten. Natürlich hatte sie eine Mutter, das hatte schließlich jeder. Auch wenn sie ihre Mutter lange schon nicht mehr gesehen hatte. Aber sie konnte diese Madlen schon verstehen.

„Na ja, mich geht's ja nichts an", sagte sie schließlich. „Es gibt da einen kleinen Raum, wo wir Bedienstete zusammensitzen dürfen. Wir nutzen ihn aber so gut wie nie." Das Mädchen beugte sich geheimnistuerisch vor. Ihre Stimme wurde ganz leise und verschwörerisch. „Er ist verflucht."

„Verflucht? Was ist das für ein Unsinn?", ereiferte sich Luzia.

Das Dienstmädchen zuckte leichthin die Schultern. „Auf jeden Fall ist die Heilerin oft dort und liest. Wohl weil es dort wärmer ist als in ihrem Zimmer. Ich halte das ja für Zeitverschwendung. Humbug, wenn ihr mich fragt. Aber ich kann ja auch nicht lesen."

Das interessierte Madlen und Luzia herzlich wenig.

„Wo ist dieser Raum und wo ist ihr Zimmer?", fragte Luzia ruhig.

„Gerda! Wo bleibst du?", hörten sie die Stimme einer älteren Frau.

„Oh, die Köchin ruft schon nach mir. Sie hat mich nur losgeschickt, eine neue Haube zu holen. Meine ist ganz schmutzig. Ich muss los."

Doch bevor sie einfach davon laufen konnte, griff Luzia blitzschnell nach ihrem Handgelenk.

„Wo ist dieser Raum und das Zimmer der Heilerin?"

Gerda seufzte. „In Ordnung. Geradeaus ist der Raum. Du läufst genau darauf zu, wenn du diesen kleinen Gang entlanggehst. Der Raum ist ziemlich klein. Dass wir Bedienstete überhaupt einen

Raum haben, ist bestimmt ein Überbleibsel aus alten Zeiten. Anders können wir uns das nicht erklären."

„Ja, ja. Und Elenores Zimmer?"

„Die Treppe rauf und dann den Gang entlang – das letzte auf der rechten Seite. Es liegt direkt am herrschaftlichen Trakt und ganz in der Nähe der Gemächer der Gräfin Gudula. Elenore hat sogar ein Zimmer ganz für sich alleine. Keiner von uns hat das. Na ja, natürlich hat sie auch eine besondere Stellung als Heilerin, aber irgendwie ist es trotzdem ungerecht." Gerda sagte es mit einer Spur Bewunderung und viel Neid in der Stimme.

Luzia verdrehte die Augen. Dafür, dass Gerda es so eilig hatte, redete sie immer noch ziemlich viel.

„Du hast übrigens immer noch die schmutzige Haube auf", erinnerte Luzia das Mädchen leichthin. Gerda erschrak, als würde sie sich tatsächlich erst gerade wieder daran erinnern und fasste nach ihrer Haube. Dann rannte sie eilig die Treppe hinauf.

„Diese Gerda wird gleich der Köchin erzählen, dass sie von zwei merkwürdigen Mädchen aufgehalten wurde, von denen eine behauptet, Elenores Tochter zu sein. Das ist dir doch klar, nicht wahr?", fragte Luzia.

Madlen nickte. „Natürlich. Sie wird schließlich erklären müssen, warum sie so lange gebraucht hat."

„Und dann? Werden sie uns hinaus werfen?"

Madlen hob die Schultern. „Vielleicht interessiert sich die Köchin nicht dafür. Und vielleicht haben wir Mutter bis dahin gefunden."

Der Wachmann war amüsiert. Die beiden Mädchen hatten seinen langweiligen Alltag ein wenig belebt. Hübsch waren sie beide. Er kannte Elenore gut und er wusste, dass sie eine Tochter hatte. Er hoffte, das Mädchen würde seine Mutter finden. War ja irgendwie rührend, dass es sich solche Sorgen machte. Der Gedanke an seine eigene Mutter kam auf. Sie war vor zwei Jahren am Fieber gestorben. Sie hätte alles für ihre Kinder getan. Selbst ihr Leben hätte sie gegeben, damit es ihnen gut ging.

Vielleicht würde er einmal eine Frau haben, die ebenso schön und gut war. Und Kinder, die sich um ihre Eltern sorgten. Das wäre schön. Er würde eine Familie ernähren können mit seinem Lohn. Er stampfte hart mit dem Fuß auf, als wollte er seine Gedanken abschütteln. Er trat einen Schritt aus dem Torhaus heraus, er wollte sich den frischen Wind ein wenig um die Nase wehen lassen, sonst würde er noch rührselig. Schließlich war er ein Wachmann und kein kleiner Junge.

Er stand auf der Brücke vor dem Torhaus und blickte über das Tal. Den Anblick genoss er immer wieder. Es sah irgendwie so friedlich aus von hier oben. Aber er wusste ja, dass es nicht so war. Die Bauern litten sehr unter dem Herrn. Aber das war nicht seine Angelegenheit. Was Klemens tat, war ja nicht seine Entscheidung. Er tat nur seine Arbeit.

Er ließ seinen Blick wandern.

Und dann sah er etwas. Aber er war nicht sicher, was das war. Zwischen den Bäumen bewegte sich etwas. Er kniff die Augen zusammen, um besser sehen zu können. Waren das Bauern? Es sah fast so aus, als suchten sie etwas. Er war unsicher. Was sollte er tun? Er konnte doch nicht Alarm schlagen wegen ein paar Bauern, die vielleicht wilde Früchte suchten. Oder waren sie etwa auf der Jagd? Das war in diesem Waldabschnitt streng verboten.

Er kratzte sich unschlüssig am Nacken. Es konnte nur falsch sein, was er tat. Immerhin konnte er die Bauern verstehen. Die litten wirklich Not. Sollte er sie also verraten? Wenn er es allerdings nicht tat und es käme heraus, dass er sie bemerkt hatte, würde ihm das schlecht bekommen. Dann wäre er nicht nur seine Arbeit los, sondern würde vermutlich an den Pranger gestellt oder einige Peitschenhiebe über sich ergehen lassen müssen. Oder er würde ins Gefängnis geworfen. Oder alles zusammen.

Aber wer sollte ihm nachweisen, dass er sie gesehen hatte? „Ist dort etwas oder starrst du einfach in den Wald?" Er fuhr herum. Er hatte nicht bemerkt, dass seine Ablösung gekommen war. „Da bewegt sich doch etwas. Oder täuschen mich meine Augen?"

„Nein, ich glaube nicht. Obwohl ich auch erst unsicher war", antwortete der Wachmann.

„Ich werde das sofort melden!"

Der Wachmann atmete erleichtert aus. Damit war ihm die Entscheidung abgenommen. Alles war gut.

Luzia und Madlen betraten den beschriebenen Raum. Er war spärlich eingerichtet mit Holzbänken und einem kahlen Tisch. Immerhin brannte im Kamin ein Feuer und an den Wänden steckten in eisernen Halterungen brennende Fackeln. Das einzig Schmückende, das aber gar nicht recht hierher zu passen schien, war ein alter verstaubter Wandteppich.

Madlen konnte sich trotzdem vorstellen, wie ihre Mutter hier saß und las.

Aber nun war sie nicht hier. Wäre ja auch zu schön gewesen, wenn sie Elenore so schnell gefunden hätten.

„Klein finde ich den Raum nicht gerade, aber vielleicht ist er das ja für Burgenverhältnisse. Aber gemütlich ist er ganz und gar nicht", meinte Luzia und zog die Nase kraus.

„Wenn meine Mutter liest, vergisst sie alles um sich herum. Und schön warm ist es hier wirklich. Was sollen wir jetzt machen? In ihrem Zimmer nachsehen?"

Luzia nickte und sah sich um. Irgendetwas hielt sie hier gefangen. Aber was? Das wusste sie selbst nicht. Aber es war, als würde eine unsichtbare Stimme ihr zuflüstern: „Bleib hier. Schau dich um."

Diese unsichtbaren Stimmen, die sie in der letzten Zeit vernahm, machten ihr Angst und faszinierten sie gleichzeitig.

„Geh alleine. Ich warte hier auf dich."

Madlen war verwirrt. „Warum? Was willst du hier?"

Luzia hob die Schultern. Das wusste sie ja selbst nicht. *Der Raum ist verflucht*, pochte es in ihrem Kopf. *Der Raum ist verflucht.*

„Der Raum ist verflucht, hat diese Gerda gesagt. Aber warum wohl?"

„Weiß nicht. Aber heutzutage ist doch alles, was man nicht erklären kann, Hexerei oder Teufelswerk." *Was man nicht erklären kann.*

Madlen verzog das Gesicht. „Es gefällt mir nicht, dass wir uns trennen. Einer von uns könnte erwischt und womöglich hinausgeworfen oder gefangen genommen werden."

„In dem Fall wäre es doch gut, wenn die andere noch frei wäre", erwiderte Luzia.

„Aber diejenige wüsste nichts von dem Schicksal der anderen."

Luzia sah Madlen aufmerksam an, als erhoffte sie auf diese Art die Freundin überzeugen zu können. Madlen hatte schon irgendwie recht. Sich zu trennen barg ein Risiko. Trotzdem schien es ihr richtig zu sein. Es war immer richtig, auf seinen Instinkt zu hören!

„Komm wieder hierher, nachdem du in dem Zimmer deiner Mutter warst. Entweder mit ihr oder alleine, ja?", sagte sie schließlich mit soviel Entschlossenheit wie sie aufbringen konnte.

Madlen nickte. „Gut", stimmte sie etwas unsicher zu. Sie hatte keine Ahnung, warum Luzia darauf beharrte, hier zu bleiben. Sie fühlte sich auch noch immer nicht wohl dabei, sich zu trennen. Aber wenn Luzia es unbedingt wollte… Hier zu stehen und noch ewig zu diskutieren brachte jedenfalls auch nichts.

Mit einem letzten verständnislosen Blick verließ Madlen das Zimmer.

„Auf den Wehrgang!", brüllte Klemens. Die Männer in der Burg rannten mit Pfeil und Bogen und Schwertern bewaffnet los. Viele Bewaffnete gab es nicht in der Burg. Das konnte auch Klemens sich in diesen Zeiten nicht mehr leisten. Aber es würde wohl reichen, gegen ein paar verrückt gewordene Bauern vorzugehen. Was bildeten die sich ein!

Er konnte es noch immer kaum glauben, aber er hatte mit eigenen Augen gesehen, wie sie den Waldpfad entlang schlichen. Es sah so aus, als suchten sie etwas. Er konnte sich nur nicht vorstellen, was. Aber sie kamen dem Eingang zum Geheimtunnel gefährlich nahe. Wenn sie so weitermachten, würden sie noch das best gehütetste Geheimnis von Burg Wiesenstein seit Lucianus entdecken. Konnte es sein, dass sie davon etwas ahnten und bewusst danach suchten?

Nein! Er schob den Gedanken fort. Unmöglich. Davon wusste von jeher niemand etwas außer dem jeweiligen Burgherren selbst. Wie hätte das Geheimnis also durchsickern können?

„Schießt auf diesen Pöbel, aber tötet sie nicht gleich. Sie sollen sehen, dass sie entdeckt wurden und unterlegen sind. Aber sie sollen weiterhin meine Felder bestellen können."

Die Männer stellten sich in Position auf den Wehrgang hinter die Zinnen und hoben die Bögen.

„Schießt!", schrie Klemens.

Die Pfeile schwirrten durch die Luft. Sie landeten in dem Waldboden und in den Stämmen der Bäume. Die Bauern erschraken. Sie zuckten zusammen, brachten sich instinktiv hinter die Bäume in Deckung.

„Sie haben uns entdeckt!", brüllte Klaß.

„Dann ist die Entscheidung gefallen!", schrie Hans zurück. „Wir werden kämpfen!"

„Mit Mistgabeln gegen Soldaten mit Pfeil und Bogen oben auf dem Wehrturm? Wie soll das gehen? Wir haben den Gang noch nicht entdeckt!", hielt Klaß dagegen. „Wir werden alle sterben, wenn wir kämpfen!", rief ein anderer. „Jeder, der in den Kampf zieht, weiß, dass er sterben kann!", brüllte Hans. Er konnte nicht glauben, wie ängstlich die Männer beim ersten Pfeilhagel reagierten. Zugegeben – der kam früher, als er erwartet hatte. Aber sie hatten doch alle gewusst, dass sie sich dieser Gefahr aussetzten. Und dennoch hatten sie sich auf dieses Risiko eingelassen. Hatten sich entschieden, zu kämpfen, wenn es sein musste. Sie alle!

Eine zweite Ladung Pfeile schwirrte über sie hinweg und landete um sie herum in der Erde und in den Bäumen.

„Wir schleichen uns im Schutz der Bäume näher. Wir müssen hinein in die Burg!" befahl er.

Simon hatte sich nicht den Männern angeschlossen, die auf den Wehrturm eilten. Sein Onkel würde es ihm übel nehmen, aber das konnte er nicht ändern. Es war an der Zeit, das Richtige zu tun. Eine Entscheidung gemäß dem alten ritterlichen Kodex zu fällen und sich für die Schwächeren einzusetzen. Er trug sein Schwert und Messer am Gürtel, aber er würde sich nach Kräften dafür einsetzen, dass kein Blut Unschuldiger vergossen würde.

Er musste Gudula und die Kinder holen und diese Heilerin. Die Frauen in der Küche waren bestimmt in Sicherheit. Sie gingen auch nicht hinaus. Aber die Heilerin hielt sich gerne draußen in dem kleinen Garten auf. Und die Kinder? Luitger würde mit ihm gehen. Aber Magnus war ja schon im Turm. Er hockte hinter einer der Schießscharten. Dort würde er sich nicht fortholen lassen. Er glich schon viel zu sehr seinem Vater. Klemens würde es auch nicht zulassen, dass sein Sohn sich dem Kampf entzog.

Obwohl… Simon schüttelte sich. Zu viele Gedanken. Jetzt musste er sich auf das Wesentliche konzentrieren.

Madlen lief eilig die Treppe hinauf zu dem Zimmer ihrer Mutter. Sie riss ohne anzuklopfen die Zimmertür auf. Der Raum war leer. Madlen war aufgeregt und ängstlich, aber sie sah sich dennoch um. War sie im richtigen Raum? Vielleicht hatte diese Gerda es falsch erklärt. Womöglich wusste sie gar nicht so genau, welches Zimmer Elenore gehörte. Aber da entdeckte Madlen auf dem Tischchen ein kleines Büchlein über Heilkunst, das sie genau kannte. Es gehörte zweifellos ihrer Mutter. Aber wo war sie? Wo sollte Madlen nach ihr suchen?

Luzia lief orientierungslos in dem spärlichen Raum umher. Was hielt sie hier zurück? Und was bedeutete diese merkwürdige Stimme, die sie nicht gehen lassen wollte? Clara hatte auch Stimmen gehört. Innere Stimmen, denen sie vertraut hatte. Aber sie, Luzia, war nicht hellsichtig.

Während die Gedanken unaufhörlich hinter ihrer Stirn kreisten, kreisten ihre Füße durch den Raum. Sie betrachtete den Kamin, in dem ganz sacht das kleine Feuer brannte. Bei den dicken Mauern der Burg, war es hier auch im Sommer ziemlich kalt.

Der Kamin war nicht vorgelagert. Er schien in die Wand hineinzureichen. Merkwürdig.

Luzia begann, die Wand abzuklopfen. Von einem unerklärlichen Instinkt und dieser unsichtbaren Stimme in ihrem Kopf getrieben. Ihr eigenes Handeln war ihr unerklärlich und fast ein bisschen unheimlich, aber sie hatte keine Zeit, darüber nachzudenken. Ganz tief in ihrem Kopf formte sich die Idee, dass sie schließlich einer langen Ahnenreihe hellsichtiger Frauen abstammte. Aber der Gedanke war noch nicht klar, noch nicht greifbar. Sie war zu sehr mit ihrem Tun beschäftigt. Sie verließ sich vollkommen auf dieses innere Gefühl.

Die Wand klang wie dickes Mauerwerk.

Sie wunderte sich darüber, dass in diesem kargen Raum ein Wandteppich hing, hob ihn an und schob ihren Kopf darunter. Sie sah keine Unebenheit. Sie klopfte die Wand ab, aber nichts klang auch nur im Entferntesten hohl.

Sie klopfte die Dielen des Fußbodens ab, aber auch hier gab es keinen Hinweis auf eine geheime Öffnung.

Sie hatte sich getäuscht. Es gab hier nichts. Wahrscheinlich war ihr Wunsch, etwas zu finden, so groß gewesen, dass sie es sich eingeredet hatte und nicht mehr zwischen dem bloßen Wunsch und Instinkt unterscheiden konnte.

Wo blieb eigentlich Madlen? Sie sollte doch nur im Zimmer ihrer Mutter nachsehen und dann zurückkommen.

Luzia ging zur Tür, um auf den Gang hinauszuspähen. Doch noch bevor sie die Zimmertür erreicht hatte, blieb sie abrupt stehen. Wie von unsichtbaren Händen zurückgezogen. Es war hier. Es musste einfach hier sein. Sie blickte sich irritiert um. Sie hatte doch überall gesucht. Hatte den ganzen Raum abgeklopft.

Simon hatte Glück. Er fand Elenore und Gudula bei dem kleinen Luitger, der mit Fieber im Bett lag. Wäre er nicht so vollkommen von dem Angriff auf die Burg vereinnahmt gewesen, hätte er bemerkt, mit welcher Feindseligkeit Gudula die Heilerin beobachtete, während sie sich um den kleinen Jungen kümmerte. Ihr Verhältnis zu Elenore war äußerst zwiespältig. Sie wusste ihre Heilkunst zu schätzen. Sie wusste, dass sie sie selbst mehr als einmal vor dem Tod gerettet hatte. Sie glaubte fest daran, dass

Elenore wie niemand sonst fähig war, ihren Sohn gesund zu pflegen. Außerdem bestand auch Klemens darauf, dass Elenore sich um ihn kümmerte. Aber Gudula hasste sie auch wie niemanden sonst. Sie war sich sicher, dass Elenore Zauberei benutzte. Wie konnte es anders sein, dass ein einfacher Trank von ihr sie von ihren bösen Träumen befreite? Und wer konnte wirklich wissen, ob sie ihren Sohn nicht verzauberte, damit er krank blieb? Und sie wusste auch, warum. Elenore allein kannte das Geheimnis, das sie und Klemens verband. Doch da war noch mehr. Gudula wusste es. Und sie trug schwer daran, so schwer. Vor kurzem hätte sie es Klemens fast ins Gesicht geschrien. Aber dann hatte sie es doch gelassen. Klemens sollte nicht wissen, dass sie auch dieses Geheimnis kannte. Es würde ja nichts nützen.

Die Herrin von Wiesenstein fürchtete und hasste die Heilerin. Sie wollte sie nicht hier haben, aber sie brauchte sie doch.

„Euer Sohn wird sicher wieder gesund werden, keine Sorge", sagte Elenore jetzt sanft zu Gudula. Sie wich vor dem Hass in ihren Augen zurück und wandte sich an die Kinderfrau. „Mach ihm die kalten Wickel wie ich es dir gezeigt habe und gib ihm von dem Holunderblütentee, das wird helfen. Halte ihn bis auf die kalten Wickel gut warm, er muss viel schwitzen."

„Die Burg wird angegriffen!", rief Simon dazwischen.

„Angegriffen? Von wem?", fragte Gudula.

„Bauern des Dorfes."

Elenore sah ihn entsetzt an.

Gudula begann zu lachen. „Bauern des Dorfes? Dann wird es kaum ein Angriff sein."

„Es wird Blutvergießen geben", erwiderte Simon.

„Nicht unseres, soviel ist sicher", meinte Gudula geringschätzig.

Simon sah seine Tante entsetzt an und bemerkte, dass auch Elenore erschüttert war von der Reaktion der Burgherrin.

„Vielleicht gibt es Verletzte. Elenore, kommst du mit? Möglicherweise wird deine Heilkunst gebraucht."

„Ja natürlich", stimmte sie sofort zu und erhob sich von ihrem Stuhl.

„Sie bleibt hier! Luitger braucht sie. Der Herr hat befohlen, dass sie sich um ihn kümmert", fuhr Gudula ihn an.

„Gudula, es könnte Verletzte geben. Für Luitger ist doch erst einmal gesorgt. Und einen Kräutertee können auch deine Mägde zubereiten."

„Die Bauern, die unsere Burg angreifen, sind doch selbst Schuld, wenn sie sich verletzen. Elenore hat nichts mit ihnen zu tun. Sie ist nur für unsere Familie und unsere Getreuen da."

„So unmenschlich kannst du doch nicht sein", sagte Simon leise.

„Unmenschlich?", fuhr sie ihn an. „Du nennst mich unmenschlich? Wir haben dich hier selbstlos aufgenommen, haben dir ein edles Leben und eine Ausbildung ermöglicht."

„Nein, edel ist, wenn man sich an die Ritterehre hält und für Schwache und Kranke einsteht. Ich habe einer Rettung nicht bedurft, nur einer Ausbildung und dessen seid ihr - du und dein Gemahl - gar nicht fähig. Ich werde die Burg verlassen. Aber jetzt werde ich versuchen, Blutvergießen und Tod zu verhindern. Elenore kommt mit. Und du pass auf dich und deinen Sohn auf."

Er sprach langsam und entschieden. Gudula starrte ihn wütend an. Sie war es nicht gewohnt, dass so mit ihr gesprochen wurde.

Elenore fühlte sich nicht wohl in ihrer Haut, aber sie folgte Simon durch das Zimmer. Sie hörte hinter sich Gudulas Flüche: „Ich bin die Herrin dieser Burg und des Dorfes. Ihr schuldet mir Gehorsam. Auch du, Simon. Unglück und Krankheit soll über euch kommen, weil ihr die Achtung fehlen lasst, die ihr mir schuldet!"

Simon war ganz ruhig, er schuldete ihr gar nichts. Er war nicht auf Klemens und Gudula angewiesen. Er hatte sein Zuhause und würde sein Einkommen haben. Er würde weggehen und hatte nichts vor ihnen zu befürchten.

Bei Elenore war es anders. Sie fürchtete die Zukunft und die Rache dieser Frau. Sie fürchtete um ihre Tochter. Aber sie folgte Simon. Denn ebenso wie er hatte auch sie als Heilerin die Verpflichtung, zu helfen, wenn sie konnte. Sie hoffte, es würde überhaupt nicht nötig sein. Vielleicht konnten sie das Schlimmste verhindern.

Luzia schloss die Augen und ließ sich langsam durch den Raum treiben. Sie tastete sich vorsichtig mit den Füßen vor. Sie konnte das Geheimnis mit allen Sinnen fühlen. Sie riss die Augen wieder auf und stand vor dem Kamin. Sie starrte in die Glut. Jetzt nur nicht aufgeben, sagte sie sich. Jetzt geh den Weg zu Ende. Das Feuer musste der Schlüssel sein. Wieso brannte Feuer in einem Raum, der sowieso nicht genutzt wurde? Ein Mann wie Klemens von Wiesenstein würde seinen Bediensteten wohl kaum die Fürsorge eines durch Feuer erwärmten Gemeinschaftsraumes erweisen.

Die Flammen loderten inzwischen nicht mehr sehr hoch. Sie konnte es löschen. Luzia raffte ihren Rock und trat mit dem Fuß die Flammen aus. Ihr Herz klopfte stark. Was, wenn jetzt jemand herein kam, nur um das Feuer wieder zu entfachen?

Die Flammen waren aus, aber das Holz war noch heiß. Vorsichtig, um sich nicht zu verbrennen, griff sie darüber hinweg und klopfte die Rückwand ab. Aber auch die Wand klang nicht hohl.

Sie wurde immer unruhiger. Mit jeder Minute, die verstrich, wuchs die Gefahr, entdeckt zu werden.

Sie scharrte mit dem Fuß in den verkohlten Resten des Holzes und der Asche herum. Und plötzlich sah sie es. Ihr Herz klopfte wie verrückt. Dort war deutlich ein Griff zu sehen. Der Griff einer Bodenklappe? Sie konnte gar nicht anders, als es zu versuchen.

Sie griff danach und zog sofort die Hand mit einem unterdrückten

Schrei zurück. Sie hätte doch wissen müssen, dass der Ring heiß war.

Sie sah sich hektisch im Zimmer um. Gab es denn nichts, das sie als Schutz benutzen konnte?

Nein, nichts.

Kurzentschlossen raffte sie ihren Rock und wickelte ihn um ihre Hand. Dann zog sie an dem Griff und die Klappe gab nach. Die war nicht seit über hundertfünfzig Jahren unbenutzt. Dazu bewegte die Klappe sich viel zu leicht.

Luzia blickte in ein dunkles Loch – in einen schmalen Gang, der sich unter der Erde fortsetzte.

Die Bauern wurden hart beschossen und konnten nichts anderes machen, als im Dickicht der Bäume Schutz zu suchen. So kamen sie nicht näher an die Burg heran und konnten auch nicht weiter nach dem Eingang des Geheimganges forschen.

Nichts, gar nichts, würde ihnen diese Aktion bringen. Womöglich eine Haft im Kerker oder einige Tage am Pranger.

Der Seiler war es leid. Er war nicht bereit, sich so einschüchtern zu lassen. Sicher, vorhin, als die Pfeile begannen auf sie herabzuprasseln, hatte auch er einen Moment lang aufgeben wollen. Der Schrecken und die Angst hatten sie getroffen wie ein Stein. Aber dieser Anflug war vorüber. Hatten sie sich nicht alle entschlossen, für eine bessere Welt zu kämpfen? Jetzt würden sie nicht klein beigeben, ohne das Geringste erreicht zu haben.

So weit es ging, ohne sich gleich als Zielscheibe zu präsentieren, trat der Seiler vor und wirbelte seine Steinschleuder herum. Der Stein flog durch die Luft, wurde aber in den Ästen der Bäume aufgehalten. Er musste sich doch weiter vorwagen.

„Versuch es noch einmal!", rief Hans. „Hat sonst noch jemand eine Schleuder?"

Weiter vorne trat der Tischler vor. Er wusste, hier, in der letzten Baumreihe war die Gefahr, getroffen zu werden, am größten. Aber ebenso die Wahrscheinlichkeit, dass ein Wurfgeschoss sein Ziel erreichte.

Er wirbelte seine Schleuder. Der Stein flog unaufhaltsam durch die Lüfte über die Wehrmauer. Die Bauern johlten. Der Tischler sprang sofort zurück hinter seinen Baum.

Inzwischen war der Seiler trotz des Pfeilhagels im Schutz der Bäume weiter vorgedrungen.

Sie rechneten nicht damit, dass die Burgbewohner Brandpfeile abschießen würden. Klemens würde kaum seinen eigenen Wald abfackeln.

Der Seiler trat erneut aus dem Schutz der Bäume und schwang die Steinschleuder. Der Stein flog durch die Luft bis zur Burg. Gleichzeitig traf ihn ein Pfeil in die Schulter. Er schrie auf und sackte zusammen.

„Zieht ihn zwischen die Bäume!", schrie Hans.

„Wir bräuchten ein Gerät, das wir immer wieder abschießen können, ohne selbst die Deckung verlassen zu müssen", meinte Klaß.

Der Seiler biss die Zähne zusammen. Der Pfeil ragte steil aus seiner Schulter heraus. Hans brach mit einem heftigen Ruck den Schaft des Pfeiles ab. Der Seiler schrie auf.

„Er muss zum Medikus", sagte der Tischler. „Der Pfeil muss heraus und die Wunde muss behandelt werden. Sonst gibt es Wundbrand."

Hans blickte zur Burg und zurück durch den Wald ins Tal, wo ihre Häuser standen. Was sollte er nur tun? Bisher war er immer so entschlossen gewesen, doch jetzt, im Pfeilhagel, fühlte er sich unsicher. Er war eben doch kein Krieger.

Mit plötzlich unkontrollierbarer Wut schnappte er sich die Steinschleuder, sprang aus dem Schutz der Bäume und schleuderte sie ab. Sofort schwirrten wieder Pfeile durch die Luft.

Veit blickte immer wieder zur Burg. Er war nervös. Er konnte von hier aus nicht erkennen, was dort vorging, aber wenn er jetzt tat, was von ihm verlangt wurde, würde Madlen ihre Mutter völlig vergebens retten. Er hatte den Auftrag, Elenore ausfindig zu machen und erneut auszuliefern. Das hatte Wernher von Dörfels von ihm für seine eigene Freiheit verlangt. Dafür, dass er ihn hatte ziehen lassen. Das war der Preis, den Veit zu zahlen bereit gewesen war. Seine eigene Freiheit und seine Unversehrtheit hatten ihm in dem Moment, als sie ihm am Stadttor aufgelauert hatten, weitaus näher gestanden als Elenores. Aber nun war er nicht mehr sicher.

Wernher und seine Ratsherren waren nicht hier. Er selbst war nicht unmittelbar bedroht und die Entscheidung, ob er die Abmachung wirklich einhalten sollte, war nicht mehr so klar.

Was sollte er tun, wenn Madlen wirklich mit Elenore hier ankam?

Simon und Elenore liefen durch die Gänge der Burg. Er wollte sie hinaus führen, auch wenn er noch nicht wusste, wie er das anstellen sollte.

Denn er befürchtete, sie draußen in Gefahr zu bringen, in den Pfeilhagel zu geraten. Andererseits hatte Elenore vielleicht die Möglichkeit, die Bauern draußen zu beruhigen. Außerdem musste sie ihnen als Heilerin beistehen, falls ihre Kunst gebraucht wurde. Simon war sich fast sicher, dass es bereits Verletzte gab. Konnte es überhaupt anders sein?

Plötzlich hörten sie eine Mädchenstimme. „Mutter!"

Elenore drehte sich abrupt um. Sie zog ein wenig die Stirn kraus, brauchte einen Moment, um zu begreifen. „Madlen! Wie kommst du hierher? Und was ist mit dir geschehen?" Sie ließ ihren Blick über den kurzen Haarschopf gleiten.

Madlen winkte ab. „Das erkläre ich später", sagte sie und strich durch eine Haarsträhne. „Ich wollte dich suchen und hier herausholen bevor du in Gefahr gerätst."

„Du wusstest von diesem Angriff?"

Madlen schielte unsicher auf den jungen Mann neben ihrer Mutter.

„Ja, ich habe es im Dorf mitbekommen. Gertrud, Barbara, ich und eine neue Freundin haben versucht, sie aufzuhalten, aber wir haben es nicht geschafft."

„Ihr könnt euch das alles später erzählen, jetzt müssen wir aus der Burg heraus. Sicher gibt es schon Verletzte", drängte Simon.

„Dann kommt mit. Meine Freundin ist in so einem merkwürdigen Zimmer, wo du angeblich oft sitzt und liest."

„Ach das. Ja, es ist dort immer so herrlich warm, weil ständig ein Feuer brennt", erklärte Elenore.

Madlen fühlte sich unsicher in der Gesellschaft des fremden Mannes, sonst hätte sie ihrer Mutter von dem Geheimgang erzählt, den es hier irgendwo geben sollte.

„Du kannst ihm vertrauen. Er ist auf unserer Seite, nicht auf der seines Onkels", sagte Elenore, die die Gedanken ihrer Tochter erriet.

„Sein Onkel?"

„Ja, Klemens ist mein Onkel. Aber hab keine Angst. Ich helfe euch. Ich halte nichts von Klemens' Grausamkeiten."

„Dann lasst uns in das Zimmer gehen und meine Freundin holen", sagte Madlen aufgeregt. Vielleicht hatte Luzia ja sogar den geheimen Weg gefunden, auf dem sie entkommen konnten. Aber das war nur eine ganz zarte, vorsichtige Hoffnung, an die sie nicht wirklich glaubte.

Gerade, als sich die kleine Gruppe in Bewegung setzen wollte, kam ihnen einer der Soldaten entgegen. „Wo wollt ihr denn hin?", fragte er. „Ich bin beauftragt, die Heilerin auf den Turm zu holen. Der Herr ist verletzt."

„Was?", fragte Simon völlig entgeistert und zog die Stirn kraus. „Wie ist denn das passiert?"

„Diese Verrückten dort draußen haben Steinschleudern. Der Herr wurde tatsächlich von einem Stein an der Stirn getroffen. Die Heilerin muss mitkommen."

Elenore seufzte schwer. Wieder war eine Hoffnung auf Flucht vereitelt. Sie hatte keine Wahl, das war ihr sofort klar.

„Ich kann den Herrn nicht auf dem schmalen Wehrgang behandeln. Schafft ihn herunter in eines der nächsten Zimmer. Dort kann er sich hinlegen und ich kann seine Wunde versorgen. Aber ich muss zuerst meinen Arzneikasten holen", sagte sie sofort.

Der Soldat nickte.

„Ich gehe mit ihr. Geh du schon vor und schaff Klemens in das Turmzimmer!", entschied Simon.

Der Soldat nickte wieder. Simon war der Neffe seines Herrn und sie hatten die Anweisungen erhalten, den jungen Mann ebenfalls als Herrn zu behandeln. Doch dann fielen ihm seine eigenen direkten Befehle wieder ein, wonach er die Heilerin herbeischaffen sollte. Wenn er das nicht tat, würde ihm das schlecht bekommen.

„Ich gehe mit der Heilerin. Geht Ihr auf den Turm zu Eurem Onkel, Herr Simon."

Simon grinste vor sich hin. Der hatte wohl Angst wegen Befehlsmissachtung bestraft zu werden. Doch dann nickte er. Der Soldat konnte schließlich nichts für seine Probleme mit Klemens.

Simon ging davon und Elenore folgte dem Soldaten. Sie blickte noch einmal zurück und sah ihre Tochter fragend an. Doch Madlen lief bereits davon. Sicher ging sie und sah nach ihrer Freundin, wer auch immer das sein mochte. Die konnte sie ja nicht ewig warten lassen.

Simon kletterte auf den Turm. Dort lehnte sein Onkel mit blut-überströmtem Gesicht an der Mauer. „Die Heilerin kommt ins Turmzimmer. Hier oben kann sie dich nicht behandeln", sagte Simon. „Lass dich stützen, Onkel."

Klemens wehrte die helfende Hand seines Neffen ungestüm ab. Er war schließlich ein Ritter, ein Kämpfer und kein altes Weib. Doch sofort wurde ihm schwarz vor Augen, er schwankte und musste an den Zinnen Halt suchen.

Danach gestattete er wohl oder übel Simon und einem weiteren Mann ihn zu stützen, um ihn die schmale, gewundene Treppe hinunterzuführen.

Im Turmzimmer legte er sich vorsichtig auf eine Pritsche, die seit jeher dort stand, um verletzten Männern nach einem Kampf die Möglichkeit zu geben, sich behandeln zu lassen, ohne weit laufen zu müssen.

Er unterdrückte ein Stöhnen. Stattdessen verfluchte er die Bauern, die ihm das angetan hatten. Niedergestreckt von der Stein-schleuder eines Bauern – wie einst bei David gegen Goliath. Diese Demütigung war weitaus schlimmer als die Wunde.

Fast im gleichen Augenblick wie Klemens trat Elenore in Begleitung des Soldaten in das kleine Zimmer. In der Hand trug sie ihren Arzneikasten. Sie sah auf den ersten Blick, dass die Wunde an Klemens' Stirn ziemlich schlimm war. Sie war tief und blutete stark, der Stein hatte ihn mit großer Wucht getroffen.

„Ich brauche Wasser!", forderte sie. Wenn sie als Heilerin tätig war, war sie niemals untertänig, dann gab sie Befehle. Oft kam es schließlich auf Sekunden an, da konnte sie nicht lange bitten.

„Ich hole welches", hörte sie wieder die Stimme ihrer Tochter. Offenbar war Madlen ihr wider Erwarten gefolgt. Elenore wünschte, sie würde diesen unseligen Ort wieder verlassen. Aber das konnte sie jetzt nicht laut äußern. Außerdem würde Madlen sowieso nicht gehorchen, das war ihr klar. Also wandte sie sich nur einmal kurz um und nickte ihr zu. Ein ihr unbekanntes Mädchen mit pechschwarzen Haaren stand neben Madlen. Sie musste ungefähr im gleichen Alter sein. Vermutlich die neue Freundin, von der Madlen gesprochen hatte.

Elenore nahm wahr, dass ihr Rock voller Ruß und Asche war. „Kann ich helfen?", fragte das Mädchen und kniete sich neben sie. „Ich verstehe leider nicht allzu viel von der Heilkunst, aber…"

Klemens schlug unwirsch um sich. „Ich brauche keine Weiber, die um mich herum scharwenzeln!", dröhnte er. Doch ein neuer Schwindelanfall unterbrach ihn.

„Herr, die Wunde ist sehr tief. Und Ihr habt sicher viel Blut verloren, deshalb wird Euch schwindelig. Ich muss die Wunde versorgen und nähen. Und dabei kann ich Hilfe brauchen."

Nachdem Madlen mit einer Schüssel zurück war, tupfte Elenore vorsichtig um die Wunde herum und wusch das Blut ab.

„Diese Wunde muss sich ein Medikus ansehen oder ein Wundarzt. Es ist mir nicht erlaubt…"

„Halt den Mund, Weib!", schrie er. „Du bist hier und du hast immer mein Vertrauen als Heilerin gehabt. Also tu deine Arbeit!"

Elenore zitterte. Sie fürchtete sich nicht vor der Aufgabe, aber sie fürchtete sich davor, dass der Herr ihr nicht mehr wohlgesonnen war und sie am Ende doch für ihr Tun bestrafen würde. Ein Medikus musste bestimmen, wie die Verletzung zu behandeln war. So war es Vorschrift.

Simon legte seine Hand auf ihre. „Ich bezeuge jederzeit, dass Klemens es gefordert hat", flüsterte er ihr ins Ohr, als hätte er ihre Gedanken erraten. Es würde im Zweifel allerdings nicht viel nutzen. Ein Richter, der der Heilerin nicht wohlgesonnen war, konnte sie für diese Übergriffigkeit verurteilen.

„Was gibt es zu tuscheln?", polterte Klemens sofort. „Geh lieber und sag meiner Gemahlin, was geschehen ist. Sie wird sich sorgen. Sag ihr, es gehe mir gut, die Wunde sei nicht sehr schlimm. Sie soll mit unserem Sohn in ihren Gemächern bleiben."

Simon verneigte sich leicht und gehorchte. Lieber wäre er geblieben und sei es nur, um später als Zeuge aussagen zu können. Klemens wollte ihn loswerden, das war klar. Ob seine Gemahlin sich sorgte, dürfte ihm gleichgültig sein und es war auch nicht wichtig, dass sie jetzt Bescheid wusste. Sie wusste, es gab einen Kampf und Klemens war auf dem Turm – das reichte. Nein, Klemens traute ihm nicht und Zeugen, die nicht unter seiner Fuchtel standen, konnte er nicht brauchen. Aber Simon konnte sich kaum weigern. Nun, er würde sich beeilen, damit er rasch wieder zurück war.

„Ich werde Pulver einiger Pflanzen auf die Wunde geben, damit die Blutung gestillt wird und ich die Wunde besser sehen und säubern kann. Von dem Stein könnten Splitter oder Verunreinigungen hineingeraten sein. Außerdem gebe ich ein entzündungshemmendes Mittel dazu."

„Ja, ja!", knurrte Klemens.

Elenore kramte in ihrem Arzneikasten und nahm Huflattich heraus. Sie zögerte nur kurz, als sie auch das Große Hexenkraut nahm. Aber es wusste ja niemand, was das war. Es war gut bei der Behandlung von Wunden und zur Blutstillung.

„Ich brauche Mohnsaft, Madlen. Bitte füll etwas ab und reich es dem Herrn."

„Wofür brauche ich Mohnsaft? Das ist ein Schlaftrunk, ich will wach bleiben. Ich muss meine Sinne beisammen halten", polterte Klemens.

„Herr, wie ich erklärt habe, muss ich Steinsplitter aus der Wunde entfernen und sie dann nähen. Das wird sehr schmerzhaft sein."

In dem Moment kehrte Simon schon wieder mit der Nachricht zurück, dass Gudula und Luitger wohlauf seien und Gudula den Wunsch geäußert hätte, nach ihrem Gemahl zu sehen."

„Das kann sie später noch tun. Hier ist kein Platz für noch ein Weib, noch dazu für eine Gräfin", erwiderte Klemens. Doch es fiel auf, dass seine Stimme ein wenig sanfter wurde, als er von seiner Frau sprach.

Elenore hielt ihm den Mohnsaft an die Lippen, den er dann doch mit kräftigen Schlucken trank. Als Elenore das Gefühl hatte, er dämmere in einen gnädigen Schlaf dahin, begann sie ihre Arbeit.

Luzia assistierte ihr und reichte ihr frisches Leinen zum Abwaschen und eine kleine Zange, um feinste Steinsplitter aus der Wunde zu entfernen.

Als sie bereits dabei war, die Wunde zu nähen, betrat Gudula den engen Raum. „Wie geht es ihm?", fragte sie. „Ich hörte, die Wunde sei nicht allzu schlimm."

„Doch, die Wunde ist schlimm. Er hat viel Blut verloren, aber ich habe ihm etwas zur Blutstillung gegeben und nähe die Wunde jetzt zu", erklärte Elenore ohne ihre Arbeit zu unterbrechen.

„Eine Blutung kann man nur stillen, indem man einen Zauberspruch sagt", stammelte Gudula fassungslos.

„Aber nein. Es gibt ganz wunderbare Pflanzen dafür. Ich habe Huflattich benutzt. Er kann außerdem dabei helfen, dass sich die Wunde nicht entzündet. Wenn ich fertig bin, gebe ich noch etwas Johanniskrautöl darauf", erklärte Elenore geduldig. Sie hatte Gudula so oft geholfen. Sie konnte doch jetzt nicht ernsthaft annehmen, dass sie Hexerei benutzte?

„Das weiß ich besser!", kreischte Gudula und stürzte auf den Arzneikasten. Sie hielt einige Blätter empor.

„Johanniskraut!", schrie sie hysterisch. „Das Hexenkraut! Seht die Löcher darin! Sie wurden vom Teufel persönlich hinein gestochen aus Rache, weil dieses Kraut Macht über ihn hat. Es ist Zauberei!", schrie sie. „Zauberei!"

„Gudula!", schrie Simon und hielt sie fest. „Reiß dich zusammen. Elenore hat dir doch geholfen, als du krank warst. Und das nicht nur einmal."

„Nein, nein!" Sie schrie und warf ihren Kopf hin und her. „Sie hat verhindert, dass ich ein Kind bekomme. Sie hat mich verflucht. Verhext hat sie mich. Nehmt sie gefangen. Los! Werft sie in den Kerker!"

Elenore blickte entsetzt auf Gudula. Sie hatte gewusst, dass ihre Seele krank war, aber sie war ja vollkommen wahnsinnig.

„Ich will ihm helfen", stammelte sie.

„Holt einen Medikus! Er allein darf entscheiden, wie mein Gemahl behandelt werden muss. Er allein!"

Madlen und Luzia sahen sich ratlos an.

Luzia lief ein kalter Schauer über den Rücken. So musste Clara sich gefühlt haben, als die Hexenjäger hinter ihr her waren.

Simon erfasste die Lage und war als erster fähig, zu handeln. Er nahm Elenores Arm und zog sie von ihrem Patienten fort.

„Komm", sagte er.

„Nein! Sie bleibt hier!", keifte Gudula. „Sie muss verhaftet werden. Sie muss bestraft werden!"

Simon zog sein Schwert und hielt es den unschlüssigen beiden Soldaten entgegen. „Kümmert euch um euren Herrn!", befahl er. Er wollte Elenore mit sich ziehen.

Doch sie riss sich los, griff geistesgegenwärtig nach ihrem Arzneikasten und lief dann wieder zu ihm. Luzia und Madlen folgten ihm.

Rückwärts zogen sich alle vier aus dem Turmzimmer zurück.

„Wir müssen fort!", befahl Simon. „Hoffen wir, dass wir nicht aufgehalten werden."

„Kommt mit, ich weiß einen sicheren Weg hinaus!", rief Luzia.

Elenore und Simon starrten das fremde Mädchen zweifelnd an.

„Kommt schon. Sie sagt die Wahrheit", bestätigte Madlen.

Sie folgten Luzia den Gang entlang bis zu dem Zimmer, in dem sie sich am Anfang aufgehalten hatte. Sie liefen so schnell sie konnten. Elenore hatte einige Mühe mitzuhalten. Ihr verletztes Bein, das sich von der Nacht im Korb nicht mehr erholt hatte, schleifte schwer hinter ihr her. Aber in der Not entwickelte man oft ungeahnte Kräfte.

Hinter sich hörten sie einen oder zwei Soldaten, die sich nun wohl doch entschlossen hatten, ihnen zu folgen. Vermutlich auf Gudulas hysterische Befehle hin. Verstanden sie nicht, dass ihre Herrin vollkommen wahnsinnig geworden war?

„Verriegelt die Tür!", schrie Luzia.

Da die Tür keinen Riegel zum Verschließen hatte, stellte Simon einen Stuhl so unter die Klinke, dass man sie nicht mehr herunterdrücken konnte. Das würde ihnen einen Moment Zeit geben. Aber was sollte das bringen? Sie hockten in diesem Zimmer und konnten nicht hinaus. Es gab kein Entkommen. Doch da ging das fremde Mädchen zum Kamin und zog an einem Ring, den Simon noch niemals gesehen hatte. Aber normalerweise brannte auch immer ein Feuer darin. Wieso war es jetzt eigentlich aus? Vielleicht, weil alle mit dem Überfall beschäftigt waren und vergessen hatten, es wieder anzufachen?

„Der Geheimgang", erklärte Luzia. „Er führt aus der Burg heraus."

Simon staunte. „Woher weißt du das?"

„Das erkläre ich später, wenn wir in Sicherheit sind."

Sie nahm eine der brennenden Fackeln aus den Aufhängungen an der Wand und reichte sie Madlen, bevor sie sich selbst in das dunkle Loch herunter ließ. Madlen reichte ihr die Fackel hinunter und folgte ihr. Simon half Elenore hinunter, sprang als Letzter selbst in den Gang und zog die Klappe wieder zu. Er war nicht sicher, ob der Gang noch länger ein Geheimnis bleiben würde oder ob die Soldaten den Zugang nun finden würden. Vielleicht waren sie die Letzten, die ihn benutzten.

Der Einstieg war nicht allzu tief. In dem Gang selbst mussten sie dann jedoch auf allen Vieren kriechen. Elenore fiel das schwer mit ihrer Behinderung, aber sie war froh, aus der Burg entkommen zu sein und kämpfte sich verbissen Meter um Meter weiter.

Der Tunnel führte ganz klar unter diesem Raum und unter der Burg entlang. Sie waren alle gespannt, an welcher Stelle sie herauskommen würden.

Kapitel 15
Fluchtpläne

Klemens fluchte, als er von der verschlossenen Tür hörte. Er richtete sich etwas schwerfällig auf seinem Krankenlager auf. Der Mohnsaft machte ihn noch in wenig träge und die Stirn schmerzte.

„Das ist Simons Werk. Die Pest soll über ihn kommen! Dieser verdammte Bastard. Ich nehme ihn auf, lehre ihn den Umgang mit dem Schwert und was tut er? Er richtet es gegen mich!"

„Als wir die Tür aufbrachen, war niemand im Zimmer, Herr", berichtete der Soldat stockend. Es war ihm unangenehm, diese Nachricht zu überbringen. Sie war so unfassbar, so unglaubhaft, wie ein Märchen über Drachen für Kinder.

„Als hätten sie sich in Luft aufgelöst", fügte er etwas leiser hinzu.

Klemens starrte ihn zornig an.

Gudula schrie auf. „Ich habe es doch gesagt! Zauberei! Da ist Zauberei im Spiel! Sie ist eine Hexe. Sie verfügt über die Kraft, sich unsichtbar zu machen."

„Schweig, Weib!", schnauzte Klemens sie an. Sofort verzog er schmerzhaft das Gesicht, aber kein Schmerzenslaut kam über seine Lippen.

„Aber Klemens, es ist doch wahr. Du kannst es nicht leugnen. Zauberei! Hier bei uns. Sie hat auch mich verzaubert. Ohhhh!" Gudula lief durch das Zimmer, fuhr sich in die langen Haare, riss daran, zerzauste sie, jammerte, betete. Ihre Stimme klang hysterisch. In ihren Augen lag Wahnsinn. „Oh, heiliger Achatius und heilige Katharina, helft uns, steht mir bei in meiner Angst und Not. In dieser dunklen Stunde!"

Zum ersten Mal verlor Klemens die Geduld mit seiner Ehefrau. „Was soll das, Gudula? Warum rufst du diese Heiligen an? Nur weil unser Neffe und diese Heilerin entkommen sind?"

„Ich fürchte mich. Achatius ist ein Helfer in Todesangst und Katharina ist die Schutzheilige der Ehefrauen. Wir sind Hexerei ausgesetzt, Klemens. Wir alle. Auch deine Söhne. Oh je, oh je, sie hat Luitger noch heute wegen seines Fiebers behandelt."

„Ach halt deinen Mund. Es gibt keine Hexerei."

Er wusste, was geschehen war. Auch wenn er es sich nicht erklären wollte. Wie hatten sie den geheimen Eingang zum unterirdischen Gang unter dem Kaminfeuer gefunden? Wie war das möglich? Sein Vater hatte den Kamin in die Nische bauen lassen und seitdem brannte dort immer ein Feuer, um den Zugang zu tarnen. Früher war dort ein Wandschrank, durch den man in den Tunnel gelangen konnte. Sein Vater und auch er selbst, Klemens, hatten gedacht, das Feuer würde den Gang noch viel besser tarnen. Mit rechten Dingen war das wirklich nicht zugegangen. Aber er glaubte nicht an Zauberei. So etwas gab es nicht!

Klemens war nicht ängstlich. Er war so wütend, so unsagbar wütend, dass er die Wunde am Kopf inzwischen überhaupt nicht mehr spürte.

Sie hatten das Ende des Tunnels erreicht. Luzia kletterte als Erste aus dem dunklen Gang. Sie schob sich durch kleinere Zweige und Blätter, bis sie inmitten von dichtem Buschwerk wieder ans Tageslicht gelangte. Nacheinander krochen die drei anderen aus dem Gang. Sie befanden sich direkt am Hügel unterhalb der Burg, umgeben von Büschen und Bäumen, nicht weit von der Burg, aber vor Blicken geschützt.

Elenore wischte sich mit dem Handrücken über das schweißnasse Gesicht. „Mein Gott, wenn ich das früher geahnt hätte", seufzte sie.

„Das ist übrigens Luzia Spengler", stellte Madlen das fremde Mädchen vor. Sie hat von dem Geheimgang gewusst. Aus

Aufzeichnungen einer Ahnin, die vor vielen Jahren einmal einige Zeit auf der Burg verbracht hat. Bei Luzius und Adelaide."

„Mein Gott!", Elenore schlug vor Staunen die flache Hand auf den Mund.

„Wir erzählen es dir später ganz genau. Jetzt müssen wir erst mal hier weg. Wir nehmen an, Klemens kennt den Gang auch", erwiderte Madlen.

„Aber Klemens ist verletzt und er wird sich hüten, ihn an seine Männer zu verraten", warf Simon ein. „Trotzdem – sie werden uns folgen. Sie können ja ganz normal aus der Burg heraus. Sie brauchen es nicht verheimlichen."

„Aber wo sollen wir hin?", fragte Madlen.

„Und wo sind die ganzen Bauern?", fragte Luzia. „Sind sie alle abgezogen? Haben sie aufgegeben?"

„Wir müssen ins Dorf. Auch die Dorfbewohner müssen wissen, dass wahrscheinlich Soldaten kommen. Es könnte gefährlich werden", entgegnete Simon.

Elenore tastete nach der Hand ihrer Tochter. Sie war so froh, sie wieder bei sich zu haben. Sie lächelten sich liebevoll an.

Sie beeilten sich, ins Dorf zu kommen. Sie gingen schnell den steilen Weg hinunter durch das Wäldchen und über das Feld. Jetzt mussten sie sich nicht mehr verstecken.

Veit hielt es nicht aus im Haus bei Barbara und Gertrud. Unruhe und sein schlechtes Gewissen trieben ihn um. Er wusste noch immer nicht, was er tun sollte. Sollte er Elenore an Wernher ausliefern? Wenn er es nicht tat, würde er selbst in eine ungewisse Zukunft fliehen müssen. Aber wenn er es tat, machte er sich schuldig, an dieser Heilerin, die, soweit er sie kannte, nur das Wohl der Menschen im Sinn hatte. Auch ihn und seine Familie hatte sie schon von Krankheiten geheilt und Verletzungen behandelt.

Aber er würde in Wernhers Achtung steigen und sicher eine bessere Stellung erhalten, als bisher.

Vielleicht hatte er ja Glück und Elenore würde nicht kommen. Vielleicht gab es den Geheimgang gar nicht und er war nur ein Hirngespinst. Oder er war längst verschüttet, nicht auffindbar. Oder sie würden entdeckt und Klemens würde neben Elenore auch gleich Madlen auf der Burg behalten. Von ihm aus auch dieses fremde Mädchen. Ja, genauso würde es kommen. Er konnte ganz ruhig sein. Was bildeten diese Maiden sich ein, zu glauben, sie würden Elenore einfach aus der Burg herausholen können.

Er lachte etwas verächtlich auf. Fast fühlte er sich in Sicherheit. Sein Gewissen beruhigte sich. Er würde sich gar nicht entscheiden müssen. Er würde und konnte Elenore nicht aus der Burg holen. Sein Problem würde Klemens von Wiesenstein für ihn lösen.

Er atmete tief aus und richtete seinen Blick den Hügel empor zur Burg.

Und da sah er sie gerade aus dem bewaldeten Teil heraustreten.

Gertrud und Barbara begrüßten Elenore freudig. Sie umarmten sich alle und konnten gar nicht glauben, dass dieses Abenteuer für sie so gut ausgegangen war.

„Ich muss eure Freude etwas eindämmen, denn es ist noch nicht zu Ende!", warf Simon dazwischen. „Klemens wird Männer ausschicken. Er wird weder eure Flucht noch den Angriff der Dorfbewohner einfach auf sich beruhen lassen. Für ihn ist unsere Flucht so, als ob man ihm seinen Besitz geraubt hätte. Das heißt, ihr müsst euch verstecken."

„Ihr seid aber auch in Gefahr!", erwiderte Luzia.

Simon schüttelte leicht den Kopf. „Klemens selbst kann ja nicht kommen. Er ist verletzt. Und seine Männer werden mich nicht anrühren. Keine Sorge."

„Ihr scheint Euch sehr sicher zu sein."

Er nickte sacht.

„Wie ist es den Männern aus dem Dorf ergangen? Sind sie gesund wieder zurückgekehrt?", erkundigte sich Madlen.

Gertrud senkte den Kopf. „Ja. Nachdem es einen Verletzten gab, sind zuerst nur zwei Männer mit ihm zurückgekehrt. Aber inzwischen sind alle wieder im Dorf."

„Ein Verletzter? Was ist passiert? Kann ich helfen?", fragte Elenore sofort.

„Der Seiler ist an der Schulter verletzt. Ein Pfeil hat ihn getroffen. Er ist in seinem Haus. Adelheid kümmert sich um ihn", berichtete Barbara weiter. „Adelheid ist die Heilerin unseres Dorfes", erklärte sie Luzia.

„Adelheid? Sie heilt Halsschmerzen, Kopfschmerzen, Fieber oder kleine Wunden. Mit der Wunde eines Pfeils dürfte sie vollkommen überfordert sein. Die Pfeilspitze muss herausgeschnitten werden", meinte Elenore leise. „Oder habt ihr sie etwa einfach herausgezogen? Das kann gefährlich sein."

Gertrud schüttelte den Kopf. „Noch nicht. Hans hat den Schaft abgebrochen, mehr nicht."

„Dann muss ich gleich nach ihm sehen."

„Nein, du musst fort!", drängte Simon.

„Ich kann dem Seiler helfen und das werde ich auch tun!", erwiderte Elenore.

„Du musst dich selbst retten."

Doch Elenore schüttelte den Kopf. „Ich bin eine Heilerin", hauchte sie. Aber so leise ihre Worte waren, so entschieden waren sie auch.

Simon seufzte.

„Ist sonst noch jemand verletzt?", fragte Luzia. Ein merkwürdiges Gefühl breitete sich in ihrer Magengegend aus. Hitze stieg in ihr auf und ihr Herz begann plötzlich zu rasen. Was stimmte nicht und wieso hatte sie dieses merkwürdige starke Gefühl? Es schien sich in der letzten Zeit zu wiederholen.

„Nein, so kann man das nicht sagen", erwiderte Barbara zögernd und ohne aufzublicken. „Hans ist tot."

Veit hatte sich entschieden. Er konnte diese Frau einfach nicht verraten. Jetzt ging sie tatsächlich zu diesem Seiler, um seine Wunde zu verarzten und die Pfeilspitze aus dem Fleisch zu schneiden anstatt sich selbst in Sicherheit zu bringen. Das war gleich in zweifacher Hinsicht gefährlich. Zum einen würden sie vermutlich nach ihrer Flucht gejagt, zum anderen durfte sie ohne Anweisung eines Medikus überhaupt nicht behandeln. Das durfte kein Bader und kein Wundarzt und erst recht kein Kräuterweib. Aber Elenore war sowieso mehr als ein Kräuterweib, viel mehr. Das wusste auch Klemens, sonst hätte er sie nicht aus dem Korb heraus auf seine Burg entführt.

Nun, hier und jetzt waren diese Bestimmungen vermutlich gleichgültig. Hier gab es keinen Medikus und keinen Wundarzt, nur die Heilerinnen Adelheid und Elenore. Um der geltenden Rechtsprechung Genüge zu tun, müssten sie einen Medikus aus Würzburg oder Nürnberg oder wenigstens aus Neustadt holen. Aber bisher war noch niemand losgegangen. Vielleicht hatten sie darauf gehofft, dass Elenore kam.

Veit fuhr sich nervös durch das dichte Haar. Er wusste mit absoluter Sicherheit, dass er sich richtig entschieden hatte. Aber er wusste auch, dass das Ungemach für ihn bedeuten könnte.

Er würde mit ihnen fliehen müssen.

Aber was machte das schon? Er hatte keine Familie mehr in Würzburg. Er war ganz allein. Alles, was er aufgab, war seine Anstellung. Und wer konnte schon wissen, ob Wernher Wort halten und sie ihm zurückgeben würde, wenn er Elenore auslieferte.

Dieser Simon hatte ja auch alles riskiert.

Diese Gedanken gingen Veit durch den Kopf, als er gemeinsam mit Simon auf den Turm der kleinen Kirche kletterte. Von hier aus würden sie Ankömmlinge, die womöglich von der Burg herunterkamen, sicher gleich entdecken.

„Ich muss Euch etwas erzählen. Madlen und ihre Mutter sind in Gefahr. Falls ich die beiden nicht mehr beschützen kann, müsst Ihr es tun. Ich hoffe, wenigstens einer von uns überlebt", berichtete Veit stockend.

Simon nickte verwundert. „Wir werden beide überleben. Aber gut – erzählt. Warum sind sie in Gefahr?"

Elenore arbeitete ruhig und konzentriert. Sie gab dem Seiler von dem Mohntrank, damit er benebelt war und schnitt die Pfeilspitze vorsichtig, um kein gesundes Gewebe drum herum zu verletzen, aus der Schulter heraus.

„Wenn ich den Pfeil einfach herausziehe, könnte es sein, dass die Pfeilspitze sich verkantet und ich ihn noch mehr verletze", erklärte sie dabei.

Währenddessen beobachteten Veit und Simon die Gegend vom Kirchturm aus genau. Beide trugen Schwert und Messer am Gürtel, Pfeil und Bogen hatten sie allerdings nicht.

„Dort!", rief Veit leise. „Sie kommen."

Simon läutete die Glocke als Alarm.

Es waren nicht viele Männer, die den Hügel herunter kamen. Es waren vielleicht zehn Männer, aber sie waren schwer bewaffnet.

Unten sahen sie Klaß und einige Bauern mit Hacken, Mistgabeln und ihren Steinschleudern.

Simon und Veit stürmten vom Turm herunter und stellten sich den ankommenden Feinden mit gezogenen Schwertern in den Weg.

Von all dem ahnte Elenore nichts, als sie vollkommen konzentriert die Wunde des Seilers säuberte, desinfizierte und schließlich verband.

Die Angreifer von der Burg stürmten auf die Bauern zu und schossen noch im Laufen Pfeile ab.

Simon rannte los. Er war jetzt ganz Kämpfer und Ritter. Er wollte die Dorfbewohner verteidigen. Die Pfeile schwirrten um ihn herum.

„Halt!", brüllte er. „Bleibt stehen!"

Die Männer blieben tatsächlich stehen. Sie kannten Simon schließlich als Neffe ihres Herrn, also durchaus als ihren Befehlshaber. Und sie mochten ihn. Er war immer gut und freundlich zu allen auf der Burg gewesen.

Allerdings standen sie im Dienst von Klemens und nicht von Simon und sie erinnerten sich deutlich an die Befehle ihres Herrn: „Holt sie zurück. Simon und diese Hexe. Oder tötet sie beide!"

Offenbar war Klemens Hass auf diese Frau inzwischen größer als die Notwendigkeit, sie als Heilerin auf der Burg zu behalten.

„Weiter!", rief der Anführer der Gruppe. Er selbst stürmte auf Simon zu. Schwerter klirrten aneinander.

Währenddessen schossen die Bauern ihre Steinschleudern ab, schwangen ihre Hacken und Stöcke, richteten die Zinken der Mistgabeln auf die Angreifer. Auch Veit stellte sich dem Kampf. Allerdings war er nicht so geübt im Schwertkampf wie Simon. Er hatte sein Schwert nur getragen, weil es zu seiner äußeren Erscheinung als Wachmann gehörte. Kämpfe musste er damit nicht bestreiten.

Ein Soldat fiel von einer Steinschleuder getroffen zu Boden. Ein Bauer lief hin, hielt ihn mit der Mistgabel in Schach. Zahlenmäßig waren die Bauern in der Überzahl, aber die Soldaten hatten sich dennoch sicher gefühlt, weil sie die besser ausgebildeten Kämpfer waren. Sie hatten wohl nicht damit gerechnet, wie sehr der Mut der Verzweiflung der Bauern diese Ausbildung Wett machen konnte. Und die Bauern hatten einen besseren Grund. Sie kämpften verbissen um ein besseres Leben, um ihre Freiheit. Klemens Männer kämpften nur auf Befehl. Denn diese Menschen zu besiegen, daran lag ihnen nicht wirklich etwas. Es war kein Krieg und dies waren keine Menschen, die man bekämpfen sollte. Diese Menschen sollten sie eigentlich beschützen, das war ihnen allen bewusst.

Aber am Ende ging es auch um sie selbst. Es ging um ihre Daseinsberechtigung auf der Burg. Um ihren Lebensunterhalt.

Ach, es waren verrückte Zeiten des Umbruchs.

Simon kämpfte verbissen gegen den Anführer dieser Männer.

Es war ein harter Kampf, aber schließlich schaffte er es und seinem Gegner flog das Schwert aus der Hand. Simon machte blitzschnell einen Schritt auf ihn zu, trat ihm in die Knie und brachte ihn so zum Sturz. Als sein Gegner auf dem Boden lag, hielt er ihm sein Schwert an die Kehle.

Er wagte einen kurzen Blick zurück über das Schlachtfeld. Soldaten lagen bereits auf der Erde. Einer wurde von einer Mistgabel in Schach gehalten – welche Schmach. Simon verzog schadenfroh den Mund.

„Ruf sie zurück, dann könnt ihr unbehelligt auf die Burg zurückkehren!", forderte er seinen besiegten Gegner auf.

„Töte mich lieber. Wie sollen wir Klemens so unter die Augen treten?"

„Das ist euer Problem. Ihr habt immer noch Euer Leben. Ihr könnt fortgehen und es irgendwo anders ehrenvoll weiterführen. Also, was ist?"

Gudulas Augen glänzten fiebrig. Die Angst saß tief in ihr. Die Hexe war entkommen. Entkommen! Sie hatte Klemens so oft beschworen, er solle sie töten. Warum hatte er es nicht getan? Warum? Er hatte doch sonst so wenig Skrupel, wenn es um Menschenleben ging.

Sie hetzte durch die Gänge. Ihr Mann lag noch auf seinem Krankenlager, Magnus war jetzt bei ihm und Luitger bei seiner Kinderfrau.

Alles war gut.

Nein, nichts war gut. Die Hexe war entkommen.

Sie hatte sie alle verhext. Sie hatte bewirkt, dass sie, Gudula, keine Kinder bekam. Magnus und Luitger waren Klemens' Kinder, aber sie hatte sie nicht geboren. Elenore hatte bei Klemens' Behandlung Zauberkräuter benutzt, das hatte sie doch selbst gesehen. Ach, Klemens war der Hexe längst verfallen. Warum sonst hatte er sie nicht wieder fortgeschickt?

Vielleicht hatte sie sogar Luitger mit Zaubertränken behandelt, als er krank im Bett lag.

Und jetzt war sie entkommen. Aus einem verschlossenen Zimmer heraus. Sie hatte sich in Luft aufgelöst. Das ging nicht mit rechten Dingen zu.

Hexerei! Zauberei!

Sie waren alle verhext. Die ganze Burg war verhext.

In Gudulas Kopf war nichts als Panik und Schrecken.

Sie betrat das geheimnisvolle Zimmer, aus dem die Hexe und ihre Anhänger entkommen waren. Sie wollte sehen, was hier geschehen war. Sie musste es einfach sehen. Aber es gab nichts. Absolut nichts. Nur das Feuer im Kamin war ausgegangen. Sie musste es wieder entfachen. Klemens wollte, dass es immer brannte. Das Feuer würde vielleicht das Böse auslöschen, dass hier passiert war. Sie nahm eine Fackel aus der Halterung an der Wand und ging auf den Kamin zu.

Sie hatte das Gefühl, das Böse griff nach ihr. Wie ein übermächtiger Schatten, der sich über ihr Leben legte, der ihre Gedanken und ihr Tun steuerte. Sie hielt die Fackel an den Wandteppich und sah zu, wie er in Flammen aufging.

Sie starrte in das Licht und wusste, es war richtig. Sie reinigte das Zimmer vom Bösen. Sie reinigte das Schloss.

Sie musste noch viel mehr entzünden. Das Feuer würde die Zauberkräfte zerstören, die im Schloss lebten.

Der Wahnsinn hatte sie ergriffen und beherrschte sie.

Ihre Augen glänzten riesengroß und fiebrig. Gudula bewegte sich in ihrer eigenen Welt.

Nur ein winziger, klarer Gedanke war da noch, der sich irgendwo inmitten dieser namenlosen Panik und Wahnsinn regte. Sie musste Luitger holen. Sie durfte nicht zulassen, dass er im Feuer umkam.

Elenore, Madlen, Luzia, Barbara und Gertrud traten aus dem Haus des Seilers. Die Wunde war versorgt. Der Mann würde überleben, wenn er nicht doch noch Wundbrand bekam. Aber Elenore hatte getan, was sie konnte.

Die Frauen starrten entsetzt über den Dorfplatz, der nun zu einem Schlachtfeld geworden war. Einer ihrer Männer war durch einen Pfeil verletzt, zwei Soldaten lagen tot auf der Erde.

„Sie sind wieder fort", erklärte Simon. „Sie werden Klemens wohl berichten, dass wir tot sind. Das schien ihnen leichter als von ihrer Schmach zu berichten, von einem Haufen Bauern besiegt worden zu sein.

„Veit!", schrie plötzlich Madlen und stürmte zu dem am Boden liegenden Mann. „Veit!" Sie hockte sich zu ihm, nahm ihn in die

Arme, wiegte ihn, schüttelte ihn und begann schließlich zu weinen.

„Veit!"

Veit hatte seinen Kampf nicht gewonnen. Er war von seinem Gegner getötet worden. Am Ende hatte er eine ritterliche Entscheidung getroffen und wollte Elenore und Madlen nicht verraten, sogar um den Preis, dass er aus der Gegend fliehen musste.

Nun hatte er seine Reise in eine andere Welt angetreten.

Als die Soldaten sich der Burg näherten, sahen sie die Flammen. Irgendwo musste ein Feuer ausgebrochen sein. Aber wie? Was war geschehen? Sie liefen schneller. Sie mussten helfen, es zu löschen. Hoffentlich war den Menschen auf der Burg nichts passiert.

Gudula lief mit Luitger an der Hand hinaus in den Innenhof. Sie schrie hysterisch. Luitger bekam Angst, mehr vor seiner Mutter als vor dem Feuer.

Draußen traf sie auf Klemens, der sich trotz seiner Verletzung aufgerafft hatte, als er vom Feuer gehört hatte. Magnus stützte seinen Vater. Klemens hatte starke Kopfschmerzen und ihm war schwindlig, aber das war jetzt gleichgültig. Seine besten Männer waren fort, um die Hexe zurück zu holen und Simon war auch fort. Er, Klemens, musste selbst die Löscharbeiten koordinieren.

„Verflucht, wie konnte das passieren!", schrie er.

„Wir sind verflucht, verstehst du das nicht? Wir sind alle verflucht. Sogar die Burg ist es. Die Hexe hat uns und die Burg mit einem Zauber belegt", geiferte Gudula.

Er wankte zu ihr. Fasste sie an der Schuler, schüttelte sie. „Gudula, warst du das? Hast du etwa das Feuer gelegt?"

„Ja, oh ja, ich muss das Böse vertreiben. Die Hexe hat sich in Luft aufgelöst und ist so entkommen. Das ist Zauberei. Ich vernichte das Böse mit Feuersbrunst."

Sie sprach hektisch, wie im Wahn.

„Was redest du da!", schrie er. „Wenn sie sich unsichtbar machen könnte, wäre sie schon lange fort. Sie ist durch einen Geheimgang entkommen, den sie entdeckt hat."

Er sah ihr in die Augen und wusste, dass keines seiner Worte sie erreichte. Sie war in ihrer eigenen Welt des Wahnsinns. Mein Gott, er würde sich um sie kümmern müssen. Sie drehte durch. Es war zuviel gewesen. Zu viel Leid, zu viel Verlust. Warum hatte er das nicht schon längst erkannt?

Er sah die Angst von Luitger.

„Magnus, kümmere dich um deinen Bruder. Sieh zu, dass er in Sicherheit ist."

Dann bölkte er Befehle, um die Löscharbeiten voranzutreiben, die längst begonnen hatten. Er musste die Burg retten, obwohl er bezweifelte, dass das überhaupt noch möglich war.

Niemand bemerkte, dass Gudula sich wieder in die Burg hinein begab und die schmale Treppe hinaufstieg, die zum Wehrgang führte, auf dem vor gar nicht langer Zeit die Ritter den Angriff der Bauern abgewehrt hatten. Diesen Teil hatten die Flammen noch nicht erreicht.

Ganz langsam, Schritt für Schritt, erklomm sie die Stufen, bis sie auf dem Gang ankam. Dann kletterte sie auf die Mauer und stürzte sich ohne das geringste Zögern hinunter.

Madlen und Elenore lagen sich in den Armen und weinten. Auch Barbara und Gertrud teilten die Trauer um die beiden Toten - Veit und Hans. Luzia fühlte sich ein wenig außen vor. Zwar bedauerte sie die Toten und die Vorkommnisse, aber diese tiefe Trauer konnte sie nicht teilen, da sie die Männer nicht wirklich gekannt hatte. Allerdings konnte sie sich sehr genau vorstellen, wie die Angehörigen sich fühlten. So viel Zeit war noch nicht vergangen, seit sie Georg verloren hatte. Mein Gott, was war alles in dieser kurzen Zeit geschehen. Sie schien von einer Katastrophe in die nächste zu stolpern.

Sie wollte nach Hause. Sie wollte zurück nach Paderborn und wusste einfach nicht, wie sie das bewerkstelligen sollte.

„Elenore, wir müssen Wiesenstein und Würzburg verlassen, ist euch das klar? Zwar wollen die Wachmänner Klemens von unserem Tod berichten, aber wir können nicht sicher sein, ob sie das wirklich tun, ob sie damit durchkommen oder ob sich einer von ihnen verrät. Aber so oder so – wenn wir bleiben, wird Klemens hinter die Lüge kommen, Das wäre viel zu gefährlich", wandte Simon nach einer Weile ein, in der er die Frauen ihrer stillen Trauer überlassen hatte.

„Ja", sagte Elenore fest. „Hier sind wir zu nah dran. Hier können wir nicht in Frieden leben."

„Außerdem hat Veit mir noch etwas anderes anvertraut, während wir auf dem Turm Wache hielten", fuhr Simon fort.

Madlen bekam große Augen. „Und was?"

„Ein Ratsherr von Würzburg will an dir ein Exempel statuieren. Er will eine Hexe brennen sehen."

Elenore zog scharf die Luft ein. Was sagte Simon da?

„Er hofft, durch eine solche Säuberungsaktion auf großes Ansehen in der Bevölkerung. Veit hat er sogar damit beauftragt, euch beide oder wenigstens dich, Elenore, zurückzubringen. Doch Veit hat sich entschieden, euch zu schützen. Ihr könnt nicht mehr zurück nach Würzburg. Der Grund deiner Verhaftung war nur vorgeschoben. Es ging nie um Wucher. Ihr seid keinesfalls sicher dort."

Mit vor Schreck und Panik weit aufgerissenen Augen starrte Elenore Simon an. Sie hatte so etwas geahnt, aber es nun wirklich zu wissen, war etwas völlig anderes.

Madlen brach in Tränen aus. Ihre Mutter nahm sie in den Arm und das Mädchen weinte an ihrer Schulter.

„Lasst uns nach Paderborn gehen", rief Luzia aus, noch bevor sie richtig darüber nachgedacht hatte.

„Was?", fragte Simon irritiert.

„Da komme ich her. Dort lebt meine Familie. Ich möchte so gerne zurück. Wäre das nicht eine Möglichkeit für uns alle? Ich komme zurück in meine Heimat und ihr habt ein Ziel, wohin ihr gehen könnt."

Simon überlegte einen kurzen Moment, dann nickte er bedächtig. „Warum nicht? Es ist nicht besser und nicht schlechter als andere Ziele.

Aber wie bist du überhaupt von Paderborn hierher gekommen?"

„Das ist eine lange Geschichte. Ich erzähle sie euch gerne ein anderes Mal."

Simon nickte. „Ich verstehe dich gut, Luzia. Auch ich habe eine Familie, sie lebt in Goslar. Auch ich möchte sie gerne einmal wieder sehen. Doch dort würde Klemens mich sicher zuerst suchen, wenn er wüsste, dass ich noch lebe. Allerdings muss ich meine Eltern wissen lassen, dass ich lebe. Die Kunde von meinem angeblichen Tod wird vermutlich bis zu ihnen vordringen. Sie werden trauern und leiden, obwohl es mir gut geht."

„So wie meine Eltern es sicher auch tun", warf Luzia leise ein. Es zerriss ihr fast das Herz, als sie daran dachte.

Sie schwiegen alle betreten. Die Situation war traurig und zermürbend. Aber schon jetzt, in diesem unsicheren Moment, barg sie einen Neuanfang, einen kleinen Lichtblick. Besonders Luzia fühlte ihn, denn die Vorstellung, nach Paderborn zurückzukehren, machte sie froh.

Endlich erhob Simon wieder das Wort: „Ihr kennt mich ja alle und wisst, mein Name ist Simon. Ich bitte euch, redet mich mit diesem Namen an und nicht wie euren Herrn. Das bin ich nicht. Das bin ich nie gewesen. Und jetzt bin ich vermutlich sogar ein Totgesagter oder ein Geächteter."

Kapitel 16
Die Flucht

Sie verließen das Dorf noch am gleichen Tag. Sie hatten Veits Pferd mit Decken und Vorräten bepackt und führten es mit sich. Madlen und Elenore waren sich sicher, dass Veit nichts dagegen hätte, dass sie das Tier für ihre Flucht benutzten. Immerhin hatte er am Ende versucht, die beiden Frauen zu schützen und wollte, dass sie in Sicherheit lebten. Obendrein wurde das Tier bei ihnen gut versorgt und das wäre Veit sicher wichtig gewesen.

Gertrud bot ihnen an, noch über Nacht zu bleiben, aber Simon trieb zur Eile. „Klemens wird nach mir suchen lassen. Und auch Elenore lässt er nicht einfach gehen. In Würzburg kann die Kunde von Veits Tod noch nicht angekommen sein, insofern glaube ich nicht, dass im Moment von dort Gefahr droht. Aber es wird gut sein, wenn wir fort sind. Ich kenne Klemens gut. Für ihn bin ich ab sofort sein größter Feind. Ich habe ihn verraten, indem ich fortging und mich gegen ihn stellte."

„Er glaubt doch sicher, wenn die Soldaten erzählen, dass du tot bist? Das ist nicht unglaubwürdig."

„Klemens wäre nicht so mächtig, wenn er so leichtgläubig wäre. Er wird meine Leiche haben wollen oder zumindest überprüfen, ob es stimmt, dass ich tot bin. Außerdem besteht die Möglichkeit, dass die Männer die Geschichte gar nicht erzählt haben, dass einer nicht dichtgehalten hat oder nicht gut genug lügen konnte. Du weißt, es sind acht Männer zurückgekehrt, da kann es leicht zu Unstimmigkeiten kommen."

Gertrud nickte bedächtig. „Aber auch wir haben gegen ihn gekämpft", warf sie dann ein. „Er wird auch uns nicht unbehelligt lassen."

„Zurzeit ist er selbst nicht kampfbereit. Er ist verletzt. Aber es könnte durchaus sein, dass er zumindest die Anführer des Aufstands gefangen nehmen lässt. Wenn ihr könnt, geht auch fort. Nach Nürnberg vielleicht. Nicht nach Würzburg."

Sie nickten. Ja, sie waren hier nicht mehr sicher nach dem Überfall auf die Burg.

Barbara ballte die Faust, bis die Fingernägel sich schmerzhaft in ihren Handballen gruben – so wütend war sie. Sie hatten die Männer doch gewarnt. Jetzt hatten sie alles noch schlimmer gemacht. So einfach war es schließlich nicht, irgendwo anders neu anzufangen.

„Hans und Klaß waren die Anführer. Hans ist tot. Aber ihr - warum kommt ihr nicht einfach mit uns?", fragte Elenore. „Vielleicht ergibt sich unterwegs etwas? Wir müssen ja nicht bis Paderborn mitgehen."

Luzia lief es bei diesen Worten sofort heiß durch die Adern. *Wir müssen nicht bis Paderborn mitgehen.* Nein, das mussten sie nicht. Aber was sollte sie tun, wenn ihre Reisegefährten den Weg nicht bis zu Ende mit ihr gingen?

Ach, sie war egoistisch. Sie dachte schon wieder nur an ihr eigenes Ziel anstatt mit ihren neuen Freunden zu fühlen, die ihre Heimat verlassen mussten. Sie kam sich gemein vor, aber sie konnte dieses Gefühl in ihrem Inneren auch nicht vertreiben.

Simon schien ihre Gedanken zu ahnen. „Ich bringe dich auf jeden Fall bis zu deiner Familie. Hab keine Angst, Luzia."

Sie schenkte ihm ein dankbares Lächeln.

Gertrud weigerte sich, ihre Heimat zu verlassen. Aber sie sprach ihrem Sohn Klaß und ihrer Schwiegertochter Barbara Mut zu, mitzugehen. „Aber was willst du allein machen?", fragte Klaß.

Gertrud lachte etwas gekünstelt. „Ich bitte dich, wir leben hier in einer Dorfgemeinschaft. Ich bin gut aufgehoben. Und ich bin nicht mehr jung genug für eine solche Reise und einen Neuanfang."

„Du bist meine Schwester", widersprach Elenore. „Und ich gehe schließlich auch."

„Deine um sechzehn Jahre ältere Schwester. Nein, nein, einen alten Baum verpflanzt man nicht."

Widerwillig stimmten Klaß und Barbara am Ende zu.

So kam es, dass sie zu sechst das Dorf verließen.

Elenore schlug vor, für die erste Nacht Unterschlupf in einer alten Ruine in der Nähe zu suchen.

Gertrud packte ihnen einen Beutel mit Brot und Fleisch und segnete sie für ihre Reise. „Möge der heilige Christopherus mit euch sein."

Barbara weinte leise, als sie sich vom Dorf entfernten.

Die drei Katzen Trine, Zausel und Selene schlichen hinter ihnen her. Simon bemerkte es und wollte sie vertreiben. „Bleibt im Dorf!", befahl er.

Aber Madlen und Luzia nahmen die beiden Babykatzen auf ihre Arme und streichelten sie. „Sie gehören zu uns", sagte Luzia fest.

„Sie bleiben hier. Es sind Hexentiere!", sagte er.

„Wenn du das wirklich glaubst, kannst du nicht unser Beschützer sein", sagte Luzia fest. Elenore nickte ernst.

Simon verdrehte die Augen, aber er antwortete nicht. Nein, das glaubte er nicht wirklich. Aber er wusste, dass es viele Menschen glaubten. Und deshalb bedeutete es stets eine Gefahr, wenn man ein Katzenfreund war.

Gertrud hatte sie bis an den Dorfrand begleitet. Dort stand sie ganz ruhig und sah ihnen nach, bis sie ihren Blicken entschwanden.

Dann stieg sie auf den Glockenturm, blickte über das weite Feld, über das Dorf und die Wälder, in denen sie aufgewachsen war. Sie hatte ihnen etwas vorgemacht. Als Frau alleine konnte man kaum leben, auch nicht in einer Dorfgemeinschaft. Sie hatte immer gewusst, dass dieser Tag kommen würde. Sie hatte zwei Kinder zu Grabe getragen und drei hatten das Dorf verlassen. Ihr Gemahl war getötet worden.

Nun war auch Klaß, ihr letztes Kind, gegangen. Sie würde keine Enkelkinder aufwachsen sehen, nicht in Geborgenheit im Schoße ihrer Familie alt werden. Es hatte so kommen müssen, sie hatte es immer gewusst. Klaß war ein Rebell. Er konnte nicht leben unter der Herrschaft eines Tyrannen wie Klemens. Erst recht nicht, seit der seinen Vater getötet hatte.

Aber sie hatte auch immer gewusst, dass der Tag seines Fortgangs ihr letzter Tag auf Erden sein würde.

Gertrud weinte nicht. Ihre Augen waren trocken und ihr Herz war auch nicht schwer, sondern so leicht wie es nur sein konnte, wenn man allen irdischen Ballast abgegeben hatte.

Sie blickte in den Himmel und meinte in der Ferne einen hellen Lichtschein zu sehen. Waren das Flammen? Was war denn dort passiert? Aber sie war bereits an einem Punkt, an dem es ihr gleichgültig war.

„Gott möge mir verzeihen!", rief sie und stürzte sich mit ausgebreiteten Armen in die Tiefe.

Als sie die Ruinen erreichten, war es schon fast dunkel.

Hier gab es nur Wald und dichtes Buschwerk und mitten drin Überreste von Mauern und Gebäuden.

„Was war das früher?", fragte Luzia.

„Es war früher eine Festung. Aber es ist schon lange eine Ruine. Es heißt, dass sich vor mehreren hundert Jahren die Menschen bei einem Überfall hierher geflüchtet haben. Aber man hat sie trotzdem gefunden, getötet und die Festung zerstört. Die Geister der Verstorbenen spuken noch immer hier zwischen den Mauern herum", berichtete Barbara.

„Aber das ist ja furchtbar", hauchte Luzia ergriffen.

„Außerdem erzählt man sich, dass die Ehefrau von Luzius – die Dame Adelaide und ihr Baby – einst entführt und hier gefangen gehalten wurde", erzählte Elenore.

„Und? Ist das wenigstens gut ausgegangen?"

„Oh ja. Der Herr konnte sie befreien."

Die Flüchtlinge suchten sich einen Platz zwischen den Mauern, der ihnen einigermaßen sicher erschien, der Schutz vor wilden Tieren bot, vor der Kälte der Nacht oder sogar vor Regen. Es war der am besten erhaltene Teil dieses ehemaligen Gebäudes.

„Ich würde ja einen Hasen jagen, aber wir sollten besser kein Feuer machen. Ich glaube nicht, dass uns jemand hier sucht, aber ein Feuer könnte Verfolger auf uns aufmerksam machen", meinte Simon.

Die drei Katzen Trine, Selene und Zausel kuschelten sich aneinander und schliefen zufrieden ein.

„Mutter", begann Madlen. „Du musst uns jetzt erklären, was auf der Burg los ist. Warum hat Klemens dich dort festgehalten?"

„Ich vermute, weil er gefürchtet hat, ich könnte sein Geheimnis verraten, wenn ich noch einmal gefangen genommen werde. Es ist das, was er am meisten fürchtet in der Welt."

„Du hast schon einmal so etwas angedeutet. Jetzt sag uns, was sein Geheimnis ist", forderte Simon sie auf.

Doch Elenore schüttelte sacht den Kopf. „Es wurde mir als Heilerin anvertraut und ich verrate es nicht."

„Mutter!", rief Madlen aus.

„Vielleicht ist es einmal wichtig?", meinte Simon.

In Elenore regte sich etwas. Sie dachte angestrengt nach. Wichtig? Ja, es könnte wichtig sein. Und hatte sie nicht geschworen, sich zu rächen? Vielleicht war das ihre einzige Möglichkeit. Sie würde jetzt fortgehen und konnte nichts mehr tun, als eine wichtige Erkenntnis zurückzulassen. Aber was brachte es, wenn Simon das wusste? Die Menschen hier im Ort mussten es wissen.

„Die jungen Herren Magnus und Luitger sind keine legitimen Erben von Wiesenstein", sagte sie schließlich.

Ihre Zuhörer starrten sie entgeistert an. „Aber was redest du da? Haben die Wochen auf Wiesenstein dir den Verstand benebelt?", fragte Madlen.

Elenore griff nach ihrer Hand. „Es ist wahr. Die Dame Gudula hat kein einziges Kind geboren. Sie hat die Würmchen jedes Mal verloren, kaum dass sie sich in ihrem Leib eingenistet hatten." Das entsprach nicht hundertprozentig der Wahrheit, aber es war leichter zu erklären.

„Was ist mit Magnus und Luitger?", fragte Barbara.

„Sie sind Söhne von Mägden. Klemens hat viele davon. Diese beiden hat er auf der Burg behalten und als seine Erben erzogen - als Söhne von Gudula. Ach, Gudula leidet sehr. Ich glaube, deswegen verliert sie den Verstand."

„Das ist sehr grausam", flüsterte Luzia mehr zu sich selbst als zu den anderen.

Eine Eule heulte. Aber es war fast Nacht und da war es normal, wenn Eulen heulten.

„Es gibt noch ein Geheimnis. Vielleicht ist jetzt der richtige Zeitpunkt, es zu preiszugeben", Elenore schluckte schwer.

Eigentlich ging das, was sie zu sagen hatte, nur ihrer Tochter und sie selbst etwas an. Aber jetzt und hier schien es vollkommen überflüssig, sich mit Madlen für ein Gespräch zurückzuziehen. Sie sechs waren auf Leben und Tod miteinander verbunden. Sie sollten alle hören, was sie zu sagen hatte. Das Geheimnis zu wahren, das bis heute nur die alte Käthe kannte, weil sie es nicht allein hatte tragen können, war jetzt nicht mehr wichtig.

Madlen sah sie mit großen Augen abwartend an. Sie hatte doch schon immer gefühlt, dass es da etwas gab.

„Was ist es, Mutter?", ermutigte Madlen sie.

Aus Elenores Mund quälte sich ein krächzender Ton, als würde sie die Worte einfach nicht formen können.

Luzia sah stumm und neugierig zu. Was konnte jetzt noch kommen nach all diesen Dramen, die sie erlebt hatte? Es betraf sie wahrscheinlich gar nicht direkt, sie hatte mit der ganzen Geschichte um diesen Burgherrn ja gar nichts zu tun. Aber sie fühlte sich nach dieser kurzen gemeinsamen Zeit mit Madlen verbunden als wäre sie ihre Schwester, so dass sie auch mit ihr fühlte.

Elenore begann jetzt ruhiger zu sprechen. Die Worte kamen klarer, wenn auch sehr leise.

„Madlen, auch du bist das leibliche Kind von Klemens von Wiesenstein."

„Was?" Madlens entsetzter Aufschrei unterbrach Elenore.

Sie nickte. „Es ist wahr."

„Aber wie konntest du nur? Nein, nein, er soll nicht mein Vater sein! Nein!" Madlen schrie und heulte.

Elenore ergriff ihre Hand, aber Madlen schüttelte sie ab.

Sie sprang auf, lief unruhig hin und her. Luzia erhob sich ebenfalls, ging zu der Freundin, legte ihr beruhigend die Hand auf den Arm.

„Madlen", sagte sie leise, beschwörend.

Elenore sah ihrer Tochter beunruhigt zu. Madlen atmete schwer. Doch dann setzte sich das Mädchen endlich wieder auf den Stein.

„Es war nicht so, wie du denkst", erzählte Elenore jetzt weiter. Ruhig und klar, aber in ihrer Stimme lag eine tiefe Traurigkeit. „Er hat mich vor vielen Jahren zu sich bestellt und mich genommen so wie er es mit seinen Mägden und Bediensteten getan hat. Wir waren beide noch sehr jung damals. Ich wurde schwanger und du kamst zur Welt. Da du ein Mädchen warst, hatte er nicht viel Interesse an dir. Aber immerhin: Ich denke, deshalb hat er mich geschützt, als Gudula mich töten wollte."

Madlen saß mit offenem Mund da. Auch die anderen waren sprachlos.

„Warum erzählst du mir das jetzt?", fragte Madlen endlich.

„Es gibt jetzt keinen Grund mehr, es länger zu verschweigen. Gudula sollte es nie erfahren. Aber ich werde nie zur Burg Wiesenstein zurückkehren. Und du auch nicht. Außerdem wolltest du schon immer wissen, wer dein Vater ist." Madlen schüttelte den Kopf und rückte ein Stück von ihrer Mutter weg. „Ich glaube, das hätte ich lieber nicht erfahren", flüsterte sie. „Es spielt keine Rolle", sagte Luzia leise. „Klemens hat keinerlei Einfluss auf dich. Er ist nichts als dein Erzeuger. Ein Vater ist etwas völlig anderes." Madlen sah sie mit großen Augen an. Auch, wenn sie noch nicht bereit war, sich mit der Tatsache auszusöhnen, begann sie über die Worte der Freundin nachzudenken.

Die Burg hatte großen Schaden erlitten. Klemens ließ sich von seinem Sohn Magnus stützen, um seinen Besitz begutachten zu können. Sein Gesicht verdüsterte sich zunehmend. Der Reichtum der Ritter schwand immer mehr und nun auch noch diese Katastrophe. Er würde das nicht finanzieren können. Aus seinen Bauern im Dorf ließ sich auch nicht noch mehr herausholen, das war ihm durchaus bewusst. Nicht, dass er Mitleid empfand oder einen letzten Rest von Menschlichkeit. Nein, es war schlicht und einfach nicht möglich.

„Aus einem leeren Krug kann man kein Wasser heraus wringen", brummte er vor sich hin.

„Was heißt das?", fragte der Junge.

„Dass wir unsere Soldaten nicht länger bezahlen können. Und ob ich die Burg wieder aufbauen kann? Ich weiß es nicht."

Einer seiner Männer kam und meldete, er habe die Dame Gudula tot vor der Burgmauer gefunden. Klemens sah ihn zuerst völlig entgeistert an, dann brüllte er plötzlich den Wachmann an, als trüge dieser Schuld an den Vorkommnissen.

„Herr, sie muss sich auf den Turm geschlichen haben, als wir mit den Löscharbeiten beschäftigt waren", versuchte der Mann zu erklären.

Klemens nickte. Ja, er wusste es. Niemanden traf Schuld, außer ihn selbst. Er hatte doch Gudulas Wahnsinn erkannt, wenn auch erst an diesem Tag. Da war es schon zu spät gewesen. Vielleicht war es besser so. Sie konnte mit all dem nicht leben. Die Heilerin hatte es gesagt. Sie hatte ihn gewarnt. Er hatte Gudula zuviel zugemutet. Viel zu viel. Sie hatte es am Ende nicht tragen können. Sie hatte so viele Fehlgeburten erlitten. So viele zerstörte Hoffnungen. Zu viele. Und zu allem Überfluss setzte er selbst Söhne in die Welt – ausgetragen von Mägden der Burg. Zwei davon erzog er als Burgerben. Magnus und Luitger. Gudula sollte ihre Mutter sein. Und sie war es. Sie hatte es sogar geschafft, sich einzureden, sie sei wirklich die Mutter.

Hatte sie gewusst, dass auch Madlen, die Tochter der Hexe, seine Tochter war? Ein Mädchen, deshalb uninteressant, aber doch sein Kind.

Die Hexe hatte all diese Geheimnisse gekannt, weil sie Gudula immer wieder hatte beistehen müssen.

Er fuhr sich durch sein Haar. Zum ersten Mal in seinem Leben fühlte er Schuld. Aber es war zu spät.

„Müssen wir fortgehen?", fragte Magnus.

„Ja. Gehen wir fort. Es hat keinen Zweck, die Burg wieder aufzubauen. In diesen Zeiten verliert der Ritterstand sowieso an Bedeutung. Gehen wir fort. Nach München vielleicht, um dort ein neues Leben zu beginnen. Sollen die Bauern tun, was sie wollen. So haben sie am Ende doch gewonnen."

Die Dunkelheit legte sich über den Wald und die Flüchtlinge schliefen schließlich trotz der angespannten Situation ein. Zu groß war die Erschöpfung nach den Anstrengungen des Tages. Simon jedoch konnte nicht schlafen. Er war beunruhigt. Viele Gedanken kreisten in seinem Kopf. Er hatte einst geschworen, die Menschen des Dorfes zu beschützen. Stattdessen floh er nun und überließ sie ihrem Schicksal. Er war keineswegs sicher, dass Klemens seine Wut nicht an ihnen auslassen würde. Er würde vor Wut rasen, wenn er bemerkte, dass er, Simon, und die Heilerin geflohen waren. Wenn Klemens dann noch merkte, dass einer der Anführer des Aufstands tot war und der andere ebenfalls geflohen war, würde er sich möglicherweise an den Dorfbewohnern auslassen. Das durfte Simon nicht zulassen.

Mit den Informationen der Heilerin konnte er in diesem Augenblick nichts anfangen. Magnus und Luitger waren keine legitimen Erben, soweit war es klar. Aber diese Information mussten andere erhalten. Leute, die diese Tatsache gegen Klemens und seine Tyrannei nutzen konnten. Sollte er doch hier bleiben und offen gegen Klemens vorgehen? Die Bauern wären auf seiner Seite. Was war mit den Männern auf der Burg? Sie waren nicht alle mit Klemens' Vorgehen einverstanden. Sie dienten ihm, weil sie keine Alternative sahen.

Getrieben von seinen Gedanken erhob Simon sich von seinem Lager, führte das Pferd leise ein Stück fort, um die anderen nicht zu wecken und schwang sich dann ohne Sattel auf den Pferderücken, um zur Burg zu galoppieren. Er musste mit Klemens reden. Musste zumindest versuchen, ihn davon zu überzeugen, dass er Milde walten ließ. Selbst wenn das bedeutete, dass er selbst im Kerker landen würde. Hoffentlich würden seine Freunde in der alten Ruine dann ohne ihn und ohne Pferd durchkommen.

Im nächsten Augenblick ging ihm durch den Kopf, dass er seine Rückkehr zur Burg nicht gut genug durchdacht hatte. Er hatte impulsiv gehandelt, aus dem Wunsch heraus, die Menschen im Dorf zu beschützen.

Außerdem stand er bei dem Mädchen aus Paderborn im Wort. Er hatte Luzia fest versprochen, sie zu ihrer Familie zurückzubringen. Hin und her gerissen von all diesen Gedanken ritt er jetzt langsamer.

Plötzlich hielt er ganz inne und kniff die Augen zusammen, um die Schatten vor sich besser sehen zu können. Konnte das sein? Es war dunkel, aber so sehr konnte er sich doch nicht täuschen? Das war keine Burg mehr, das war eine Ruine. Was war denn hier passiert? Was sollte er jetzt tun?

Nur noch ein kurzes Stück, da traf er schon auf zwei Wachposten.

„Halt! Wer seid Ihr?", rief ihm der eine entgegen. Simon kannte ihn gut.

„Aber das ist doch der Herr Simon", sagte der zweite, der um einiges jünger war.

Der Ältere kniff die Augen zusammen. „Ja, tatsächlich."

„Was ist hier passiert?", fragte Simon.

„Die Burg ist niedergebrannt. Es geht das Gerücht, dass die Dame Gudula selbst das Feuer entfacht hat, um die Zauberei, die durch die Heilerin ins Schloss gelangt war, zu vernichten."

„Oh mein Gott!", rief Simon erschüttert aus. „Wie geht es Gudula?"

„Sie ist tot!", sagte der Jüngere hart.

„Tot?"

„Ja. Und Ihr solltet schleunigst umkehren, wenn Ihr nicht ihr Schicksal teilen wollt. Der Herr hat den Aussagen, dass ihr bei dem Kampf im Dorf ums Leben gekommen seid, keinen Glauben geschenkt und schließlich hat sich einer der Soldaten verraten. Nun will Klemens nur noch Euch und die Anführer des Bauernaufstandes richten und dann mit seinen Söhnen diesen Ort verlassen."

„Wisst ihr denn, wer die Anführer sind?"

270

„Wir werden es schon aus dem Mob herausprügeln. Oder wisst ihr etwas darüber?"

Simon runzelte die Stirn und legte den Kopf ein wenig schief. Er war nicht sicher, wie er den Wachmann einschätzen sollte. Beinahe hatte er den Eindruck, der Wachposten wollte weiteres Unheil verhindern, indem er die Anführer benennen konnte, ohne dass andere dafür leiden mussten.

„Wir sind bald ohne Arbeit und ohne Zuhause", erklärte er, als hätte er Simons Gedanken erraten. „Mir liegt nichts an einem weiteren Blutbad und schon gar nicht daran, die armen Menschen zu quälen."

Der Jüngere nickte bestätigend.

„Hans war einer der Anführer, er ist tot", erklärte Simon. „Und der zweite heißt Klaß. Ich habe keine Ahnung, was mit ihm ist. Er ist nicht mehr im Dorf."

„Geflohen?"

„Vermutlich."

„Sicher Richtung Nürnberg. Nach Würzburg wäre ja nicht sehr klug."

„Das stimmt."

Das Gespräch nahm eine merkwürdige Form an. Als würde jeder vom anderen wissen, dass er schauspielerte, aber keiner sprach es aus.

Der Wachposten nickte. „Dann gibt es wohl nichts mehr zu tun. Ich werde es dem Herrn ausrichten. Vielleicht lässt er diesen Klaß jagen. Richtung Nürnberg."

„Ja."

Schweigen.

„Wir werden ihm sagen, dass Ihr mit ihm zusammen geflohen seid."

„Ja, tut das."

„Und die Heilerin?"

„Auch sie ist fort."

Wieder Schweigen. Simon hatte das Gefühl, ihnen noch einen letzten Trumpf übergeben zu müssen. Und was machte es aus, jetzt, da Gudula tot war? Vielleicht konnte er die Wachposten auf diese Art in ihrem Tun, die Menschen im Dorf zu beschützen, bestärken. Vielleicht konnte er verhindern, dass Klemens und seine Söhne erneut stark wurden und Wiesenstein zum Mittelpunkt ihrer Tyrannei machten?

„Es gibt noch etwas, das ihr wissen solltet. Magnus und Luitger sind nicht die legitimen Söhne des Herrn Klemens."

Die Wachmänner rissen vor Überraschung ihre Augen weit auf.

„Es ist wahr. Die Heilerin hat es mir berichtet. Benutzt die Information klug, nicht aus blinder Rache. Wenn Klemens mit beiden Jungen fortgeht, ist das Problem für euch erledigt. Falls aber doch nicht, könnt ihr zumindest die Rechtmäßigkeit der Erbfolge anzweifeln. Lasst euch nicht länger tyrannisieren."

Der ältere Wachmann nickte. Der Jüngere war noch völlig entgeistert.

„Lebt wohl", sagte Simon. Er hatte alles getan. Jetzt Klemens unter die Augen zu treten, wäre nicht klug.

„Ihr auch, Herr Simon."

Simon wendete sein Pferd und ritt den Hügel wieder hinunter. Niemand sonst hatte ihn gesehen - nur diese beiden Männer und die würden ihn nicht verraten, daran zweifelte er keinen Moment.

Als er wieder im Lager ankam, bemerkte er, dass Luzia kurz die Augen öffnete und ihn ansah. In ihrem Gesicht lag kein Erstaunen über seine Rückkehr. Hatte sie bemerkt, dass er fort geritten war?

„Ist alles in Ordnung?", flüsterte sie.

Er nickte. „Ja, jetzt schon."

Kapitel 17

Die Reise zurück

Die Nacht war nicht kalt und sie lagen geschützt zwischen den Mauern, trotzdem schlief Luzia schlecht. Nachdem die anderen eingeschlafen waren, lag sie wach und hatte Simons Fortreiten ebenso bemerkt wie seine Rückkehr. Sie wusste nicht, was er in der Zwischenzeit getan hatte, aber er wirkte ruhiger und furchtloser. *Ja, jetzt schon,* hatte er gesagt. Was hatte das zu bedeuten? Was hatte er getan?

Sie fragte nicht weiter. Sie fühlte sich irgendwie so leer, dass sie sich gar nicht fähig fühlte, Fragen zu stellen. Sie wollte nichts wissen. Nichts von dem, was er getan hatte, nichts von dem, was vor ihnen lag. Sie wollte nur daliegen und in die Dunkelheit starren. Nichts denken, nichts fühlen, nichts wissen. Keine Angst, keine Hoffnung. Nichts.

Leere.

Die Geister der Verstorbenen machten ihr keine Angst. Es war nicht so, dass sie nicht an das Vorhandensein von Geistern glaubte, aber Geister konnten ihr nichts anhaben. Sie konnten nicht töten oder verletzen, sie nicht einmal berühren.

Sie lauschte auf die Geräusche des Waldes. In dieser totalen Dunkelheit und in der Stille wurde jedes kleine Geräusch überlaut und hallte in ihrem Kopf wider.

Das dichte Laub über ihr raschelte im Wind. Darüber war der Himmel, aber kein Stern blinkte dort. Irgendwo musste auch der Mond sein, aber an den meisten Stellen war das Blätterdach so dicht, dass man kaum hindurch sehen konnte.

Eine Eule heulte.

Irgendwo klang das Quaken von Fröschen. Vielleicht war ein Weiher in der Nähe?

Im Moos raschelte es. Vielleicht ein Mäuschen oder andere kleine Tiere.

„Nehmt euch in acht", flüsterte sie. „Eine Eule ist unterwegs."

Sie wäre am liebsten aufgestanden und hätte sich irgendwo hingesetzt oder sich ein wenig bewegt. Aber diese totale Schwärze der Nacht erlaubte ihr das nicht.

Also blieb sie still liegen. Schließlich schloss sie die Augen, weil es sowieso egal war, ob sie offen waren oder geschlossen. Alles, was sie sah, war immer Schwärze und Dunkelheit.

Doch hinter geschlossenen Lidern tauchten Bilder auf. Bilder von Dringenberg und Paderborn. Von ihrer Familie. Sie sah sie so deutlich vor sich, als wären sie wirklich neben ihr.

Auch die Zigeuner sah sie plötzlich. Eszter, Cintia und all die anderen. Wie gut sie zu ihr gewesen waren. Hatten sie, eine völlig Fremde, einfach bei sich aufgenommen und sich um sie gekümmert. Puella hatten sie sie genannt. Puella. Mädchen.

Sie bemerkt nicht, dass sie zu lächeln begann.

Sie dachte nicht darüber nach, warum sich nur die schönen Erinnerungen in Bildern zeigten, nicht aber, als sie aus der Stadt vertrieben wurden. Nicht die gefangenen Kätzchen oder die alte Elsbeth, die durch die Straßen gefahren wurde.

Bald würde sie wieder in Paderborn sein. Bald. Der Gedanke beherrschte sie vollkommen und machte sie inmitten der Gefahr glücklich.

Luzia war auch die einzige, die bemerkte, dass Elenore sich von ihrem Lager erhob und auf eine der Mauern kletterte. Es war jene Stunde, in der der Tag noch nicht begonnen hatte, aber von ferne ahnen ließ, dass es bald heller würde.

Was konnte die Frau dort tun? Was hatte das zu bedeuten?

Luzia kniff die Augen zusammen, aber sie konnte nicht mehr als eine dunkle Silhouette erkennen, die auf einer Mauer stand.

Elenore stand dort oben und streckte ihre geballte Faust dem Mond entgegen. „Ich verfluche dich, Klemens von Wiesenstein!", sagte sie deutlich. „Du sollst verlieren, was dein Besitz ist und ebenso die Achtung und die Ergebenheit deiner Untergebenen. Niemand wird dich mehr fürchten. Dein Reichtum soll schwinden, denn das ist es, was dich am meisten schmerzt. Dein Geschlecht auf Burg Wiesenstein wird es nicht mehr geben. Auf dass du oder deine Nachkommen niemals wieder in der Lage seid, den Menschen im Dorf ein Leid zuzufügen.

Und ich verfluche dich, Wernher von Dörfels. Die Tage deiner Macht in Würzburg sind gezählt. Du wirst nach deinem Höhenflug tief fallen. Gerade meine Gefangennahme wird deinen Weg als Ratsherr beenden.

So wird es geschehen!"

Mit den ersten Sonnenstrahlen brach die Gruppe auf. Brot hatten sie noch, sie mussten noch nicht hungern. Irgendwann würden sie sich etwas besorgen müssen. Aber auch etwas Geld hatten sie. Simon hatte Geld und Barbara und Klaß ebenfalls. Auch Elenore hatte etwas in den Taschen ihres Rockes eingenäht. Selbst Luzia besaß noch einige Münzen, die sie während ihrer Reise mit den Zigeunern durch Verkäufe bekommen hatten.

Sie packten schweigend ihre wenigen Habseligkeiten zusammen. Die Stimmung war bedrückt. Immerhin ließen die meisten einen Teil ihres Lebens hier zurück. Einzig Luzia war guter Dinge. Für sie ging es in die Heimat. Trotzdem konnte sie die Gefühle ihrer Reisegefährten nachempfinden. Sie selbst kannte ja diese Gefühle.

Simon übernahm ganz selbstverständlich das Kommando. Er beschloss, nicht an Würzburg vorüberzuziehen, sondern eine andere

Richtung einzuschlagen. „So gehen wir zwar einen Umweg, aber je näher wir an Würzburg sind, desto gefährlicher ist es. Ihr wisst, Elenore und Madlen sind dort nicht sicher."

Sie zogen durch den Wald Richtung Bamberg.

Elenore mit ihrem lahmen Fuß durfte auf Veits Pferd sitzen, die anderen gingen zu Fuß. Wer nicht mehr konnte, durfte sich eine Weile hinter Elenore setzen.

Luzia fühlte einen kleinen Anflug von Wehmut. Wie gerne hätte sie noch einmal am Ufer des Mains gestanden, wäre über die Brücke spaziert und hätte auf die Festung Marienberg geblickt. Aber als sie die traurigen Gesichter von Madlen und Elenore sah, empfand sie ein schlechtes Gewissen. Sie selbst trauerte einem schönen Moment, einem idyllischen Blick nach, während es für die beiden um den Verlust der Heimatstadt ging. Aber wenigstens waren sie zusammen.

In Bamberg meinte Simon: „Wir sollten uns umsehen, ob wir einen Händlertross finden oder Gaukler, die in unsere Richtung reisen und denen wir uns anschließen können. Je größer eine Reisegruppe, desto besser ist sie geschützt."

Die anderen stimmten ihm sofort zu. Sie waren vier Frauen und zwei Männer, von denen einer nicht mal im Kampf erprobt war.

Luzia war entzückt, als sie auch in Bamberg am Mainufer stand. Ach, sie mochte Flüsse. So wie vor vielen Jahren ihre Vorfahrin Clara. Hier zu stehen und auf den Fluss zu schauen, gab ihr Kraft. Vielleicht bin ich ja eine Meernymphe, dachte sie. Und Clara war auch eine. Was ist es nur, dass wir uns zu Flüssen so hingezogen fühlen?

Ihre Reisegefährten standen um sie herum, aber sie nahm sie kaum wahr. Sie wurde eins mit den sanften Wellen auf dem Fluss, fühlte sich getrieben im Fluss des Lebens, als wäre sie ein Teil des Wassers. Sie ging immer näher an das Ufer des Flusses.

Sie bemerkte auch nicht die alte Frau, die auf sie zukam. Simon bemerkte sie als Erster. Sie hatte weiße, offene Haare, die ihr ungepflegt um das Gesicht herumflatterten. Ihre Haut war faltig und grau.

„Halt!", rief Simon. „Was willst du?"

Ihre Hand schnellte vor und sie zeigte mit spitzem Finger auf Luzia. „Dieses Mädchen – ich muss ihr Gesicht sehen. Wer ist sie?"

„Du kannst sie nicht kennen. Sie kommt nicht aus dieser Gegend", erwiderte Simon hart.

In dem Moment drehte sich Luzia um und starrte in das entsetzte Gesicht der Alten. Die Frau stakste hölzern, den ausgestreckten Arm auf sie gerichtet, direkt auf Luzia zu. „Ich sehe eine Aura von Unheil um dich!", orakelte sie noch im Gehen. Beim Sprechen entblößte die Alte einen beinahe zahnlosen Mund.

Luzia erstarrte.

Ihre Reisegefährten sahen mit angehaltenem Atem zu. Die Situation war grotesk und unheimlich.

Jetzt hatte die Alte Luzia erreicht und berührte sie an der Schulter. „Flammen und Feuer. Dort, wo du hingehst, werden dich Flammen und Feuer empfangen." Sie sprach eindringlich, beschwörend.

„Lass sie in Ruhe!", schrie Simon, der Luzias angstvoll aufgerissene Augen bemerkte. Er lief zu der Frau, zerrte sie heftig von Luzia fort.

„Wer bist du? Warum redest du so einen Unsinn? Siehst du nicht, dass du ihr Angst machst?"

„Ich bin eine Seherin. Ich sah dieses Mädchen inmitten von Flammen stehen. Unheil erwartet sie. Großes Unheil."

„Mach, dass du fortkommst!", schrie Simon sie an.

Er schob sie fort. „Mach, dass du fortkommst!"

„Feuer und Flammen!", orakelte die Alte noch einmal, aber sie ging schon wieder davon. „Feuer und Flammen!", murmelte sie dabei stetig vor sich hin.

Simon nahm die völlig erstarrte Luzia in seinen Arm.

Sie zitterte.

„Hab keine Angst. Das war nur eine verwirrte Alte, die nicht wusste, was sie redet."

„Und wenn doch? Wenn sie recht hat?", stammelte Luzia.

„Wie sollte sie so etwas wissen? Sie kennt dich nicht. Und niemand kennt die Zukunft. Dich erwartet ein Wiedersehen mit deiner Familie."

Wie gut sie sich anfühlt, dachte er. Er war überrascht, dass er es in dieser Situation genießen konnte, sie im Arm zu haben.

Manche Menschen kennen die Zukunft, dachte Luzia. Auch Eszter und Klothild konnten in die Zukunft sehen.

Sie legte ihren Kopf an seine Schultern. Suchte Schutz. Den wollte er ihr auch geben und umschloss sie mit beiden Armen ganz fest.

Sie entspannte sich kaum merklich.

In dem Augenblick heulte eine Eule.

Luzias ganzer Körper erstarrte erneut. Noch mehr als zuvor.

„Was ist?", fragte er überrascht. „Es war nur eine Eule."

Sie befreite sich etwas aus seiner Umarmung, um ihm in die Augen sehen zu können.

„Ja", hauchte sie. „Am hellen Tag. Wusstest du nicht, dass der Ruf einer Eule am Tag Unheil und Feuersbrunst vorhersagt?"

Er zog sie wieder an sich und umfasste sie ganz fest mit seinen Armen. Er wollte sie schützen und ihr Geborgenheit geben.

Er konnte ihre Angst fühlen, aber er verstand den Grund dafür nicht wirklich. Diese verwirrte Alte und das Heulen einer Eule konnten doch nicht so einen Gefühlssturm auslösen.

Oder etwa doch?

Sie hatten Glück. Sie fanden einen großen Händlertross, der bis nach Münster reisen wollte. Die Händler waren nicht erfreut über die zusätzlichen Reisegefährten. Aber schließlich erlaubten sie allen Sechs, sich anzuschließen - unter der Bedingung, dass sie selbst für ihr leibliches Wohl sorgen würden.

So brachen sie also drei Tage später mit dem Tross auf. Die Lager waren getrennt, eine freundliche Stimmung herrschte zwischen den Händlern und den Neuankömmlingen nicht. Sie unterhielten sich kaum miteinander. Sie hatten einfach nur zur selben Zeit denselben Weg.

Simon dachte manchmal daran, dass er ab einem bestimmten Punkt seine Route leicht verändern und in seine Heimatstadt Goslar reisen könnte. Die Verantwortung für seine Reisegefährten spürte er nicht mehr so stark, seit sie sich dem Tross angeschlossen hatten.

Allerdings planten die Händler nicht über Paderborn zu reisen und so mussten auch Luzia und die anderen irgendwann alleine weiterreisen und sei es nur ein kurzes Stück. Dazu kam, dass es bisher keineswegs eine beschlossene Sache war, dass Elenore, Madlen, Barbara und Klaß bis nach Paderborn reisen würden. Nein, Simon hatte versprochen, Luzia zu ihrer Familie zu bringen. Außerdem fühlte er sich Luzia schon so verbunden, dass er es nicht übers Herz brächte, sie einfach zu verlassen.

Simon wusste nicht, was sie fühlte. Er wusste nicht, was daraus werden konnte. Aber er hatte den unbedingten Wunsch, sie zu beschützen. Sie noch mehr als alle anderen. Er konnte immer noch nach Goslar reiten, wenn er sie sicher bei ihrer Familie untergebracht hatte.

Hinter Fulda kam es zu einem kleinen Zwischenfall. Eines der Mädchen aus dem Tross trat in ein Schlagloch und stürzte. Dabei fiel es so unglücklich und stieß mit dem Kopf an einen Stein, dass es regungslos liegenblieb. Aus einer Wunde schoss Blut. Die Mutter stürzte sofort zu dem Kind. Die Frau jammerte und heulte, rief immer wieder den Namen ihrer Tochter und schüttelte sie sogar. „Hörst du mich! Steh auf! So steh doch auf!"

Die Rufe und die Verzweiflung der Mutter drangen auch zu Luzia und ihren Reisegefährten. Elenore erhob sich entschlossen und ging auf die Gruppe zu. „Ich bin heilkundig", bekannte sie. „Darf ich mir die Wunde ansehen?"

Einen Moment lang herrschte Schweigen. Der Vater des Mädchens, der inzwischen ebenfalls bei ihm hockte, blickte Elenore fest an und schien einen Augenblick unschlüssig zu sein. Elenores Blut pochte in ihren Adern. Sie hielt es kaum aus, auf seine Erlaubnis zu warten. Die Blutung am Kopf musste dringend gestillt werden.

Die Mutter des Mädchens legte beschwörend ihre Hand auf den Arm ihres Mannes. „Bitte lasse sie - wenn sie heilkundig ist."

Endlich nickte er und Elenore ließ sich neben dem Mädchen auf die Knie fallen. Sie betrachtete die Wunde genau. Dann rief sie über ihre Schulter hinweg: „Madlen, schnell, meine Tasche."

Madlen hatte das erwartet und hielt den Arzneikasten schon in der Hand. Mit großen Schritten eilte sie auf die kleine Gruppe zu.

„Habt keine Angst, die Kleine wird schon wieder. Kopfwunden bluten häufig sehr stark. Ich werde die Blutung stillen, die Wunde reinigen und nähen", erklärte Elenore, während sie dem Kasten bereits Kräuter und Tinkturen entnahm.

„Aber warum wird sie denn nicht wach?", fragte die Mutter verzweifelt.

„Sie wird schon wieder. Eine kleine Ohnmacht durch den Aufprall. Es ist doch gut, dass sie schläft. So können wir auf den Mohnsaft verzichten. Ohne Betäubung würde ihr die Behandlung ziemlich wehtun."

Elenore arbeitete konzentriert. Sie wollte – sie musste – das Leben des Mädchens retten. Es war doch noch ein Kind. Es durfte nicht sterben wegen eines kleinen, unglücklichen Sturzes.

Am Ende verband Elenore die Wunde, indem sie einen Verband um den ganzen Kopf wickelte.

Das Mädchen rührte sich inzwischen. Es war noch ganz benommen und tastete nach seinem Kopf. „Was ist das?", fragte das Kind, als es den Verband fühlte.

Die Mutter lachte und weinte gleichzeitig vor Glück, dass ihr Kind wieder erwacht war. „Du hast eine Wunde am Kopf. Diese Frau hat dich gerettet", erklärte sie.

Das Mädchen blickte Elenore in die Augen. „Wirklich?"

„Nun ja, ich habe deine Wunde versorgt und verbunden. Morgen werde ich sie mir noch einmal ansehen. Aber sicher wird sie gut verheilen", antwortete Elenore zuversichtlich.

Von dem Moment an wurde das Verhältnis zwischen den beiden Gruppen aufgeschlossener und sogar fröhlich und unbeschwert.

Sie saßen abends zusammen, aßen, tranken Bier und erzählten sich aus ihrem Leben. Manchmal sangen sie sogar Lieder und brachten sie sich gegenseitig bei.

Als sie sich schließlich in der Nähe von Dortmund trennten, fiel es beiden Seiten schwer, Abschied zu nehmen.

Paderborn
August 1494

Kapitel 18
Die Rückkehr

Sie waren alle erschöpft, als sie sich Paderborn näherten. Luzia war von dem guten Gefühl umfangen, nach Hause zu kommen, Vater und Mutter wieder zu sehen. Die Geschwister. Die Freunde. Christine.

Wieder durch die vertrauten Straßen zu laufen.

Von weitem konnte sie schon die Umrisse der Stadt erkennen.

Aber was war da los? Es sah so hell aus.

Flackerndes Licht.

„Was ist dort drüben los?", fragte Madlen da auch schon.

Luzia kniff die Augen zusammen. Ihr Verstand wollte es nicht wahrhaben, was sie sah.

„Feuer!", rief Simon.

„Nein!" Luzia dachte, es war ein Aufschrei, aber es war nur ein verzweifelter Hauch.

Sie begann zu laufen. Nein, nein, das konnte nicht sein. Das durfte nicht sein! Ihre Heimat! Ihre Familie!

Sie lief, bis sie das Westerntor erreicht hatte. Sie bekam kaum mit, dass Simon hinter ihr war.

„Warte. Begib dich nicht in Gefahr."

„Aber ich muss doch sehen, ob sie wohlauf sind. Ob sie noch leben."

„Vielleicht sind sie gar nicht mehr in der Stadt."

Sie sah ihn verständnislos an. „Aber natürlich sind sie das. Glaubst du, sie geben ihre Heimat und ihre Existenz einfach so auf?"

Sie lief durch das unbewachte Stadttor. Simon folgte ihr.

Auch Madlen, Elenore, Barbara und Klaß waren inzwischen angekommen.

Vielleicht gibt es Verletzte. Vielleicht kann ich helfen, dachte Elenore. Luzia und Simon hatten sie inzwischen aus den Augen verloren.

Elenore sah ihrer Tochter an, was sie vorhatte und hielt sie zurück. „Bleib hier. Luzia kennt sich gut aus und Simon ist bei ihr. Ihr wird nichts geschehen."

„Ach Mutter, das weißt du so genau? Bist du doch eine Hexe?", fauchte Madlen. Gleich darauf tat ihr der barsche Ton leid. Doch Elenore lächelte ihr liebevoll zu. Sie wusste, aus Madlen sprach nur die Sorge um ihre Freundin.

Luzia rannte durch die Straßen in Richtung ihres Elternhauses. Sie durchquerte die innere Stadt, in der sich auch die Druckerei ihres Vaters befand. Bis hierher hatte sich das Feuer noch nicht ausgebreitet. Doch schon beim Markt loderten die Flammen hell in den Himmel. Direkt dahinter begann die Gegend, in der ihr Elternhaus stand. Sie sah nicht nach, ob Simon ihr folgte. Alles, was sie im Sinn hatte, war, nach ihrer Familie zu sehen. Doch Simon blieb die ganze Zeit dicht bei ihr.

Einmal mussten sie umkehren, weil ein umgestürzter, brennender Balken den schmalen Weg versperrte.

Sie sahen Menschen, die hektisch hin und her rannten. Sie füllten Wassereimer am Brunnen und versuchten das Feuer zu löschen. Die Atmosphäre war angefüllt von Angst und Sorgen.

Noch brannten nicht alle Häuser, aber Simon hatte wenig Hoffnung. Sie konnten nicht schnell genug das Wasser heranschaffen. Ein voller Wassereimer war nicht mehr als ein Tropfen im Kamin. Er bewirkte nichts.

„Befeuchtet die Häuser, die noch nicht brennen!", brüllte Simon mit befehlsgewohnter Stimme. „Sorgt dafür, dass das Feuer nicht weiter um sich greifen kann!"

Luzia hörte ihn kaum. Der beißende Qualm trieb ihr Tränen in die Augen.

Sie atmete schwer, sie hustete.

„Halt dir etwas vor den Mund, damit du den Rauch nicht einatmest!", schrie Simon.

Automatisch machte sie es Simon nach und drückte Nase und Mund in ihren Ellenbogen. Sie hatte nicht das Gefühl, dass es viel nützte.

Sie hätte schreien mögen, als sie durch diese Zerstörung rannte.

Die Frau von Bamberg kam ihr in den Sinn.

„*Eine Aura von Unheil umgibt dich*", hatte sie gesagt. War das so? War es ihre Schuld? Brachte sie Unheil über die Menschen, die sie liebte?

Luzia hastete atemlos weiter.

Sie hatte den Ruf einer Eule am Tag gehört. Er verkündete Unheil und Feuersbrunst.

„*Flammen und Feuer. Dort, wo du hingehst, werden dich Flammen und Feuer empfangen.*"

Flammen und Feuer.

Endlich hatte sie ihr Elternhaus erreicht. Flammen loderten aus dem Dachstuhl. Sie sah die Mutter und Zoe Wassereimer schleppen. Auch die Brüder und der Vater waren da.

Cordula erblickte Luzia als erste.

Sie blieb stehen. Ignorierte, dass ihr Heim gerade in Flammen aufging, wischte sich Ruß aus dem Gesicht. Starrte das Mädchen an, das vor ihr stand, als wäre es aus der jenseitigen Welt zurückgekehrt.

Die Zeit blieb einen Wimpernschlag lang stehen.

Cordulas Lippen formten den Namen. „Luzia." Aber kein Ton kam aus ihrem Mund.

Die Zeit begann wieder zu laufen. Jetzt bemerkten sie auch der Vater und die Geschwister. Sie kamen auf Luzia zu, umarmten sie, berührten ihr Gesicht, ihr Haar, ihre Arme, als müssten sie sich vergewissern, dass sie wirklich in Fleisch und Blut vor ihnen stand.

„Du lebst", weinte ihre Mutter. „Du lebst. Du bist wieder da."

„Ja, ich bin wieder da."

Simon goss inzwischen das Wasser über die Flammen. „Weiter!", brüllte er. „Wir müssen so viel löschen, wie es geht. Vor allem müssen wir verhindern, dass sich das Feuer weiter ausbreitet!" Niemand fragte, wer das war. Es war gleichgültig. Sie mussten handeln. Sie mussten ihr Haus retten. Ihre Stadt. Keine Zeit, für Begrüßung und Kennenlernen. Luzia war wieder da. Sie lebte. Der Gedanke beflügelte sie alle. Und Luzia fühlte dieses kleine Glück, obwohl sie mitten in einem Flammenmeer stand.

Barbara und Klaß begannen automatisch, Eimer voll Wasser aus einem Brunnen zu ziehen. Sie mussten helfen, wo es ging. Sie kannten diese Menschen nicht und diese Stadt war ihnen kein Zuhause, aber sie fühlten dennoch mit ihnen. Hatten sie selbst nicht vor kurzer Zeit erst ihre Heimat aufgeben müssen?

Elenore sah eine Frau, die zu Boden stürzte, als ein brennender Balken herab fiel und sie streifte. Die Frau schrie nicht einmal auf. Sie fiel wie ein gefällter Baum und blieb auf der Straße liegen.

„Schnell, wir müssen sehen, ob sie noch lebt!", rief die Heilerin. Ein Mann stürzte zu der Frau und warf sich verzweifelt über sie, noch bevor Elenore sie erreicht hatte. Sie ließ sich neben der Verletzten auf die Knie sinken.

„Lass mich sehen, was ihr fehlt", bat sie und berührte den Mann an der Schulter, damit er ihr Platz machte und sie die Frau behandeln konnte.

Er erhob sich tatsächlich. „Wer bist du?", fragte er.

„Eine Heilerin. Hab keine Angst. Ist das deine Frau?"

„Ja."

„Rette dein Haus. Meine Tochter und ich kümmern uns um deine Frau."

Er sah die Fremde misstrauisch an. Es war kein Wunder. Wem konnte man heute noch vertrauen? Einer völlig Fremden, die aus dem Nichts erschien und behauptete, eine Heilerin zu sein?

„Du kannst uns vertrauen", sagte sie dennoch leise.

Er sah sich um. Er kämpfte mit sich. Er wollte seine Frau nicht allein lassen. Aber er hatte keine Wahl. Seine Welt ging in Flammen auf. Er konnte nicht hier sitzen und es einfach brennen lassen. So stand er widerstrebend auf und ging. Aus den Augenwinkeln beobachtete er, wie das junge Mädchen der fremden Heilerin einen Kasten brachte, ihn öffnete und irgendwelche Tiegel herausholte. Die Heilerin öffnete das Gewand seiner Frau und streifte es von der Schulter.

„Die Brandwunde ist nicht allzu schlimm", sagte sie zu dem Mädchen. „Bereite eine Paste aus Huflattich und Johanniskraut zu. Dann bekommt sie keine Entzündung und es lindert den Schmerz."

Während sie das sagte, untersuchte sie schon den Kopf ihrer Patientin.

„Das war klar. Sie hat eine starke Beule. Sie muss am Kopf getroffen worden sein. Sonst wäre sie nicht bewusstlos. Das müssen wir mit Arnika behandeln, damit die Schwellung zurückgeht. Aber wenn ihr Kopf verletzt ist, kann ich nichts tun."

„Dann wird sie sterben?"

„Dann muss ein Wundarzt kommen und ihn vielleicht aufschneiden. Aber..." Sie musste nicht weiter sprechen. Madlen wusste, was sie meinte. Wie sollte man jetzt und hier einen Wundarzt finden?

Sie gestattete sich einen kurzen Blick über die Szene. Sie war gespenstisch. Allmählich begann es schon zu dämmern. Die Flammen loderten hell und warfen ein surreales Licht in den Himmel. Das brennende Holz knisterte.

Das Feuer hatte sich über eine große Fläche ausgebreitet. Hoffentlich konnten die Menschen es eindämmen. Sonst saßen sie am Ende in den Flammen fest.

Luzia und Simon bekämpften gemeinsam mit den anderen Bewohnern verbissen die Flammen. Sie beteten um Regen, doch er setzte nicht ein. Es dauerte Stunde um Stunde, bis sie allmählich das Gefühl hatten, das Feuer eindämmen zu können.

Die Flammen erstarben. Für weitere Häuser bestand inzwischen keine Gefahr mehr. Aber die Flammen hatten fürchterlich gewütet. So weit sie blicken konnten standen sie inmitten von Ruinen. Häuser, die bis auf die Grundmauern heruntergebrannt waren. Wer Glück hatte, dem war nur das Dach abgebrannt.

Erschöpft und verzweifelt saßen sie inmitten der Verwüstung. Mit vor Ruß geschwärzten Gesichtern und nass vom Schweiß. Um sie herum die letzten Rauchfäden, Geruch nach Qualm und verkohltem Holz.

Was für eine Heimkehr!

Cordula setzte sich neben Luzia auf einen Stein und legte ihren Arm um die wiedergefundene Tochter. Tränen rannen über ihr Gesicht und hinterließen feine Spuren auf ihrer rußgeschwärzten Haut.

„Und dennoch… wir sind zusammen. Wir haben alle überlebt. Du bist wieder hier, Luzia." Sie blickte zu ihrem Mann auf. Ihre

Augen leuchteten feucht von den Tränen. „Mein Gott, Wolfram, wir haben unsere Tochter nicht verloren", brachte sie leise hervor. Wolfram hockte sich zu ihnen und umarmte sie beide. Auch Luzias Geschwister gesellten sich zu ihnen. Anton, Stephan, Zoe und der kleine Frieder.

Simon blieb etwas entfernt stehen und beobachtete die Wiedervereinigung der Familie. Soviel Glück inmitten dieser Katastrophe. Er sah sich um. Niedergebrannte Häuser so weit er blicken konnte. Was mochte diesen Brand ausgelöst haben? Mein Gott, hätten die Stadtbewohner eine vernünftige Wasserversorgung, wäre das nicht passiert, zumindest nicht in diesem Ausmaß. Hier musste etwas geschehen. Er konnte das anleiten. Er verstand etwas von solchen Dingen. Er musste unbedingt mit Luzias Vater darüber sprechen. Aber nicht jetzt. Jetzt war nicht der richtige Zeitpunkt.

Madlen und Elenore, Barbara und Klaß näherten sich Luzia und ihrer Familie.

Die verletzte Frau würde sicher überleben. Elenore hatte das Gefühl, sie war nicht umsonst gerade zu diesem fürchterlichen Zeitpunkt in die Stadt gekommen.

„Ist das ihre Familie? Ist alles in Ordnung mit ihnen?", flüsterte Elenore Simon zu.

Er nickte. „Ja. Es geht ihnen gut. Soweit es einem gut gehen kann, wenn einem gerade das Haus abgebrannt ist."

Sie übernachteten alle in der Druckerei.

In der Gegend waren die Häuser unbeschadet geblieben. Doch vom Kasseler Tor bis hin zum Markt waren hunderte von Häusern zerstört worden. Es schmerzte körperlich, als sie durch diese Zerstörung zur Druckerei liefen.

Hinter jedem Haus stand eine eigene Geschichte, ein eigenes Elend.

Sie alle mussten sehen, wo sie nun blieben. Und der ein oder andere hatte womöglich sogar ein Leben zu beklagen. Doch sie waren beisammen. In Gedanken sagte Cordula sich das immer wieder. Sogar Luzia war zurückgekehrt. Ach, sie würde sie am liebsten die ganze Zeit halten und gar nicht mehr loslassen. Ein merkwürdiges Glücksgefühl durchströmte sie, das nicht zu dieser beklagenswerten Situation passte. Aber was war das Glück, Luzia wieder gefunden zu haben, schon gegen ein verlorenes Haus? Sie würden es wieder aufbauen.

Immerhin hatten sie noch einige Wertgegenstände retten können. Sie würden nicht im Elend sterben. Auch die Druckerei war unbeschadet.

Nein, sie mussten Gott danken, dass sie alle überlebt hatten, dass sie immer noch ein Dach über dem Kopf hatten, unter dem sie schlafen konnten und die Mittel, ihr Haus wieder aufzubauen.

Der Raum würde eng werden mit den vielen Neuankömmlingen, die Luzia mitgebracht hatte und die sie bisher nicht einmal wirklich kannten. Aber heute Nacht würde sowieso niemand von ihnen schlafen.

Heute Nacht wollten sie alles hören, was Luzia erlebt hatte, warum sie nicht sofort zu ihnen zurückgekehrt war.

Oh, sie würden sich so viel zu erzählen haben!

In den nächsten Tagen gab es viel zu tun. Überall wurden Geröll und Steine fortgeräumt - verkohlte Reste der Häuser. Die Menschen weinten und beteten zu Gott, dankten, dass er ihnen ihr Leben gelassen hatte. Es grenzte fast an ein Wunder, dass nur fünf Tote zu beklagen waren.

Elenore, Madlen, eine Kräuterfrau aus Paderborn und ein Wundarzt kümmerten sich um die Brandverletzungen, die es allerdings
zu Genüge gab. Auch Stefan hatte eine Brandwunde am Arm
erlitten.

„Du verstehst dich gut auf die Heilkunst", sagte Cordula zu
Elenore.

„Ich habe es von meiner Mutter gelernt", erwiderte die
Würzburgerin.

„Bleibst du in Paderborn? Wir könnten hier jemanden wie dich
brauchen."

„Ich weiß es noch nicht."

„Sie ist gerade geflohen, weil sie in Würzburg als Hexe
angesehen wurde. Ihr sollte hier nicht das Gleiche geschehen.
Denk an die alte Elsbeth", erklärte Luzia.

Cordula nickte. „Ja, eine furchtbare Geschichte. Aber damals
waren diese Ablassprediger im Ort."

„Es kann überall passieren", warf Elenore ein. „Niemand ist
sicher, seit es diese Hexenbulle gibt."

Luzia bemerkte die Blicke, die ihr Bruder Anton Madlen zuwarf.
Bahnte sich da etwas an? Inmitten dieser Trümmer eine zarte
Liebe?

Sie lächelte vor sich hin und schielte selbst verstohlen zu Simon.
Sie liebte ihn. Sie glaubte, sie hatte sich schon in ihn verliebt, als
sie gemeinsam durch den Kamin der Burg entkommen waren.

Auch Cordula bemerkte die Blicke, die sich die vier jungen Leute
zuwarfen. Sie lächelte sanft vor sich hin. So war es auch damals
gewesen, als sie Wolfram kennen gelernt hatte.

„Ich werde den Menschen helfen, die Wasserversorgung in Paderborn zu verbessern, damit so etwas nicht noch einmal passiert.
Dann kann man viel schneller löschen und die anderen Häuser
schützen", versprach Simon.

„Du kennst dich mit so etwas aus?", fragte Luzia.

Er nickte. „In meiner Heimatstadt Goslar gibt es eine künstliche Wasserleitung."

Luzias Gesicht leuchtete vor Freude. Er wollte hier in Paderborn mit den Menschen arbeiten. Das bedeutete, er würde bleiben. Er würde nicht fort gehen.

Sie hätte nicht geglaubt, noch einmal so glücklich sein zu können, nachdem sie damals Georg tot auf der Erde hatte liegen sehen. Ein kleiner Funke des schlechten Gewissens regte sich in ihr. Er war tot. Für ihn würde es nie wieder besser werden. Aber als sie Simon ansah, schmolz sie dahin. Sie lebte. Sie durfte glücklich sein. Sie hatte viel Schlimmes erlebt, aber jetzt meinte Gott es offensichtlich gut mit ihr. Sie sollte dankbar dafür sein.

„Und welche Pläne habt ihr?", fragte Cordula Barbara und Klaß.

„Wir sind Bauern. Wir gehören nicht hier in die Stadt. Wir können nicht bleiben", antwortete Barbara.

„Aber wir wissen einen wunderbaren Ort, der euch sicher gefallen wird", lachte Cordula.

„Dringenberg?", fragte Luzia leise.

Cordula nickte. „Natürlich. Dringenberg."

In der nächsten Zeit gab es viel Arbeit. Das Haus musste neu aufgebaut werden und nebenbei lief auch die Arbeit in der Druckerei weiter.

„Sag mal, du und Simon…", begann Cordula zaghaft, als sie mit ihrer Tochter allein sprach.

„Was meinst du?"

„Er liebt dich."

„Ach…" Es machte Luzia verlegen. Sie konnte es nicht abstreiten, denn sie hoffte es von ganzem Herzen. Aber sie hatte Angst, daran zu glauben. Angst, enttäuscht zu werden.

Sie konnte nicht verhindern, dass ihr ihre Verliebtheit zu Georg in den Sinn kam. Er hatte ihren Vater um ihre Hand bitten wollen. Sie war so glücklich gewesen. Und dann war von einem Moment auf den nächsten alles vorüber gewesen. Georg war tot.

Cordula zog vorsichtig eine Kette mit einem ovalen Medaillon aus den Taschen ihres Rockes. Sie tat das ganz vorsichtig. Sie hatte bereits einige Male darüber nachgedacht, ob sie Luzia die Kette geben sollte, aber sie war sich keineswegs sicher, ob es richtig war und wie Luzia darauf reagieren würde. Aber das Mädchen hatte die Kette schon bemerkt. „Das Medaillon von Georg", hauchte sie ergriffen.

„Ja. Die Räuber sind gefasst worden. Sie trugen das Medaillon bei sich", erklärte Cordula.

Luzia nahm es in ihre Hände und betätigte den kleinen Riegel, sodass das Schmuckstück aufsprang. Die helle Locke von Georg lag noch immer darin.

Eine einsame Träne kullerte über Luzias Wange.

„Ich habe Angst, ihn zu verraten", gestand Luzia. „Ich darf ihn doch nicht vergessen. Das hat er nicht verdient. Er ist nur deshalb gestorben, weil ich unbedingt in die Siedlung wollte. Und weil er mich beschützen wollte."

„Ja", Cordula nickte. So hatte sie sich die Situation von damals vorgestellt.

Sie umarmte ihre Tochter und hielt sie einen Augenblick einfach nur fest. Sie konnte verstehen, dass Luzia so fühlte.

„Natürlich darfst du ihn niemals vergessen und das wirst du auch nicht. Und ich werde ihm auf ewig dankbar sein, dass er mein Kind gerettet hat. Aber nun musst du dein Leben weiterleben. Das hätte Georg sicher auch gewollt."

Luzia schniefte.

„Es wird alles gut", sagte Cordula sanft. „Simon ist ein guter Mensch. Er liebt dich. Du darfst glücklich sein."

„Ja." Luzia nickte vorsichtig. Sie wollte es so gerne glauben.

Sie sah sich nach ihm um. Wo war er? Ah, dort drüben. Dort war er mit einigen Arbeitern beschäftigt. Er erklärte ihnen, wie er sich das Anlegen einer Wasserversorgung vorstellte.

Trotz ihrer Zweifel lächelte sie vor sich hin. Sie liebte ihn auf jeden Fall. Das war ihr vollkommen klar. Sie hatte es nicht kommen sehen, nicht aufhalten und nicht verhindern können. Sie liebte ihn mit jeder Faser ihres Körpers.

Sie wollte, dass er bei ihr blieb. Wenn er das nicht wollte, würde sie mit ihm gehen. Aber sie wollte nie wieder von ihm getrennt sein.

Sie packte tatkräftig an und räumte verkohltes Holz und Geröll fort. Die Arbeit half. Sie musste sich ablenken, denn noch hatte er ihr nicht seine Liebe erklärt.

Es kam anders, als Luzia es sich erhofft hatte.

Als sie und Simon eines Abends allein an dem Flüsschen Pader entlang spazierten, fasste er sanft nach ihrer Hand, wie er es schon einmal auf ihrer Reise getan hatte.

Ihr Herz jubelte. Jede Berührung elektrisierte sie. Durfte man so etwas fühlen? Durfte man so glücklich sein?

„Ich muss mit dir reden", begann er leise und deutete auf einen quer liegenden Baumstamm. Sie setzten sich darauf.

„Ich muss zurück nach Goslar."

„Nach Goslar?"

Sie sah ihn so bestürzt an, dass er lachen musste.

„Luzia, du weißt doch, dass das meine Heimatstadt ist. Meine Eltern leben dort und zwei meiner Brüder, die im Betrieb meines Vaters mitarbeiten. Ich muss zurück und mit ihnen reden."

„Aber … aber ich … ich dachte doch…" Sie brach ab und senkte den Kopf. Es wurde peinlich. Es stand ihr nicht zu, zuerst davon zu sprechen.

„Aber du dachtest was?" Er drehte sich zu ihr und nahm ihre beiden Hände in seine. Menschen gingen vorüber - eine alte Frau sah missbilligend auf das junge Paar – es war Luzia gleichgültig. Alles, was sie wusste war, dass Simon sie verlassen wollte.

„Ich muss mit meinen Eltern reden, Luzia. Ich war lange nicht bei ihnen. Du weißt, ich war in Wiesenstein bei meinem Onkel in der Ausbildung zum Ritter." Er verzog das Gesicht. „Na, lassen wir das. Meine Eltern haben schon lange keine Nachricht mehr von mir bekommen. Vielleicht denken sie sogar, ich sei tot. Außerdem möchte ich ihnen erzählen, dass ich mir eine Frau nehme. Das gehört sich doch so, oder?"

„Du nimmst eine Frau?", fragte sie verdattert.

Er runzelte die Stirn. Sprach er wirklich so missverständlich? Er hatte gedacht, zwischen ihnen sei alles klar. Offenbar sah Luzia das anders, sonst könnte sie unmöglich so kreuzunglücklich aussehen.

„Aber Luzia, ich will dich heiraten. Wusstest du das nicht?"

Jetzt hellte sich ihr Gesicht auf. Ganz langsam. Sie musste das Gehörte erst verstehen und dann fühlen. Und plötzlich leuchteten ihre Augen.

„Nein, nein, das wusste ich nicht!", rief sie freudestrahlend aus.

Die Menschen drehten sich zu ihr um. Sie bemerkte es nicht.

„Ach Luzia, es tut mir leid, so leid. Ich wollte dich nicht erschrecken. Willst du meine Frau werden? Darf ich deinen Vater um seine Einwilligung bitten?"

Einen winzigen Moment – nur den Bruchteil einer Sekunde - ging ihr durch den Kopf, dass sie dieses Gespräch schon einmal geführt hatte. Es war noch gar nicht so lange her. Oder doch? Es kam ihr vor, wie ein halbes Leben lang.

„Ja, ja natürlich."

Sie wäre ihm am liebsten um den Hals gefallen, aber sie hielt sich zurück. Das gehörte sich nun wirklich nicht an einem öffentlichen Platz wie diesem.

„Aber dass du fortgehst, gefällt mir trotzdem nicht. Du könntest doch einfach einen Brief schreiben."

Er nickte. „Das könnte ich, aber ich möchte wirklich persönlich nach Goslar und mit meinen Eltern reden. Ich denke, sie haben mehr verdient als nur einen Brief. Es wird nicht lange dauern."

„Wie kannst du das sagen. Du wirst schon mehrere Tage unterwegs sein, bis du dort ankommst."

Er nickte. „Ja, drei, vielleicht vier Tagesritte sind es schon. Dann werde ich einige Zeit bei meinen Eltern verbringen und dann wieder zurück reiten. Zwei oder drei Wochen werde ich schon fort sein."

„Vielleicht willst du dann gar nicht mehr zurückkommen. Ihr habt dort ein Geschäft. Willst du dort nicht mitarbeiten?"

„Luzia. Wenn ich das will, werde ich kommen und dich nach Goslar holen. Aber die Zeichen stehen schlecht. Ich habe zwei ältere Brüder, die dort arbeiten. Und ich habe zwar dort viel gelernt, aber ich habe jetzt andere Pläne."

„Warum nimmst du mich nicht mit?", fragte sie nicht sehr überzeugt.

„Aber das geht doch nicht. Wir sind noch nicht verheiratet. Und ich möchte meine Eltern bei der Vermählung dabei haben und ihnen nicht meine Ehefrau vorstellen."

Sie senkte den Kopf, schmollend, enttäuscht.

Er hob ihr Kinn etwas empor. „Das verstehst du doch, Luzia?"

„Nein, das verstehe ich nicht!", erwiderte sie leise.

„Zwei Wochen, Luzia. Was sind schon zwei Wochen?"

In zwei Wochen kann sich das ganze Leben ändern. Er kann überfallen und getötet werden. Aber das sagte sie nicht.

„Nein, das verstehe ich nicht!", sagte sie jetzt heftiger. „Ich könnte dich dann begleiten und alles wäre gut. Oder befürchtest du, dass deine Eltern nicht zustimmen?"

Jetzt lächelte er wieder.

„Nimmst du mich nicht ernst?", fuhr sie ihn an.

„Aber natürlich tue ich das. Glaub mir, meine Eltern werden zustimmen. Ich bin ein erwachsener Mann, ich treffe meine Entscheidungen selbst. Aber ich möchte, dass sie mit nach Paderborn kommen und dabei sind, wenn wir heiraten. Ist das so schlimm? Außerdem werden die Vorbereitungen zur Hochzeit ja auch eine Weile dauern. Solange will ich nicht warten. Wie ich bereits sagte, meine Familie ist schon lange ohne Nachricht von mir."

„Mmm", brummte sie. „Es könnte dir etwas zustoßen, wenn du ganz alleine durch das Land reist."

Er lachte unbekümmert. „Ich bin doch ein Ritter oder etwa nicht? Zumindest kann ich das Schwert gut führen. Komm, lass uns wieder nach Hause gehen."

Nach Hause. Wie gut das klang, wenn er das sagte. Als wäre es ihr gemeinsames Zuhause.

Vielleicht war es das ja bald.

Hoffentlich.

Paderborn
November 1494

Epilog

Es war kalt geworden. Der Nebel kroch über die Felder, durch die Türspalten und Fenster und hüllte das Land in eine deprimierende Düsternis.

Aber Luzia fühlte weder die Kälte noch die triste Stimmung. Ihr ging es gut. Alles hatte sich zum Guten gewendet. Das Haus der Familie war wieder aufgebaut, die Druckerei lief gut. Sie war wohlbehalten und gesund wieder zu Hause. Sie hatte ihre Familie um sich herum. Aber das Beste von allem war, dass Simon zurückgekehrt war. Ja, er war wieder da und plante eine künstliche Wasserversorgung für Paderborn. Der Bau würde im nächsten Frühjahr beginnen.

Vorbei die Zeit des quälenden Wartens. Sie hatte sich so geängstigt, dass Simon nicht zurückkommen würde. Und dann verging auch tatsächlich mehr Zeit, als er geplant hatte. Ein Brief war gekommen. Darin schrieb er, dass sein Vater erkrankt sei und er länger in Goslar bleiben müsse, als gedacht. Er vermisse sie furchtbar, es täte ihm auch leid…

Leeres Geschwätz, hatte Luzia gedacht.

Nur Elenore hatte sie in dieser Zeit aufheitern können. „Ich habe ihn ganz gut kennen gelernt. Er ist ein guter Mensch. Er wird dich nicht einfach vertrösten und allein lassen. Er weiß, dass du ihn vermisst. Er spielt nicht mit den Gefühlen anderer Menschen. Vertrau ihm doch."

Aber es fiel ihr immer schwerer. Schließlich dachte sie, dass sie ihn ja gar nicht so gut kannte. Sie waren in der Not zusammengekommen und natürlich hatte die Situation nach der Flucht aus der Burg sie zusammen geschweißt. Jetzt war er wieder in seinem gewohnten Umfeld und war schon dabei, sie zu vergessen. Aus Höflichkeit noch ein Brief, das war's.

Der Zweifel nagte schmerzhaft an ihr.

Und als sie schon dabei war, den Glauben an eine gemeinsame Zukunft vollkommen aufzugeben, war er zurückgekommen.

Freudestrahlend.

Hatte sie umarmt.

Er musste kein Wort sagen. Der Zweifel, der Schmerz, die Traurigkeit fielen von ihr ab wie schwere Lasten.

Sie schmiegte sich an ihn und fühlte nur noch pures Glück.

Mein Gott, darf man so glücklich sein? dachte sie.

Ihre Hochzeit war noch im Dezember geplant. Es war nicht die beste Zeit - es war kalt und ungemütlich, Weihnachten stand vor der Tür - aber sie wollten beide nicht länger damit warten, ihr gemeinsames Leben beginnen zu dürfen.

Madlen und Elenore hatten sich ebenfalls in Paderborn niedergelassen. Elenore war als Heilerin tätig. Luzia beobachtete amüsiert und erfreut, dass Madlens Bande zu ihrem Bruder Anton immer enger wurden. Sie würde sich nicht wundern, wenn die beiden das nächste Brautpaar wären.

Klaß und Barbara dagegen hatten sich wirklich in Dringenberg niedergelassen und bewirtschafteten ein Stück Land auf einem kleinen Bauernhof.

Luzia und Simon saßen auf ihrem Stein an dem Fluss Pader.

Luzia sah verträumt in den Fluss.

„Hier hat Clara auch gern gesessen", sagte sie leise. Denn sie hatte Simon längst die Geschichte ihrer Ahnin erzählt.

„Es ist ja auch schön hier."

„Ja."

„Und zu dieser Zeit ist hier wenigstens nicht mehr so viel Betrieb wie damals im Sommer, als wir auch hier gesessen haben. Erinnerst du dich?", fragte er.

Sie nickte. „Damals hast du mir erzählt, dass du nach Goslar reisen willst."

Er lachte. „Du hast nicht sehr erfreut darauf reagiert."

„Wie konnte ich!", rief sie aufgebracht.

Er legte ihren Arm um sie. „Aber jetzt ist doch alles gut."

„Ja, jetzt ist alles gut."

Er beugte sich zu ihr und küsste sie sanft auf den Mund.

„Was für ein schamloses Gehabe!", hörten sie hinter sich eine strenge Stimme. Sie drehten sich beide gleichzeitig um und sahen einen alten Mann, der sie böse anfunkelte.

„Schamlos und liederlich. Ein junges Mädchen sollte sich nicht so geben."

„Sie ist mein Weib", log Simon, ohne rot zu werden.

„Dann soll sie in euren Gemächern ihren ehelichen Pflichten nachkommen. Aber nicht hier."

„Es war nur ein Kuss", erklärte Simon mit einem Schmunzeln in der Stimme. Auch seine Augen blitzten auf.

„Kein Respekt mehr, die jungen Leute heutzutage", brummte der Mann und schlurfte an ihnen vorbei. „Keinen Respekt. Die Menschheit wird zugrunde gehen, wenn das so weiter geht."

Simon wandte sich wieder grinsend an Luzia. „Dann wird es wohl so sein."

„Ja, wenn Liebe respektlos und liederlich ist."

„Daran lässt sich nichts ändern." Sein Gesicht kam dem ihren immer näher.

„Nein, absolut nicht", flüsterte Luzia.

Er küsste sie noch einmal innig.

„Es ist Zeit, nach Hause zu gehen", meinte Luzia.

„Schon? Ich wäre gern noch ein wenig mit dir allein."

„Ein ganzes gemeinsames Leben liegt vor uns", flüsterte sie, obwohl auch sie sich nichts sehnlicher wünschte.

Sie standen auf. Simon tastete nach ihrer Hand. Sie ergriff sie und strahlte ihn an. Ihr Gesicht leuchtete vor Glück.

Hand in Hand gingen sie durch die Dämmerung nach Hause.

Ein paar Worte am Schluss:

Die Trilogie „Die Hexenschülerin" zu schreiben, hat mir sehr viel Freude gemacht. Ich bin selbst in Dringenberg aufgewachsen und konnte so in meiner Fantasie die Stätten meiner Kindheit in einer anderen Zeit erstehen lassen.
Mit meiner Protagonistin Clara der ersten drei Bücher habe ich mich sehr verbunden gefühlt. Gerade deshalb habe ich mich entschieden, zwar die Geschichte von Clara enden zu lassen, aber die einer Nachfahrin aufzuschreiben.

Ich danke Euch bzw. Ihnen, liebe Leser, dass Sie / Ihr auch Luzia auf ihrer abenteuerlichen Reise gefolgt seid.

Ich bedanke mich bei allen, die mir geholfen haben, denn ein Buch fertig stellen, kann niemand alleine.
Vielen Dank an diejenigen, die diese Geschichte Korrektur gelesen haben. Meine Tochter Lydia, mit der ich auch immer wieder einzelne Passagen besprochen habe. An meinen Mann Peter für das Lesen und die Gestaltung und Einrichtung des Covers am PC. Und bei Gerhild Heinz für ihre wirklich aufmerksamen und bereichernden Korrekturen.
Last but not least danke ich Janine Münstermann für das Zeichnen des schönen Titelbildes.

Die Geschichte um Luzia sowie alle handelnden Personen habe ich frei erfunden. Auch soll diese Geschichte kein Wissensbuch sein. Nicht alles wäre genauso im 15. Jahrhundert geschehen. Ich habe mir versucht vorzustellen, wie es sein könnte. Ich bitte alle Kenner der Geschichte hierfür um Verständnis und Nachsicht.
Einige geschichtliche Details hat es allerdings wirklich gegeben. Was Wahrheit ist oder reine Erfindung oder vielleicht einfach etwas zeitlich verschoben, habe ich auf den nächsten Seiten zusammengestellt:

Wahrheit oder Erfindung?

Den **Hexenhammer** gab es wirklich. Der Dominikaner Heinrich Kramer hat ihn nach heutigem Wissen im Jahr 1486 in Speyer veröffentlicht. Es war ein Werk zur Legitimation der Hexenverfolgung und erschien bis ins 17. Jahrhundert hinein in 29 Auflagen. Der Hexenhammer entstand, als Kramer mit einer Inquisition in Innsbruck scheiterte.

Er stellte seinem Werk die von ihm verfasste apostolische Bulle voran, die Papst Innozenz VIII im Jahr 1484 unterzeichnet hatte. Bei der Paderborner Geistlichkeit fand der Hexenhammer im 16. Jahrhundert interessierte Leser. Einzelne Prozesse sind um 1510 nachweisbar, dann erst wieder ab 1555 und kontinuierlich ab 1572.

Insgesamt sind zwischen 1510 und 1702 Hexenprozesse gegen 260 Personen nachweisbar, von denen 204 mit der Hinrichtung oder Tod in der Haft endeten und 18 mit Freilassung, die restlichen sind unklar. Der Anteil der Frauen lag bei 70%, aber sogar Kinder wurden angeklagt.

Roswitha von Gandersheim hat wirklich gelebt (ungefähr 935 – 975/980). Sie lebte als Stiftsdame im Kanonissenstift Gandersheim. Sie gilt als erste weibliche Schriftstellerin der christlichen Welt. In ihren Werken erzählte sie von eigenwilligen Frauen, was für die damalige Zeit unüblich war. Ihre Frauengestalten wurden zu Heldinnen.

Johannes Gutenberg lebte im 15. Jahrhundert. Er wurde um 1400 herum geboren und starb am 3. Februar 1468. Er gilt als Erfinder des modernen Buchdrucks durch Verwendung von beweglichen Metalllettern und Druckerpresse ab 1450.
Bis dahin wurden Bücher in Klöstern von Mönchen handschriftlich vervielfältigt.

Von nun an konnte man Bücher schneller, in höherer Auflage und fehlerfreier produzieren.

Die sogenannte Gutenberg-Bibel entstand zwischen 1452 und 1454. Aufgrund ihrer 42 Zeilen pro Seite wurde sie auch „B42" genannt.

Spengler entsprachen in Nordrhein-Westfalen dem Klempner oder Klemperer. Damals bearbeitete dieser Beruf Metalle. Erzeugnisse waren z.b. Eisenlaternen, Windfahnen, Trichter, Reibeisen, Eimer.

Luzias Nachname geht also auf den Beruf ihrer Vorfahren zurück.

Der **Ablasshandel** blühte im Mittelalter tatsächlich. Die Basis dafür bildete die Angst, die die Menschen vor einem Strafgericht im Jenseits - also im Leben nach dem Tod - hatten. Die Voraussetzung für die Vergebung der Sünden war die Buße und Beichte. Vergebung konnte durch Gebete, Fasten, gute Werke oder Pilgerfahrten erlangt werden. Ab Ende des 12. Jahrhunderts wurde Ablass, also Sündenvergebung, auch gegen Bezahlung einer lukrativen Summe gewährt. Das wurde zu einer guten Einnahmequelle für die Kirche.

Das kommt uns heute sehr fremd und unverständlich vor. Aber im Mittelalter hatten die Menschen eine vollkommen andere Einstellung zum religiösen Leben als heute. Sogar an den Kreuzzügen hatten Männer teilgenommen, weil der Papst ihnen vollkommenen Sündenerlass zugesichert hatte.

Auch **Ablassprediger** gab es. Ein Bekannter war Johann Tetzel (1460 – 1519). Eine seiner Parolen lautete:

„Wenn ihr mir euer Geld gebt, dann werden eure toten Verwandten auch nicht mehr in der Hölle schmoren, sondern in den Himmel kommen. "

oder

„Sobald das Geld im Kasten klingt, die Seele in den Himmel springt."
Seine Predigen stellten durchaus einen Anlass für Luthers 95 Thesen von 1517 dar.

Das Fegefeuer ist der Ort, in dem nicht ganz reine Seelen nach dem Tod darauf warten müssen, geläutert zu werden, damit sie in den Himmel aufgenommen werden können.

Christoph Columbus war ein italienischer Seefahrer. Er wollte einen neuen Seeweg nach Indien über die Westroute finden. Das spanische Königspaar Isabella von Kastilien und Ferdinand von Aragon unterstützte ihn. Am 12. Oktober des Jahres 1492 erreichte Columbus die Bahamas. Er hat Zeit seines Lebens geglaubt, die Westroute nach Indien gefunden zu haben und wusste nicht, dass er einen neuen Kontinent entdeckt hatte. Obwohl bereits 500 Jahre zuvor die Wikinger Amerika erreicht hatten, gilt Columbus als der Entdecker der Neuen Welt.

Das französische Bauernmädchen, über das Luzia nachdenkt, ist **Jeanne d'Arc, auch Johanna oder die Jungfrau von Orleans** genannt. Sie lebte 1412 bis 1431. Mit 13 Jahren hatte sie ihre erste Vision. Sie hörte zu Anfang die Stimme der heiligen Katharina, später auch die des Erzengels Michael und der heiligen Margareta.
Im 100jährigen Krieg verhalf sie bei Orléans den französischen Truppen zum Sieg über die Engländer.
Nach einer späteren Niederlage wurde sie von Johann von Luxemburg gefangen genommen und an die Engländer ausgeliefert. Am 30. Mai 1431 wurde sie auf dem Scheiterhaufen verbrannt.
24 Jahre später wurde ihre Verurteilung aufgehoben und Johanna zur Martyrerin erklärt. 1909 wurde sie heiliggesprochen.

Hildegard von Bingen war eine der bedeutendsten Frauen des Mittelalters. Sie hat im 12. Jahrhundert gelebt. Bereits als Kind trat sie in ein Kloster ein und wurde später Äbtissin. Sie hatte von klein auf Visionen. Sie war in der Heilkunde sehr bewandert und hinterließ der Nachwelt ein bedeutendes Werk, welches sich verschiedenen Gebieten widmet, auch der Naturheilkunde. Noch heute finden ihre Mittel Anwendung.

Der Ritterstand erlebte in dieser Zeit tatsächlich einen Wandel. Ende des 15. Jahrhunderts verloren Ritter immer mehr ihre besondere Stellung. Neue Waffen - die Kanonen - kamen auf und der Ritterkampf Mann gegen Mann verlor an Bedeutung. Viele Ritter verloren ihr Vermögen und zogen als **Raubritter** durch das Land – ungeachtet ihres Schwures, den sie einst getan hatten, nämlich die Schwachen zu schützen und sich immer ehrenhaft zu verhalten. Der berühmteste Raubritter war Götz von Berlichingen (1480–1562) – der Ritter mit der eisernen Hand.

König (später Kaiser) Maximilian war ein Kind dieser neuen Zeit und dem Fortschritt durchaus zugetan. Trotzdem liebte er Ritterfeste und sah sich selbst gern in der Rolle des edlen Ritters. Heute gilt er als letzter Ritter.

Der Frieden auf 33 Jahre wurde wirklich im Jahr 1471 nach der Hessen-Paderborn-Fehde mit dem Landgrafen Ludwig II von Hessen in Dringenberg geschlossen.

Johanniskraut wird in der Johannisnacht geerntet. Sein Name geht auf Johannes den Täufer zurück.
Hauptsächlich bekannt ist es für seine stimmung aufhellende und beruhigende Wirkung. Darüber hinaus ist es vielfach einsetzbar. So wirkt es krampflösend bei Schmerzen im Bauch und kann den

Magen-Darm-Trakt stärken. Es wirkt verdauungsfördernd, lindert Entzündungen und hilft gegen Durchfall.

Außerdem wirkt es antibakteriell und kann bei leichten Verbrennungen und Wunden eingesetzt werden.

Durch seinen durchblutungsfördernden Effekt kann es auch bei Muskelschmerzen eingesetzt werden.

Außerdem galt Johanniskraut als das **Hexenkraut** schlechthin. Hält man sein Blatt gegen das Licht, sieht es aus, als hätte es viele kleine Löcher. Der Sage nach stammen diese Löcher vom Teufel, der aus Bosheit über die Macht, die das Kraut über böse Geister und damit auch ihn selbst hat, die Blätter zerstochen hat.

Zerreibt man die Blüte zwischen den Fingern, tritt blutroter Saft aus. Der Legende nach stand die Pflanze unter dem Kreuz Christi und jede Blüte fing einen Tropfen seines Blutes auf.

Wundärzte waren die Vorgänger der Chirurgen. Sie nahmen chirurgische Eingriffe vor, was ein Medikus niemals tat. Wundärzte galten als Handwerker. Sie durften nicht eigenmächtig vorgehen, sondern musste auf die Ärzte hören, sonst konnten sie sogar aus der Stadt getrieben werden.

Im Mittelalter glaubte man an die vier Elemente im Körper: schwarze und gelbe Galle, Schleim und Blut.

Magie und Hexerei galt als ernsthafte Erklärung bei Krankheit.

Gottes Schlag war ein Schlaganfall, den der Fürstbischof Simon III wirklich im Jahr 1491 in seiner Residenz in Schloss Neuhaus erlitt.

1493 übertrug der Fürstbischof seinem Bruder Bernhard die Verwaltung Dringenbergs. Bedingt durch die Krankheit wählte das Paderborner Domkapitel 1496 den Kölner Erzbischof Hermann I zum Koadjutor.

Simon III verlegte seinen Wohnsitz nach Dringenberg. Philipp von Hörde, bisher Statthalter des Fürstbistums, wurde 1495

Landdrost von Dringenberg. Mit ihm verbrachte Simon seine letzten Lebensjahre in Dringenberg. Er starb am 7. März 1498.

Zigeuner fanden erstmals 1399 in Böhmen Erwähnung. Hier erhielten sie von König Sigismund 1423 Geleit- bzw. Schutzbriefe. So konnten sie sich in Europa ausbreiten. Die Zigeuner erregten jedoch mit der Zeit immer mehr Aufsehen und fielen negativ auf durch:

- Bettlerei und Diebstahl
- Wahrsagerei, Zauberei und Heilerei
- Tanz und Unterhaltung

Außerdem gingen sie nicht in die Kirche und ließen ihre Kinder nicht taufen.

1450 kam es so zu einem Wandel der Einstellungen gegenüber den Fremden, welche zu mehreren Vertreibungsversuchen führte, jedoch ohne den gewünschten Erfolg. Gegen Ende des 15. Jahrhunderts waren die Zigeuner im ganzen Land verbreitet und darüber hinaus auch in ganz Europa. Die Vertreibungsversuche wurden stärker, obwohl die Schutzbriefe durch den König Sigismund noch immer Gültigkeit hatten.

Puella ist lateinisch und bedeutet Mädchen

Maßeinheiten wurden im Mittelalter mit einer Vielzahl von verschiedenen Angaben vermittelt, die auch regional stark differenzierten. Ich habe mich entschieden, die Entfernungen in Tagesmärschen bzw. Tagesritten anzugeben. So kann sich sicher jeder die Entfernungen einigermaßen gut vorstellen.
Als Beispiel: 20 Kilometer sind 0,67 Tagesmärsche oder 0,44 Tagesritte.

Das **Flüsschen Aisch** gibt es wirklich. Es ist ein kleiner Nebenfluss der Regnitz. Die Burg **Wiesenstein**, das Dorf und die Grafen mit demselben Namen sind aber frei erfunden. Ebenso wie die Ruine im Wald, die bereits in „Die Hexenschülerin – die Zeit der Rückkehr" eine Rolle spielt.

Dringenberg besaß ursprünglich die **niedere Gerichtsbarkeit.** Diese befasste sich normalerweise mit leichteren Delikten des Alltags, die mit Geldbußen oder leichteren Leibbußen wie Pranger, Schandmahl oder Tragen des Lästersteins gesühnt wurden.

Im Jahr 1452 waren bischöflicher und städtischer Richter in einer Person vereint, später trat das Amt des Stadtrichters völlig hinter dem des landesherrlichen Obergerichtes zurück.

Bischof Rudolf von Scherenberg war Fürstbischof von Würzburg. Er galt als umsichtiger Verwalter. Er setzte sich für die Aufrechterhaltung des Landfriedens ein. Zum Zeitpunkt der Geschichte war er bereits etwa 90 Jahre alt. Er starb im April 1495. Sein Nachfolger wurde Lorenz von Bibra, der ein beliebter Herrscher war und oft als Schiedsrichter bei Streitigkeiten gerufen wurde.

Friedrich Barbarossa (geb. 1122) hat wirklich Beatrix von Burgund in Würzburg geheiratet. Auch die Ernennung des Bischofs zum Fürstbischof auf dem Reichstag in Würzburg ist historisch belegt.

Den Namen Barbarossa (Rotbart) erhielt der Kaiser tatsächlich erst im 13. Jahrhundert.

Er ist übrigens 1190 auf einem Kreuzzug ertrunken.

Johannisfeuer gab es wirklich. Ihren Ursprung haben sie in vorchristlicher Zeit als Fest der Sonnenwendfeier. Trotzdem waren sie gerade im Mittelalter sehr verbreitet. Im Zuge der Christianisierung ersetzte die Kirche das Fest der Sommersonnenwende durch das Fest zur Geburt von Johannes den Täufer.

Besonders in Bayern, Baden-Württemberg und dem Harz sind sie auch heute noch verbreitet.

Katzen wurden im Mittelalter wirklich von der Kirche verfolgt. Gründe dafür sind zum Beispiel, dass ihre Augen in der Nacht leuchten und sie im Dunkeln sehen können. Mord- und Beutegier wurde ihnen vorgeworfen, ebenso Hochmut und Falschheit. Listig seien sie, heuchlerisch, streitsüchtig, faul. Außerdem ließen sie sich nichts befehlen, seien schlau, geschickt und hätten einen schlechten Charakter.

So wurden die Katzen zum Symbol des Satans. Sie seien vom Dämon besessen. Man glaubte, der Teufel suche die Menschen – besonders Frauen – in Gestalt von Katzen (vor allem von schwarzen) heim.

Die Ähnlichkeit der Wörter Katze und Ketzer verstärkte dieses Urteil.

Katzen wurden wirklich öffentlich verbrannt, oft zusammen mit als Hexe Verurteilten.

Die Folge war, dass sich Mäuse und Ratten ungehindert vermehren konnten. Vor allem Ratten galten als Überträger der Pest.

Noch heute kennen wir aus Märchen Katzen als Hexentiere oder als Aberglauben, wonach es Unglück bringen soll, wenn eine schwarze Katze den Weg kreuzt.

Bauernaufstände gab es im Spätmittelalter immer wieder. Die Bauern fühlten sich unterdrückt und litten unter den oft zu hohen Steuern. Im Jahr 1524 gipfelten sie im Bauernkrieg. Thomas Münzer, ein Priester und ursprünglich ein Anhänger von Martin Luther, unterstützte dieses Vorgehen und wurde sogar zur Leitfigur des Bauernkrieges. Er wurde jedoch nach einer vernichtenden Niederlage im Mai 1525 gefangen genommen und enthauptet.

Arnika ist eine Heilpflanze und wirkt als Salbe wundheilend, entzündungshemmend und desinfizierend. Sie hilft, Gewebe zu regenerieren und eignet sich zur Behandlung von Verletzungen, die durch Stoß, Fall, Stich oder Schnitt entstanden sind. Auch heute gibt es Arnika als Salbe, als Tinktur oder als homöopathische Kügelchen.

Das **Große Hexenkraut** versprach damals große Heilkräfte, doch in Wirklichkeit ist es nur harntreibend und blutstillend. Allerdings galt es als magisches Kraut.

Hexenprozesse in Würzburg gab es erst im 17. und 18. Jahrhundert.

Achatius von Armenien und **Katharina** von Alexandrien sind Martyrer und gehören zu den 14 Nothelfern der Christenheit.

Der Heilige Christopherus ist als Schutzpatron der Reisenden bekannt. Auch er gilt als einer der 14 Nothelfer. Dargestellt wird er häufig als Hüne, der das Jesuskind auf seinen Schultern durch einen Fluss trägt.
Heute kann man sein Bildnis z. B. als Anhänger oder Magnet für sein Auto kaufen.

Den **großen Stadtbrand** von Paderborn gab es tatsächlich, aber ich habe ihn für diese Geschichte einige Jahre früher stattfinden lassen. In Wirklichkeit fand er erst im Jahr 1506 statt. Im Bereich von Schildern, Kötterhagen, Grube, Krumme Grube, Kohlgrube (Markt), Kasseler Straße brannten ca. 300 Häuser ab. Auch das Franziskanerkloster wurde zerstört.
Dies offenbarte den Mangel an Löschmöglichkeiten, was den Bau einer künstlichen Wasserversorgung nach sich zog.

Das Mädchen Luzia liest die Tagebücher ihrer Ahnin Clara. Die Geschichte von Clara, die im 14. Jahrhundert gelebt hat, ist zu lesen in der Trilogie die Hexenschülerin:

Die Hexenschülerin

Die Geschichte beginnt in den 1980er Jahren. Bei der Renovierung der Burg Dringenberg machen Carolin und Nick einen ungewöhnlichen Fund. Im Rittersaal sind alte Aufzeichnungen aus der Gründungszeit des Ortes versteckt. Geschrieben wurden sie von dem Mädchen Clara, die 1322 als Zwölfjährige mit ihrer Familie in den neuen Ort zog.

Clara hat eine gefährliche Gabe – sie ist hellsichtig. Aus Angst, als Hexe angesehen zu werden, versucht Clara ihre Gabe geheim zu halten. In dem neuen Dorf zieht die mysteriöse Odilia sie in ihren Bann. Sie bestärkt Clara darin, ihren eigenen Weg zu gehen. Doch der ist gefährlich. Odilia gerät bald in den Verdacht, eine Hexe zu sein. Und auch Clara als ihre Schülerin befindet sich in großer Gefahr….

Band 1:
Die Zeit des Neubeginns
Eine spannende Zeitreise ins Mittelalter
für Jugendliche ab 10 Jahren
und für Erwachsene
ISBN: 978-3-73224629-8
Das Buch hat 256 Seiten

Band 2:

Die Zeit der Wanderschaft

Eine spannende Zeitreise ins Mittelalter
für Jugendliche ab 12 Jahren
und für Erwachsene
ISBN: 978-3-7347-7470-6
Das Buch hat 292 Seiten

Band 3:

Die Zeit der Rückkehr

Eine spannende Zeitreise ins Mittelalter
für Jugendliche ab 12 Jahren
und für Erwachsene
ISBN: 978-3-7412-9578-2
Das Buch hat 292 Seiten

Weitere Bücher von Rotraud Falke-Held finden Sie hier:
www.rotraud-falke-held.de